京大本 馬琴書簡集 篠斎宛

木村三四吾編校

第一冊巻首天保元年二月六日状

丑二月六日出同水日着
丑トアル説アリ次ノ手簡
ヨリ後パ丁ニ用月カ

一筆啓上仕候寒暖不同ニ御座候得
者御一同御被成御座珍重不過之扨
絹書早々被遣被下慥ニ致入手候一封飛
脚ヤヘ差出
被成御覧可被下候然者御頼之
美かく壱銘才二挺一昨四日より七
に仕御着之御事奉存候馬町之店まて差
七一一着之御事御積閣所高評ニ被仰
不代料初穂のこと仲ヶ間より両陳抜七
夕のよしニ而御座候八大伝寺御壇下候も近て
七上ケ大さく未ルハ十一か飛脚ハ定便り上せ申

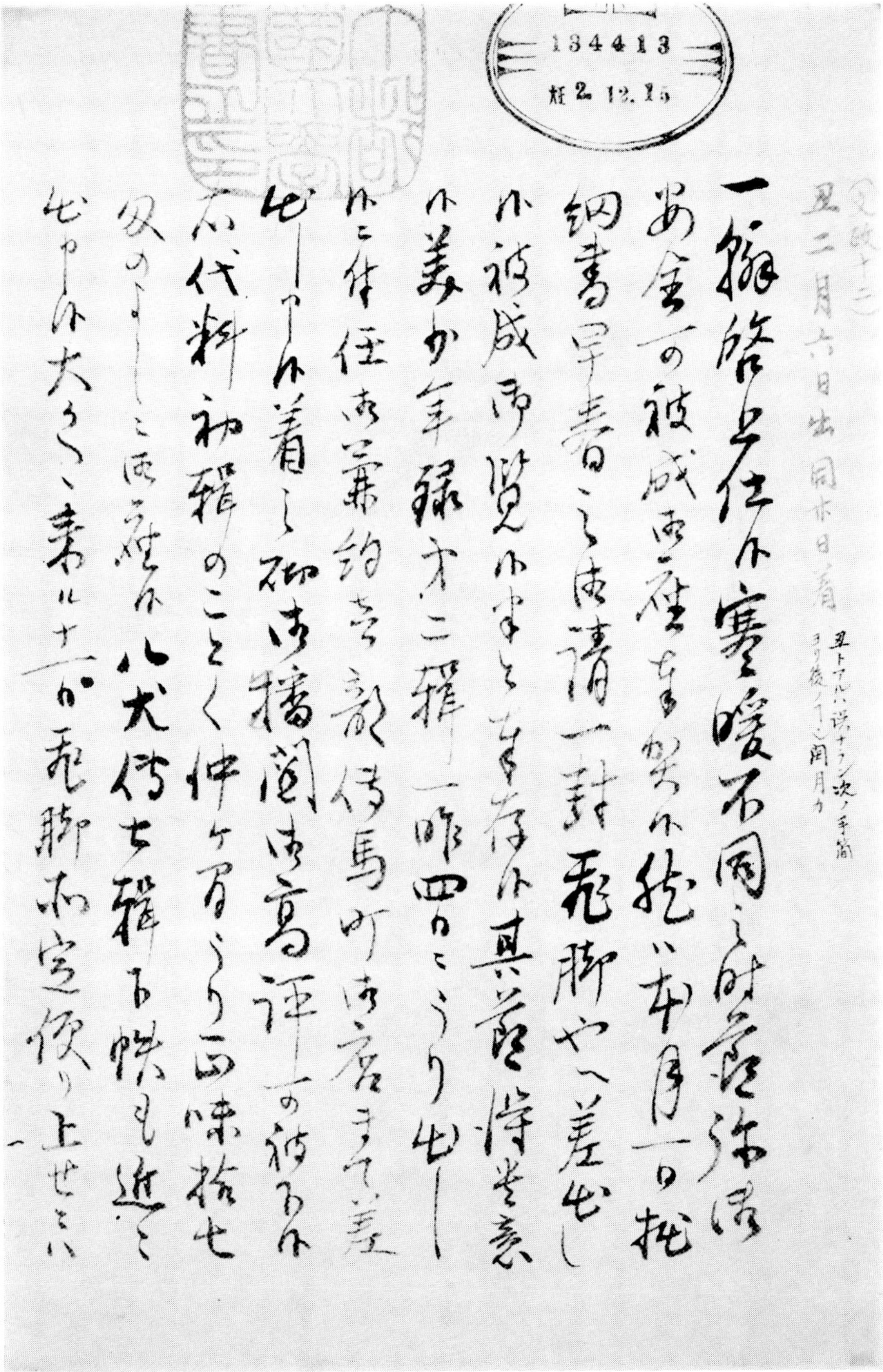

目次

馬琴書簡集

凡例

一、本書は、京都大学文学部蔵『馬琴書簡集』殿村篠斎宛馬琴書翰写し三十三通を翻刻し、年代順に排列したものである。但し底本各翰の排次は概ね年代順に従っており、翻刻もほぼこれに準じたが、まま卑見によって改めたところもある。

一、底本は、袋綴四冊、朽葉色表紙、縦二六・五糎、横一九糎。題簽左肩子持枠墨書「馬琴書簡集　一（―四）」。用紙無罫和紙、第一冊七十一丁、第二冊八十九丁、第三冊百十四丁、第四冊五十九丁。毎頁十行、各行ほぼ二十字、墨書。全冊にわたり藤井紫影筆校合朱訂あり、第四冊末に同人筆朱書識跋「大正二・九・二〇校了」、と。本文の書写もこれより多くは溯らぬ、か。各冊巻初に、京大に於ける受入れ印記「134413 大正2,12,15」を捺す。図書ラベル「L 国文学 Vg 16」。

一、翻刻にあたっては、用字は当用漢字、通行の仮名を原則としたが、明らかに片仮名意識あるもの、或いは当時の慣用はその書体表記に従った。

一、馬琴常用又は当時常套の用字については、適当ならずとも誤字としてこれを注するに及ばず、路女代筆に頻出する、当時書札の筆例になじまぬ誤用表記等については、原に従って、逐一には（ママ）を傍注しなかった。

一、句読・清濁は私意を以って仮りに新補したが、底本の既に濁れるは（濁ママ）と傍注し、以って原補の別を明らかにした。

一、底本における紫影筆朱書訂誤の箇所はその朱訂に従い、ことさらにその旨の注に及ばず、但し「カ」と存疑し、更に私案を示せるところはそのままの姿に従い、朱訂存疑の下に（ママ）と注記した。訂記なく、しかもなお明らかに誤りかと思われるものには私見を傍注し、「ママ」と付記したが、これは各翰その初出に限り、必ずしも再出のすべてには及ばない。底本の誤りについては、原翰筆者馬琴、或いはその代筆者路女、又は本冊書写者、以上三者の孰れによるか、明示することをしなかった。

一、雑誌『藝文』所収翻刻文との異同のいくつかにつき、「藝文本云々」の注記を施し、参考の一つに資した。

一、紫影朱書を以って各翰の初めに記された、それぞれの差出し日、受取・返書日等に関する篠斎自記覚え書の文章は（朱書端書）、紫影朱注にかかるものには（紫影朱書端書）として、各翰文頭にこれを記した。

所収目次

一　文政十一年五月二十一日

（朱書端書）丑《子ナラン（傍注四字紫影筆墨書）》五月廿一日出、同廿七日夕着

前月念四日之貴翰、端午ニ着、忝拝見仕候。追日向暑之節、弥御清福被成御座、奉賀候。然者、先便ニかねて御頼ミ芙蓉画絹地壱幅、当地御店迄差出候処、御落手被下、其砌、無程、右価銀御店ゟ被遣候、致落手、商人請取売上ゲ書、御店迄差出候。定て被成御覧候と奉存候。先便申上候通り、御意ニ叶可申哉難斗奉存候処、思召ニ応候由ニて、御厚篤之御紙上之趣、忝安心仕候。如仰、画の外ニ書あり、これがまうけ物ニ可有之候。何さま思召ニ叶候事、本望不過之奉存候。

一　龍作《様カ（爪カ、ママ）》筆之事御面倒奉頼候処、御承引被下、忝奉存候。此節、五、六十本当地筆工ニ結せ、先かなりニ間ニ合候間、御急ギ被下候ニ不及、御幸便次第、ゆる〳〵御下し可被下候。奉頼候。

一　石魂録後集之事、御地江本廻り候者よほど日も可有之存候ニ付、云々と申上候処、此節当地御店ゟ被登候仁も有之、旁右之本差登せ候様被仰下、承知仕候。然ル処、下帙も段々製本及延引、漸此節売出しニ相成候間、少し見合せ、下帙うり出し次第、上下一処ニ為差登せ可申候存《（と脱カ、ママ）》候而、及只今申候。下帙も、節句後三、四日已前ニ売出し候間、上下二帙取揃、今日、伝馬町御店迄差出し申候。着之節御熟覧、御手透之節、御高評被仰下度、奉希候。かねてハ、上帙、仲ケ間うり直段十二匁位、と申事ニ承り居候処、引請人丁子や平兵衛大慾心にて、中ケ間うり正味十五匁ニうり出し、少しも引不申候付、高イ〳〵と申評判のミニて、やうやく本弐百部捌候よし。下帙ハとぢわけ同様ニ候へども、これも同じわり合にて、拾壱匁弐分五厘のよしニ御座候。是迄拙作に、これほど高料の本ハ無之哉ニ覚申候。登せハ多分本がへニ成候間、上方ニて引請人却て下直ニうり渡し候哉、難斗候。此板元素人故、自分ニて売捌キ候事不叶、丁子やハ書林なれ

どもかし本問屋ニて、此もの引受、売捌キ候故、凡五、六わりの高利を得ハ〔候脱カ〕ねば(ママ)引請不申候。此義かねて存居候故、先頃勘定いたし見候へバ、江戸売四百部、登せ弐百部、六百部ぅれ不申候でハ、板元之板代かへり不申候。七冊ニて、惣元入、七十金かゝり申候。依之、本ハ板元ニ壱部も無之、板元ゟ丁子や江申遣し、本とりよせ、差越候事ニて、直段も板元自由ニ成り不申候。其上、丁子屋申候ハ、此本いまだ登せ不致候ニ付、他郷へは壱部たり共ちらし候事不相成候趣申、板元へ本わたし不申候ニ付、板元大ニこまり、右之趣申ニ付、これハ他郷へ遣し候てもうり物ニいたすニあらず、素人方のなぐさみニ見られ候事故、障りニハ不成候。尚又、本廻り候迄ハ秘しおかれ候様申可遣間、心おきなく本遣し候様、だん／＼わけ合申聞ケ、已来登せの障りニ成候ハゞ、屹と可承候間、本遣し可申旨、一両度及懸合、やう／＼本差越し申候。ヶ様之わけ合ニ御座候間、当分御ひめ置被下、琴魚様などの外ハ、本御手へ入候事と申義、先御遠慮可被成下候。種々の意味合御座候而、作者の自由ニも成かね、板元の自由ニもなり不申候。御一笑可被下候。かやうの板元ヲ杜鵑本やと可申哉。自分ニてほり立ても、うることならず、人にうりてもらひ候故、利分ハ人に得られ、やう／＼板ヲ自分の物ニいたし候が(濁ママ)所得ニ御座候。それでもほりたが(濁ママ)り候もの多し。畢竟板ヲ株ニせんと思ふ見込ニて、うり出し候節、損さへせねバよい、と申了簡ニ御座候。しかれども、四百部売捌申さねバ、急ニ元金かへり不申候。四百部ハ丁子や引請候へバ、二、三年かゝりてもぜ(濁ママ)ひ売払可申候へども、此四百部不残出払ひ迄ハ板元ニて壱部もすり込候事ならぬとり極メニ御座候。素人方の御存なき事、板元の楽屋の店おろし、外々へハ御噂被下まじく候。直段もあまり高直ニて、御せわがひも無之奉存候へども、仲ケ間正味と申事故、不及是非候へども、序ヲ以丁子やニ対面いたし候事も候ハゞ、直かけ合ニいたし、内々少々も引せ申度奉存候。代料急ニ被遣候ニも及び不申候。とりニ参り候ハゞ、拙者方ゟ取かへおき候ともいづれとも可致候。其内ニ、直段の事も今一応可及懸合候。

此段、御承引可被成下候。

一　八犬伝七輯ハ、三月中、弐の巻迄ほり立校合いたし、遣し候処、三月廿六日、板元参り候後、如胡越疎遠ニて、今以不参候。いかゞいたし候哉と存、疑念不晴候処、此間噂ニ承り候へば、本家の弟不埒ニて、身上立行がたきわけ合有之、本家のせわいたし、多用の上、駿府迄参らねバ不叶用事出来候て、三月下旬急ニ旅行いたし、節句前ニ帰府いたし候よしニ候へ共、今以校合乞ニも不参候。ヶ様之わけ合候へバ、右うり出しハいつ頃ニ候哉、難斗奉存候。見物いづれもまちわび候事ニ御座候。

一　傾城水滸伝、よミ本にしてハ云々との御高評、至極御尤ニ奉存候。なれども、よミ本にしても相応ニ捌ヶ可申候。かく申せバをこがましく候へども、すぢのわろき水滸伝の勧懲を、正しくして見せ候のミ、作者の専文ニ御座候。すぢハ同様ニて、勧懲の場ニ至りてハ庭逕あり。よミ本にして永くのこし不申が（濁ママ）残念ニ奉存候ハ、ひが（濁ママ）ごとにや。

一　金毘羅船の高評、日本の山〳〵にして云々と申候事、この義ハ最初の愚按ニ候故、一昨年御下りの節、物がたりいたし候様ニ覚申候。それヲ御失念ニて、不斗御胸中ニうかミ候にハ無之候哉。最初ゟ何分天竺ニては婦幼のうれしがらぬもの、日本国中巡歴ニいたし可申と存考候へども、さやういたし候てハことの外むつかしく、大ほね折レ候事故、やめ申候。作者の了簡ハ、とかく少しもほね折薄くて、相応ニ売捌ヶ候様ニ工夫いたし候事ニ御座候。それヲ、むつかしく考候て、ひまを入レ、ヤンヤとほめられ候ても、そろばん玉ニのらぬ事ハいたし不申候。見物の了簡ト作者の了簡の相違、こゝらに御座候。本文のまゝの化物ニても、相応にうれさへすれバ、理屈なし。合巻などにほねヲ折候は、大キナル損也。水滸伝など、とり直しものニて、面倒ニて候へども、すぢヲ本文ニあづけ置、追々ニ引出し、煮ても焼ても自由ニ遣ひ候故、又楽《ラク》の場も有之候而、速ニ出来申候。さのミほね折不申候て大流行いたし候者、神物あって祐るか、と被存候程の事ニ御座候。よミ本とても、よき趣向ありても、むつかしく、急ニ出来かね候やうなるすぢハやめて、つかひ不申候。渡世人のわる功、如此御座候。それヲとやかく宣ふハ、至極よろしく可有之候へども、引合不申候。御一笑可被成下候。

一　宗伯事、四月九日夕ヨリ大病ニて、五月節句前後ハ既ニと存候程之事、此節とても同様ニは候へ共、まづ危窮の場ヲのがれ候故、当分気遣ひあるまじく存候へども、何分ニも大病ニて、安心不仕候。就右、日々医師の来診、見舞の人出来多く、且心痛も御座候故、此節ハ廃業同様ニて、はか〴〵敷著述も出来かね候へ共、されバとて、打捨置候てハ先ヲあんじ(濁ママ)られ候まゝ、透さへあれバ机ニかゝり候へども、何分おちつき不申候。彼もの病症、六ケ年前はじ(濁ママ)めて発起いたし、凡一ケ年程療治いたし、平愈(ママ)ハいたし不申候へども、わるかたまりニかたまり、折〳〵持病差起り候事ニ御座候。養生すゝめ候へども、薬嫌ひ、灸治きらひにて、いふかひなく打過候処、痼火の邪火年来腹中ニ充満いたし、終に脾胃を犯し候故、脾胃虚の症ニ変じ、四月九日ゟ下痢一日ニ七、八十度ヅヽ、此節ハ減じて廿度三十度位ニ成候へども、臍下の動気甚しく、按手いたし候へバホキ〳〵響キ候程之事ニ御座候。小便閉ニて、宿水胸膈ニ滞り、腹中雷鳴甚しく、何分安心ならざる大病ニ御座候へども、食事ハ病人不相応ニ、粥二碗ヅヽも三度かゝさずたべ候故、露命ヲ繋ぎ候事と見え候。何分とも薬のきかぬ症ニて、こまり申候。去年愚老大病の節ハ、家内手アキ故、看病行とゞき候へ共、当年ハ小児出来候故、看病も行とゞき不申候。老年ニ及び、一人の忰如此ニ御座候へバ、苦ニいたし候へバ限りもなき事ニ候へ共、苦ニしたれ(ば脱カ、ママ)とて詮もなき事、何事も天命に任せ候ゟ外ハ無之候。かく諦居候へバうしろやすく候へども、さすが七情のいれ物たる人身候へバ、折〳〵胸痛の事も多く御座候。御賢察可被下候。只さいハひなるハ、娘が乳汁沢山ニて、小児ハ尤健ニ御座候。三法師丸ヲ得候へバ、少しハ慰め候方御座候へ共、これも却而ほだしニ御座候。大部の小説を作り初め候頃、末〳〵迄ハ考ず（濁ママ）に書おこし候へ共、しかれども、始終ハかやう〳〵と、大づもりのくゝりをつけぬ事ハなし。しかるに、わが生涯の小説ハ、この末いかやうのすぢになりて及団円候哉、実ニはかりがたく奉存候。先夜、老婆ニ不斗此義申出し候故、此処へ書くハえ申候。をかしからぬ咄ニて、めいるやうニも可被思召候。御遠察可被成下候。

一漢楚賽擬《まがひみたて》（濁ママ）選軍談

袋入合巻三本、初編八冊

これハ漢楚のすぢにて、より朝・よし仲両雄のあらそひニつゞりなし候。当冬、二編引つゞき出板。

一風俗金魚伝　右同断

これハ金翹伝ヲ日本の事ニつくりかへ申候。初編八冊、当冬出板。

右両様とも、此節板下過半出来、追々ほり立申候。けいせい水滸伝流行ニ付、合巻ものゝ趣向一変いたし、諸板元かやうのものを歓び申候。新趣向より作者ハ楽ニて、よろこび申候。士君子ハうれしがらぬものニ可有之候。但し、漢楚ハむりこじつけにせず、和漢有来りのすぢ（濁ママ）をよく綴り合せ候処が、作者のはたらきニ可有之欤。出板之節、御高評可被成下候。金魚伝ハやはり金翹伝ニて、彼すぢ（濁ママ）のわろき処ヲ少々ヅ、補ひ候のミニ御座候。かやうのもの、永くはやらせたく、祈り申候。大ニらくニて、趣向ヲ案じ候苦ヲのがれ候。御一笑。

一雅俗要文　間形本百十七丁

これハ書札ニ多く雅文をまじへ候用文章ニ御座候。此節脱稿いたし候。近来の人気、真片カナ物でもよめ候て、はいかい・狂歌ヲよミ習ひ候人々、雅文ヲ書たがり候へども、本なきにくるしミ候よし。依之、板元の思ひつきにて、拙著ヲ乞候て、急ニ出板いたし候。出板之節、御高評可被成下候。

一　美少年録ハ外題斗にて、いまだ趣向ハ立不申候へ共、わか衆の八犬伝のやうなるものと、わか衆の水滸伝のやうなる物ニ可致存候事ニ御座候。これも流行を追かけ候板元のこのミニ御座候。先便恩借之小説ものハ、此趣向に用ひ候事も可有之候。何分病人と著述ニ手透無之候故、いまだ熟読不仕候。土用休ミの内、拝見可致、たのしミ罷在候。

一 水滸後伝云々被仰下、三十ヶ年程まへ、尾府にてあらまし見候。久しき事故、大すぢハ存居候へども、過半忘却いたし候。何さまなつかしきもの、いつぞ御序(濁ママ)ヲ以、拝見いたし度、奉願候。

一 二月下旬ゟ此節迄、雨天がちにて、三日ト晴候事ハ稀ニ御座候。四月ニ至リ、日々雨天、晴ハいよ〳〵稀ニて、冷気也。此節、老年の私など、わた入レ二ツ、昼の内一ツぬぎ候事ニ御座候。昨今二日快晴、これハ四月下旬ゟめづらしき事ニ覚申候。これゟ暑ニ入候ハヾ、夕立もなく、照りつけられ候事と奉存候。一昨年・去年雨遠の未進、当年ハ雨多き筈と奉存候。錦地も御同様ニ候哉。

追々向暑、御自愛専一ニ奉存候。今朝少し手透ヲ得候故、心事あらまし、如此御座候。乱筆失敬、御推覧奉希候。　頓首

五月廿一日　篁民

殿村篠斎大人　梧下

二　文政十一年十月六日

(朱書端書)丑子カ(傍注二字紫影筆墨書)十月六日出、同廿一日著

一筆啓上仕候。追日覚冷気候処、弥御揃、挙家御安全可被成御座、奉賀候。然バ、八月廿六日之貴翰、九月中旬、伝馬町ゟ被相達、忝拝見仕候。龍作筆十九(爪カ、ママ)柄、是又同時ニ落手仕候。右筆之事、京都江被仰遣被下候処、遅滞、彼是御心配被成下、御地ニ有合せ候分十九柄被遣被下、京都江御注文之筆着之節、御引替等之御斟酌、巨細ニ承知、御多用中、何とも恐入候事ニ御座候。御蔭ヲ以、居ながら好ミ之筆手ニ入、多々奉拝謝候。先便ニ申上候通り、当地の筆よろしくハ無之候へども、春中五、六十対結せ、致所持候間、不急事ニ候処、懸御厄会、尤憚入候仕合ニ奉存候。右代銀九匁五分、御地銀相場六拾四匁のわりニて、

八匁八分七厘三毛

今日、伝馬町御店中迄差出候。左様御承知可被下候。勘定もし相違、不足ニも候ハヾ、乍御面倒、無御介意、猶又被仰下候様仕度、奉存候。

一　石魂録後集、夏中当地御店迄差出候処、相違、御覧被成候由ニて、貴評之趣、御面話同様、承知仕候。右御答ハ次ニしるし、備御笑候。右本代、やう／＼壱わり引せ、当盆前、伝馬町御店ゟ受取申候。是又御承知ト奉存候。京師(大坂カ、ママ)の書林河内屋茂兵衛、此節出府、石魂録後集上方筋ゟ弘引受、やう／＼此節積下し申候。左候ハヾ、当暮ならでハ御地江者本廻り申まじく奉存候。走りヲ入御覧、貴評もはやく承り、本望之至奉存候。

一　石魂録貴評、吉次ニさせる功なし、乍併、秋布がシテニて吉次はワキなれバ云々、なれども、少々ハ功あらせ度との事。

吉次に功なきが趣向にて、実者大功あり。後集初巻ニ、吉次ハ嘉二郎に討れたらんと思ハせて、ふせておくが作者の趣向ニ御座候。最期ニ至り、経高ヲ滅ス、が則大功

也。それヲ秋布同様ニ前ニ働せては、秋布ヲいっぱいニ遣ひ候事なりがたく候。実録の瀬川妥女の事も、その妻菊の貞操ヲ専文ニ世俗申伝候故ニ、その心もちを第一ニ綴りなし候。但し、ひが事にや。

一　輪栗が秋布を勾引の段、秋布、輪栗に手もなく短刀を打おとされ、手ごめ(に脱カ、ママ)なる立まハり、あまりよハし、少しハ太刀打させたらバよからんとの事。これハ、只その皮肉ヲ見て、作意の骨髄を見玉ハざる故、左思召候なるべし。君のごときよく稗史ヲ見る人すら、かくの如し。況、只死眼ヲもて見る人ニ者、いよ〻さおもふべし。彼段ニ秋布ヲよハく綴り候も、作者の意ハ不然候。輪栗の巧言、秋布をわが女児也といふ、この事すべ(濁ママ)てさもありけんかと思ふばかりなれバ、秋布も虚実ヲ定めかねて、胸塞り、落涙ニ及び、よ〻と泣き候事、本文ニ見えたり。然ルに、俊平と角口つのり、既に闘諍に及ぶニ至り、秋布こらへかねて、轎子ヲ切破り出る時、輪栗息ふきかへしてうちむかふ程に、既ニ説迷されたる半信半疑の秋布ハ、面ヲ対するも不意故、猶予せしヲ、輪栗がいちはやくその短刀をうちおとし、岸にか〻りて手ごめにせし也。秋布にこの迷ひなくバ、嘉二郎ヲすぐ討んと思ふ念力あり、いかでか輪栗におめ〳〵と手ごめにならんや。これ、この作意のおくの院ニて、当時秋布の心もちになりて綴りたるにて、所云骨髄也。君すら貴評こ〻に及バず、誰かよく拙作ヲ見るものぞ。実ニ嘆息のミ。御一笑〳〵。

一　糸萩がねたみ、あまりニ癡ニ過たり。かやうなる癡女ハあるまじきとの事。

これも、今時の只のむすめにして見れバ、一向に弁へもなき痴呆に似たり。然ルに、糸萩が乱心は前世の因果ヲ引くゆゑにて、はじめ今理の段の糸萩とおなじからず、譬ば、吉次と出あひし後ハ、物の怪のつきたるものと一般也。則、是が趣向ニて、左なくてハ、結局の因果物がたりニ都合しがたく候。父母も人々も見物もしれ易キ事に、糸萩ひとり迷ひの解ざるハ、故ある事にて、痴といふべからず候(濁ママ)。且、三年前に吉次は弟浦二郎と称して今理へ行し事なども、みな前因の係る所ニて、糸萩の業ヲ果すべきよしあれば也。但し、ひが事にや。

一　龍神ヲあまり遣ひ過たるとの事。

この龍神ヲ酢ニも酒塩ニもつかひ候者、魚蔬の用意すくなきに、本膳(藝文本に)・口とり・すゞりぶた・すひ物迄、只一枚の鯛かひらめにていろ〳〵にしてくハせるが如し。これら尤作者のはたらきと見る人もあり。但し、ひが事にや。右後集ハ廿余年後の急案、木に竹ヲ接ぐ心地して、一向ニ綴り候心もなきに、年々板元ニ責られ、已ことを得ず、どやらかうやら尾ヲ附候もの故、一場も得意の段者無之候へども、さりとて用心せざるにもあらず候。人物ハ前集の外ニ多く役者ヲふやさぬが、作者の苦心ニ御座候。これハ貴評にも御察しの趣、よく聞え申候。

一　八犬伝七編め之事、先便ニも如得貴意候、三月中旬後、板元より付不申候。四、五月の間、両度迄人遣し、安否尋候へども、いつも主人他行のよしニて、不沙汰ニ打過候。風聞ニ者、弟方本家立行がたく、右之義ニ拘り、不得寸暇と申候へども、実ハ夫のミならず、自分の内証も甚むつかしく、八犬伝前板ハ多く質入いたし有之、処々ゟ注文有之候へども、右之仕合ニて、すり出し候事も不叶、剰此節右之板流れ、売ものニ出候よし。如斯仕合故、七編彫刻ハ大かた揃ひ候へども、製本の元入ニ差支、出板延引のよしニ御座候。二の巻迄ハ校合いたし遣し候へども、三の巻ゟ末ハ校合すり本未見候。先月中、板元参り候へども、是迄のいたし方不実ニて、平生の口とちがひ、憎く候間、対面不致候。とかく八犬伝ハ、板元むつかしく御座候。金主なき芝居ニて、立もの引とめられ候と一般、是も又板元でもかハり不申候ハゞ、引つゞき出板無覚束奉存候。見物者待かね、飯田町旧宅抔へ度々出板の有無ヲたづねニ被参候仁も有之よし。武家方ゟ者、当春中前金ニ板元へ代金わたしおかれ、うり出し之節、一番ニ遣しくれ候様ニとたのまれ候も有之由ニ候へども、右之仕合故、いつ頃出板欤、難斗候。前板も只今すり出し候へバ、渇し候処故、二百部ヅヽ屹とうれ候よし、書肆等申候。をしき事ニ御座候。

一　妙々奇談御覧被成候よし。これハ素人の蔵板ニて、壱人前壱朱ヅヽの入銀にて出来のよし、老拙ハいまだ見不申候。最初の番付やうのものハ只今一向無之、医師の番付ハ所蔵いたし候へ共、儒者の番付ハ出るゟはやくもめ合出来、早々かくし候よしニて、不令見候キ。いにしへゟ、唐の党錮、宋の三傑のごとき、宿儒先生の威勢争ひ、めづらしからず、東坡などハ伊川を罵るに瘦(藝文本疫)鬼をもてし候へども、程氏のミ一言あらそひ不申候キ。業ハもの〳〵しく候へども、地がねハ大俗ニて候もの、世に多く有之候。尤にが〳〵しき事なるに、梓行いたし候て、後世迄ニ恥を遺し候事、いかなる心ぞや。実に嘆ずべき事と存候へバ、求て見たくもなく、打過申候。

一　水戸ニて御梓行の台湾鄭氏紀事ハ、あはれめでたきものニ御座候。山崎美成が文教温故ハ一向うれ不申候よし。両書とも当年出板、被成御覧候哉。

一　過頃、御允借之檮杌間評・緑牡丹両部、当盆休中、繙覧仕候。檮杌のかた、文章も宜候。明末の魏忠賢が事を旨と作り設候ものニて、二十四、五回迄ハ一向の作り物語ニて、おもしろく覚候。末ニ至リ、明史の趣ニ合せんとせし故、其事実ニ過テ却おかしからず候。緑牡丹のかたも相応ニ出来候ものニ候へども、両作ともつゞまやかなる事ハ無之、いづれ大(も脱カ、ママ)放しの事のミ多キハ、唐作者なればなるべし。檮杌のかたよき所半分と黒(緑カ、ママ)牡丹と春まぜ、美少年録の趣向ニ取組、此節昼夜共、右よミ本著述ニ取かゝり、三の巻ノ上まで稿之候。板元ぜひ〳〵正月中ニ出板と急ぎ候。私方ハ随分間ヲ合せ候へ共、画工ト板木師ニて毎度幕支候故、正月のうり出し、心もとなく奉存候。三、四月ニ至リ候てハ、うり出し時節あしく候間、もし正月製本の間ニ合かね候ハゞ、秋ニ至りうり出し候様、談じ置候。然ル処、又壱部よみ本の作、無拠引受ケねバならぬ義理合も出来そうに候。もし左候ハゞ、黒牡丹の方ハ引放し、別のもニいたし、取直し、つゞり遣し可申哉とも存候。とてもつき崩し、この方のものせねバ(に脱カ、ママ)用立不申候へども、乍去、少しニてもより処有之候へバ、さらすぢゟ楽ニ御座候故、御借書ニて大ニ資ヲ得、悦び申候。今にろく〳〵不被成御覧候書ヲ、久しく引留、借用仕候事、無心之至り、恐入候へ共、右之仕合ニ御座候間、今姑く御かし置可被下候。翻案ものヲ先ニ被成御覧候而、後ニ原本ヲ御覧被成候方、却御たのしミニも可成抔と、手前勝手のミこぢつけ申候。御一笑可被下候。檮杌の方、美少年録の書名ニ者不都合のものニ候へ共、無理に書名ニ合せ候つもりニて綴りかけ申候。いづれ大部もの、七、八編ニも至り不申候ハヾ、全部致まじく候。来春四冊、上下分巻ニて五冊出来、引つゞき二編めも綴り、来秋二編め出板、夫ゟ年々二編ヅヽ出板いたし度よし、板元申候。うまくその通りニゆけバよいが(濁ママ)、と存候事ニ御座候。

一　檮杌間評、前の蔵弃のぬしの所為なるべし、檮機間評としるし有之候。これハ、唐山ニて機字ヲ省文ニ杌とも書候により、杌ヲ机とよミて、機としるし候事と見え候。書名ハ檮杌《トウコツ》ニ御座候。窮奇檮杌者わるものゝ事ニ候。この**檮杌**の熟字すら知らでハ、此小説いかゞよみて解し候哉、無覚束候。前のぬしのわざなりとも、是ハ御書直しおかれ候様ニと奉存候。くれ〴〵も、御蔭ニてよほどの資を得候て、感戴奉多謝候。

一　傾城水滸伝六編上下二帙、先月中旬致出板候。定而被成御覧候半と奉存候。同七編、并ニ漢楚賽初編も、五、六日中ニうり出し可申候。当年ハ改方ニて彼是禁忌を被申、賄賂などいふ事、或者ひとやの事、役人・庄官などいふ事も忌れ、甚困り申候。彫刻ニ出し候ものハ、入木直し等いたし候間、不都合之事も可有之候。其思召ニて御覧可被成候。近来弥拙作流行、諸板元の責を請候上、悴久病ニて、家事・外事共、老拙一人の身上ニかゝり、大抵明六時ゟ夜ハ亥中迄寸暇無之、いかなれば如此被役候事哉と、われながらあやしく候。来春ハ諸板元へかたく断候而、著作の数を減じ、折〳〵息を吻く心がけニて罷在候。金翅伝抔も処々禁忌を申立られ、困り申候。改方、小説物抔ハ夢にも見たる事なきにや、何事も当世と自身のうへに引くらべ、やかましくいゝハれ候。かやうの事も候へバ、一向戯作者止メて、折〱たのしミに、書林ニてのミ致候まことの著述のミニ可致哉、とも存候程ニ御座候。

一　当地狂歌師四方歌垣真顔事・六樹園めし盛事、当秋中、京都二条様ゟ宗匠号御免許、補任之やうなる奉書を被下、御自詠御自筆の御歌ニ各々薬玉ヲ添被下、其上水干・烏帽子・差貫等一式之装束ヲ被下候よし。真顔側狂歌師点者万象亭ハ准宗匠、其次々もの四人ハ宗匠格とやら申事、真顔・飯盛者藤色、准宗匠ハ極薄藤色、宗匠格之ものハトキ色とやら申事ニ御座候。願ひ候ニもあらず、かの御方之思召ニて被下候よしなれバ、進上物も手がるく、太刀・馬代・銀馬代等ニて事済候よし。六樹園ハ、九月中旬、両国大のしニて宗匠弘の会いたし候へども、装束ハ不着用、上下のよし。真顔者亀井戸天神別当所ニて弘メ会いたし、おの〱装束ニてねり候て、座敷入いたし、御書并ニ連中の歌披講の時、うしろニて楽を奏し候よし。前代未聞の珍説ニ候。あさくさの了阿法師がわるぐちに、

　ア、ラようがましや、宗匠なりの翁たち、めんばこありと思ふばかりに

彼人々者、徒弟を集め、門戸を張候て、渡世ニいたし候事故、さもあるべく候へども、隠逸の心より見れバ、風流ハうせて、きのどくなる事ニ思ひ候。あなかしこ。

一　芙蓉画御表装も御出来のよし、さこそと想像仕候。老拙も、其後雪山墨画の山水一ぷく求候て、表装しかへ、折々かけて、たのしミ候事ニ御座候。

一　御秀詠御見せ被下、甘心不少、殊ニ広沢の月忘れがたく候。古語より出候て、耳新らしき様なれど、余情薄く覚候。

一　当秋、西国筋洪水等ニて、米穀高直、御蔵前御帳別も四十両余のよし。市中小うり、百文ニ上白八合五勺、下白九合とやら申候。当冬など、度々火災無之様にいた

し度、奉祈候。賤人ハ食足り候へバ、世上無事ニ御座候。今日、半日の閑を竊ミ、此書状認候内、二、三度使札・客来有之、冗紛中匆々ニ認候故、乍例乱書、可然御推覧可被成下候。琴魚様、先頃者御不快御養生の為、御上京のよし、乍去追々御快方と承り、大慶不少候。

一　忰病気御尋被下、忝奉存候。春已来今以全快ニ不至候而、只床上ゲ候のミ、廃人同様ニて、一向用立かね、こまり申候。乍去、折〳〵つよく発り候癇症ハよほど直り申候。是のミ家内一統の悦びニ御座候。御遠察可被成下候。先便貴答迄、如此御座候。

恐惶謹言

十月六日　瀧澤篁民

殿村大人

梧下

三　文政十二年二月九日

（朱書端書）丑二月九日出、美少年録事

尚々、旧冬十二月廿六日、只一日雨ふり申候。春ニ至リ、正月中、雪のミ十三日・十八度（日ノ誤カ）二度（ママ）ふり、雨ハ少しもふらず、二月ニ至り、去ル五日朝五時より夜四時迄、小雨ふり申候。是当春の初雨也。とかく余寒、今に去かね候。御地はいかゞ候哉。余寒、御自愛専一ニ奉存候。

一筆啓上仕候。漸催春色候処、御地御揃、弥御清栄可被成御座、奉賀候。然者、前月廿九日、年始賀状幷ニ別翰、飛脚迄差出し候。定テ順着、御覧被下候義と奉存候。其節得貴意候如く、美少年録初輯、製本あらまし出来、昨日致発販候。依之、任御兼約、壱部とりよせ、今日、伝馬町御店迄差出し置候。御支配人中ゟ可被相達と奉存候。料足者仲ヶ間うり引なし正味拾七匁、と申事ニ御座候。板元素人同前之仁ニて候間、板元弟今の丁子屋平兵衛引受ケ、売捌キ申候。依之、板元ニてハ壱部もうり不申候約束之よし、直段之義も丁子やニて相場を立候間、板元自由ニ成かね候よし申候。此間中、仕立師方春画一件ニて隙入出来、約束の日限ニ製本出立不申候。板元甚心配いたし、昨日やう／＼百部出来候間、先づうり出し申候。江戸うり、弐百五拾部しかけ候よしニ御座候。本がら評判よく候間、右之部数ハ捌ケ可申と、板元申居候。尤、上方登せハ来月ニも及び可申哉。大坂引請人河茂ニて製本、彼地うり出し候者、四、五月頃時分あしく候間、秋迄見合せ、秋後の売出しニいたし可申哉、難斗候。依之、他郷へ本出し候事を甚いとひ申候間、屋敷ゟ被頼候よし申候而、此壱部とりよせ申候。此義御承知被下候而、当分、御手ニ入候事、御風聴なき様にいたし度、奉頼候。わきて御地の本やなどに聞れ候事、いとひ申候。当分、御懇友様ハ格別、密々に御覧被成候様、奉頼候。此余の義ハ、先便得貴意候ニ付、文略仕候。

謹言

瀧澤篁民

二月九日

殿村篠斎大人

四　文政十二年二月十一日

(朱書端書) 丑二月十二日(一カ、ママ)出〔十月六日出ヨリ後ノモノト見ユ。／天保元年カ〕(二行細注墨書。但シ「天保元年カ」五文字墨消。上記「十月六日出」云々ハ第二号書翰ヲ云ウ。)

傾城水滸伝初編ゟ三編迄、此節再板ニ取かゝり候板元、物入をいとひ、初板ヲおっかぶせぼり(濁ママ)ニ致し度存候へ共、最初のすり本板元ニ無之。依之、先年娘共へ遣し置候校合ずりをとりよせ、ほり極わろき所ハ書直させ候つもり筆工江談じ、遣し置候。昔ゟ草ぞうし合巻類の再板ハ無之、板元の僥倖古今未曾有と申事ニ御座候。肇春念七之貴翰、本月十日、従伝馬町御店被相達、拝見仕候。漸催春色候処、弥御清栄、奉賀候。去歳十月中自是呈候愚書相達、件々御承知被下候由安心、承知仕候。其節及御答候石魂録後集貴評之拙解御再答之趣、承知。これら事済候義ニ付、此度者くハしく不申上候。

○拙者新作傾城水滸六・七・八三編、漢楚賽・金毘羅船・金魚伝・殺生石二編、悉御手ニ入、被成御覧候よし、御略評被仰下、忝承知仕候。其内、水滸八編・金魚伝・殺生石者、近頃打廻り候よしニ付、いまだ御熟覧ハ無之よし。追々御覧之上、貴評くハしく可被仰下候。唐山小説の訳文とのミ御見なしなき様ニ奉希候。傾城水滸も此節ニ至り云々と思召候よし、本望の至ニ奉存候。右評論、八編之序ニチヨットあらハし候所、如貴命大眼目ニて、和漢とも人の気のつかぬ所ニ御座候。右水滸伝の評者別(藝文本を)ニ綴り候様御すゝめの趣、忝承知仕候。かねてハ、水滸画伝を著し候節、附録と可致存居候へども、近来見識かハり、画伝之訳文をことわり候て、いたし不申候故、せめてもの事と存、傾城水滸伝の自序ニ少しヅヽ書あらハし候。されバとて、この評ヲ別ニ一書ニいたし候てハ中〳〵多くうれ可申品ニ無御座候。蔵板抔ニいたし候ハヾ格別、何分売物ニ者なりかね候品故、何ぞ随筆物でも著し候節、その内へ書あらハしおき可申候。乍然、近年板元の利徳になり候合巻ものゝ作に追れ、一日も寸暇無之候間、随筆物等あらハし候事も成がたく、何事も生活の二字に羇せられ、いなな(やカ、ママ)る著述のミいたし居候事ニ御座候。御賢察可被下候。

一　御とし玉として、御名産糸わかめ被贈下候よし、並便ニと被仰下候故、未到着候へども、遠路御芳志不浅、忝奉存候。右糸わかめハ三、四年前も拝受、調置候品ニて、少しヅヽ懇友へもわけ遣し候。此度ハ家内ニてのミ賞味可仕候。一統好物ニて、歓罷在候。

一　年始書状并ニ細書、当月朔日差出し候。定て順着、御覧被下事と奉存候。意中大抵前書ニ申述候間、そこらハ文略仕候。

一　小津新蔵ぬし、早春度々御来訪の処、前便得貴意候如く、早春多勢(務カ、ママ)ニ付、不得拝面候処、此節ハ少々俗用も片付候折から、昨十日御来訪、近々御帰郷のよしニ付、則対面、雑談及数刻ニ候。一両日已前出板の美少年録も貸進いたし、且、代夜待白女辻占、是者去冬十二月下旬彫刻遅く出来、当冬のうり出しニ成候品ニて、外へハ見せがたく候へども、貴兄御懇友と申事故、昨今の面謁ニ者候へ共、是又貸進いたし候。外ニ作者役わり付一冊、これもかし進じ、御出立前近々返され候様、談じおき候。代夜待ハ、あらまし小津氏ゟ御聞可被下候。作者役わり、さしたるものニも無之候へ共、蔵板物ニて、本やうやく壱部手ニ入候品ニて御座候。これも御同人ゟ御聞可被下候。

一　美少年録第一輯五冊、当月八日ニうり出し申候。かねて御約束ニ付、板元江者屋敷ゟ被頼候と申、壱部とりよせ候ニ付、同九日、伝馬町御店迄差出し候。其段昨日新蔵殿江及物語候処、右代金取替、勘定為済申度よし被申候。只今ニて無之候とも不苦候間、いづれ本着之上、五月前迄ニても御序之節ニて可宜旨申候へ共、小津ぬし被申候者、ヶ様之事かねて被頼候間、とり替、出銀之方、勝手よろしく候。かやうの慰ものハ店中へも遠慮のすぢもあるものニ候へバ、ト被申候。その義も可有之事ニ候へバ、則小津ぬしゟ代銀請取之、為念書付わたしおき候。委細ハ小津氏可被申候へども、為念如此御座候。〇扨右美少年録、早春多務中、夜々せわしく校正いたし、壱部打つゞきてハよみ不申候間、此節再閲いたし候処、カケ候所、句読の〇等多くほりおとし候処、直らざるハさら也、徘徊ヲ徘佪とほりちがへ、独女ヲひとりむすめとつけがなあやまり、然《さ》らんにハヲ然《し》らんにハトあやまり候。書ちがへたる欤、ほりたがへたる欤、ヶ様之誤り多く有之。これらハ傭書并ニ板木師の所為ニ候へバ、さのミ作者の咎ニも成るまじく候へ共、五の巻十二丁めの左り、阿夏が《(濁ママ)》珠之介に過来しかたを示す条に、

然《サ》る程に、瀬十郎ぬしハ愆る事ありて、そなたが三歳《みつ》の秋捌月《はづき》に主君の気色を蒙りて、周防へかへされ給ひしかども、云々

とあり、是ハ作者の大あやまりにて、瀬十郎が周防へ追かへされしハ夏肆月《うづき》也。をく《遠カ(ママ)》もあらぬ四の巻のはじめに此事あれバ、諸見物も大かたハ心づきて、日月ちがへると難じ可申候。冗紛多用中、夜々せわしく校合いたし、五、六丁ヅヽ、むしり取ニもてゆかれ候故、此誤一向心づかず、此度はじめて見出し候。然れども、はや及出板候故、いたしかたなし。これらの義ハ第二輯ニことわり置可申存候へども、他人ハとまれかくまれ、貴兄ハ早速御心づかれ候て、御評中ニ云々と可被仰下候義と奉存候。右之本五の巻十二行《マヽ(丁カ、ママ)》ノうら、秋捌月ヲ夏肆月《うづき》と御はリ直しおき被下候て、扨御懇友かたへも御見せ可被下候。何分おち付候て校合もなりかね、毎度かやうの誤有之候事ニ御座候。夏四月を何とて秋八月とハ書候哉と再按いたし見候へバ、阿夏并ニ木偶介父子がみやこをたちてかまくらへ赴んとせしハ秋八月也。それを不図思ひたがへ候て、瀬十郎が周防へかへされ候時日にあやまり候事と被存候。勿論、別ニ稿本と申ものなく、心ひとつにたゝみこみ、腹稿のミにてぶつ《(濁ママ)》付ヶ書に綴り候一本のミに候間、かやうの思ひちがへも有之候。御一笑可被下候。追々長日ニもなり候間、御手透之節、御熟覧の上、御高評くハ

しく御聞せ可被下候。尤、美少年録すり本、板元ゟ大坂へ登せ候者三、四月比ニも成るべく候。夫ゟ大阪(ママ)にて製本いたし、売出し之時節ヲ見斗ひ候事故、当秋か冬ならでハ御地へ本廻り申まじく哉、と奉存候。その節迄他郷へ本まハり候事ハ、板元并ニ引請江戸うり捌キ候もの、甚厭ひ申候。然処、内々にてはやく被成御覧候様取斗候事ニ付、此義御心得被下、あまりパツト、本御手ニ入候事、御噂被下まじく候。就中、御地の本や抔に聞せたくなき事ニ御座候。此段、御承知可被下候。老拙手ゟはやく他郷へ本遣し候など申事流布いたし候てハ、後日に口がきゝにくき筋も有之候也。

○八犬伝七輯校合すり本二の巻迄者、去春中ゟ拙宅ニ有之候間、昨日新蔵殿へ御めにかけ申候。どうか(濁ママ)かりて持てゆきて見度様に被申候得ども、是ハ板元と意味有之事故、かし不申候。なれども、さし絵、その外の趣、口づから説示し候事も候へバ、彼御仁ゟ御聞可被下候。

一　平山冷燕四才子伝、去秋中被成御覧候付、石魂録前集の本居《店トモミユ》(ママ)御見出しの由、さこそと珍重ニ奉存候。四才子伝ハ能文ニて、詩句・聯句抔、実ニ妙也。乍去、趣向ハ淡薄ニて、今の流行ニあひ不申候。文人の歓び候小説ニて御座候。石点頭者未被成御覧候哉。これハ一トきりものながら、よほどおもしろく覚候。

一　残桜記之事、去年十月申上候処、御蔵書御かし可被下候よし被仰下、忝奉存候。然処、旧臘屋代翁ゟやう〳〵允借せられ候間、早速写し取申候。此段、先便状中ニ得貴意候故、御承知ト奉存候。依之、御かし被下候ニハ不及候。万々奉謝候。

一　方位宅相之事、近来迄老拙者一向眷念不致候処、近ごろ追々流行ニ付、ちと見たく存、三、四年已来、追々その筋の書を買取、熟読翫味いたし候へ共、よミ易く解しがたきものニて、一朝にハ自得いたしがたく候処、とかくものを極メ申さねバ済さぬ癖故、多用中、夜々熟読、或ハ老のねざめの暁毎に工夫を凝らし、やうやくその方ニわけ入り、発明いたし候事も有之。依之、自試ミ、或ハ人にも施し候処、実ニ有験の事多く、禍福的然、あらそハれぬ事ニ御座候。陰徳ニもなり可申事故、方位宅相手引草の書を著し可申候と思ひおこし候。是迄処々にて出板の書ニよきものも有之候へ共、その術を惜ミ、素人ニハわからぬ様に書あらハし候故、世人一統の為になりかね候。拙著ハその術を惜まず、たれにもわかり候様いたし度存候事ニ御座候。これらの筋ニ入用の書、

協紀辨方

これハ康熙帝欽差の書ニて、　天朝ニももちわたり、唐本にて流布いたし候。先比ゟ当地書林を穿鑿いたし候へ共、只今右之書多く無之よしニて、未入手候。御地并ニ津の山形屋など、御序ニ御尋可被下候。代金弐両ゟ弐両弐分位迄ニ候ハヾ、御買取可被下候。もし御地に無御座候ハヾ、当年抔若山へ御出かけ被成候ハヾ、定テ京摂ニも御逗留と奉存候。其間、京・大坂ニて御とり出し被下候様、奉頼候。尤、老拙方ニても、いよ〳〵江戸ニ無之候ハヾ、大坂懇意の書林へ可申遣候へ共、左様いたし候へバ高料ニても買取申さねバならず、こゝらの意味も御座候間、不図心付、願置申候。此外、崇正通書・通徳類情なども入用の書ニ御座候。是ハ江戸ニも可有之存、先日鶴や江中遣し置候へども、いまだ本差越し不申候。協紀辨方ハ、江戸書林処々たづね候へ共、無之様子ニ付、御労煩奉希候。されバとて、只今差急ぎ候事ニも無之、御失念なく、御便り宜候節、より〳〵御穿鑿被下候様、奉希候也。

一　又一ツ、申試ミ度事御座候。高井蘭山あらはし候水滸画伝第二編、旧冬出板、当早春借りよせ候て致一覧候。貴兄ハ未被成御覧候よし。如貴命、画ハさすがに北斎ニ候へバ不相替よろしく候。乍去、作者ゟ画稿を出さず、画工の意に任せかゝせ候と見えて、とかく画工のらくニ画れ候様にいたし候間、初編にハ劣り候様に被存候。著述ハ手みじかに綴り候故、通俗本同様之処多く、一向に骨の折れぬものニ御座候。あの通りニ候ハヾ、百回早速満尾可致候。只水滸伝のすぢ(濁ママ)のミ書つらね候まで(濁ママ)に御座

候。唐山にてハ李卓吾本の姿よく似たるものニ候。をしき事かな、あたら水滸伝を略文にせしことよ、と存候事ニ御座候。且、簡端に作者訳文の大意を述候処に、字音ハ韵鏡に本づき、仮名ハ古仮名によるよしニて、酒食をシユシイ、蓑笠をサリウとするよしなど《(濁マヽ)》、ことわりおかれ候。尤なる事ニ者候へども、それは物ニもよるべき事ニて、迷惑の惑も音コクにて、ワクの音ハなきを、古人久しくわくとよミ来たり候。されバとて、メイコクとかなつけ候てハ、婦幼にハ何のことやらわかりがたく候。且、仮名ハ古仮名をもてするよしなれど、い・ゐ・ひのかなづかひすら多く錯乱いたし候が《(濁マヽ)》見え候。故あるかな、彼人の著述、是迄あたり作なし。人情をバよく解さぬ人歟、と存候。只これのミならで、水滸伝に見え候事の或問をのせられたる条に、宋の徽宗・欽宗の時、秦檜といふ悪宰相ありて云々、朱子・程子も宋人也云々、と書れ候。徽宗・欽宗の時にハ蔡京・童貫等が政を乱りしよしハ、水滸伝ニも見えたり。これが水滸伝の趣向の出る所

なるに、何とて秦檜とハ書れしにや。秦檜の政を執りて多く善人を害せしハ、南渡の後、高宗の時にあり。徽宗の時ハ秦檜ハ微官にて、なかく〵政事ニ口出しするものにハあらず《(濁マヽ)》。金国へとらハれて、とし経て、迯て本国を《本ノマヽ》帰て《(ママ)》より、そろ〵立身して宰相になりし事、通俗本で《(濁マヽ)》もよむほど《(濁マヽ)》のものハしりたる事ニ候。しかるを、蔡京・童貫が事をいハず《(濁マヽ)》して秦檜と書れしハ、暗記の失か、老耄故か。これら就中きのどくニ存候事ニ御座候。且亦、水滸伝を今の草ぞうし合巻やうの物同様といハれしもあまりすまし過たる事ニて、中〵水滸伝の作者の深意ハ夢にも思ハぬやうに被存候。ケ様の心もちにて水滸伝を訳し候へバ、ほねを折らぬもその故あり、と返すぐ〵も嘆息ニたへず。わづかに壱の巻ばかりよみて大てい様子しれ候間、画ばかり熟覧して、早速返し候也。いかで一わたりハ御覧あれかしと奉存候。但し、世評にも、口絵なき故さみしく、且一冊ニさし画三丁づゝなるも、画伝といふにたがひてすけなしと申もの、多く有之候。なれ

ども、百八人の像ハ半丁ニ二、三人ヅヽ、別ニ一巻といたし、これハはなしても売り候よしニて、只今彫刻最中と及承候。この出像の巻ハさすがに北斎筆なれバ、評判よろしく、屹度売れ可申候(と脱カ、ママ)存候。出板之節見候て、いよ〳〵よく出来候ハヾ、その所斗求置可申存候事ニ御座候。

一　漢楚賽の看板もらひ候間、御めにかけ申候。何の益ニも立ぬものながら、袋入之合巻すらかやうに立派なる看板をすり出し候事、一時流行のしからしむる所にして、後々の話柄にも成可申哉。この看板ハ、当時多くて百斗、或ハ五、六十通り配り候のミにて、来年に至り候へバ何方ニもたえてなきものニ候へバ、その時のミにて、人のしらずなりゆくものニ候間、老拙者一枚ヅヽ、仕舞おき候也。

一　松前家牧士騎馬炮の図、是ハ、先年老侯御蔵板ニて、出来候節、被下候。ぶんこの底ゟ見出し候ニ付、進上仕候。これも世にハなきものニ御座候。此騎馬炮の事ハ、一書にあらハし置候ものも有之、事長けれバ不及其義候。

一　琴魚様とかく御病身のよし、いかで御壮健にいたし度、祈申候。倅抔、廃人同様ニて、何事も出来かね候。とかく壮健長寿ならでハ思ふ事も成がたきもの、天性とハいひながら、生涯の損ニ御座候。御保養専一、いつぞや進上の養生訣など、御翫味あれかしと奉思候。

右大津《本ノマヽ》氏、(小カ、ママ)今般帰郷ニ付、当春貴翰の御答旁、如斯御座候。いつでも多務、乍例乱筆失敬、御推覧可被成下候。

頓首

二月十一日

瀧澤篁民

殿村篠斎大人

梧下

五　文政十二年三月二十六日

（朱書端書）丑三月廿六日出

八犬伝七輯上帙、并ニ美少年録初輯、木偶介、小夏を将て四条河原にて云々等の貴評の御答等、御懇友の義故、心事無覆蔵申上候処、逐一御再答、承知仕候。如貴命、面談ならバ一句ニても事済可申処、筆談にてハ何か物〳〵しく聞え候もの故、きびしく申断候様ニも可被思召候。乍去、御再答の御文中ニ屈服々々と多く御記し被成候。是ハ懇友の間にていかにぞやと奉存候。すべて屈ノ字ハ寃ニも枉にもかよひ候事也。屈服といへば、われにハ理あれども、その理を枉てかれに従ふの義なれば、何とやら耳だち候て、無理にたしなませまゐらせ候様ニ聞え、限りなく遺憾之事ニ奉存候。から国にて寃ある罪人、廷尉の面前へ出るとき、叫屈とあることなどハ、君がつねに見給ふ俗語小説ニも多し。何分已来ハ無御屈服、汝はしかおもへども、われハしかおもハずと被仰下候方、忝可奉存候。懇友の間ニて、屈服ハ勿論、すべて人を寃屈いたす事、尤冥加おそろしく存候故、先此義より申断り奉り候。御再答に云々と風柳のごとき御答も、屈服の二字ニかけて見れば、御内心にハさは不思召よしハしられたり。懇友中に介意ありてハ不快候故、かへす〴〵も申断りたく、不省失敬、及此義候也。但し、今の俗語に退屈、又屈たく抔いふ屈ハかろく聞え候へども、それは人に対していふ義にあらず。人に対して屈服といへば、寃枉と同義也。遺憾々々。

一　でく介四条がハら云々の事、らうのすげかえにもいたくおとり候様ニ思召候故、蔕落せず、御地にも地げいしやあれば、その徒の事御存の事云々と蒙命候故、尚又奉尽心緒候。でく介、小夏を将て四条河原云々とある故、乞児のゐせさるがうして銭を乞ふものと同様ニ被思召候ての貴評なるべし。四条河原に立て世をわたるものゝ、素人あり、非人・乞児もある事、そのごとくなるべし。

この差別をはやくしらせんにハ、云々の猿がうして飴をうりて活業にすといはゞ、かやうの貴評ハあるまじけれども、いかにせん。当今、三吉あめ抔唱て、親ハあめをうり、すり鉦を鳴らし、ゐせ歌を唄ひ、をさなき女児におどりをおどらせ、縁日のさかり場に立つゝ生活にするものあり。木偶介ハ則これ也。かくつゞりなせバ禁忌にふれてむつかしく、且つ三吉あめの類もしこの書を見ば、でく介ハ癡漢にて、且枉死する故、よろこぶべからず。文化中、大雨車力を流すといふ地口あんどう（濁ママ）ノ出しヲ見て、車力共大に怒り、その家を破却せし事あり。かゝるためしも候へバ、飴をうるといふことハ、かくして、書ぬ也。飴といふことなくて、只四条がハらに立とありても、江戸人ハ、三吉飴の類と誰も思ふべく候。両国にて軍書の講釈をするも、新内ぶしをかたりて人をよするも、かげ画をして人をよするも、みな両国橋辺にたつといふべし。蔕落せぬは、禁忌によりて飴といふ事をかくせしにもあらん歟。勿論お夏は高名の妓也とも、美少年録にてハこよなき淫婦にて、只珠之介を引出すまでの道具につかひしものなれば、たとへしみたれ候様に聞え候ても、疵にハならず。周防にて門づけをするに至りては論なし。愚ハかやうに思ひ候て綴りなし候へども、此処御気ニ入不申ハ是非なし。かくてもひがごとに思召候ハヾ、御屈服なく、御教諭奉希候。

一　八犬伝赤岩の段、一角ハ郷士なるに、童扈従ハ過分のよし貴評ニ付、云々と御答申上候処、なほ男の童とあるかた可然御思召候よし。一トわたりハ聞え候。乍去、愚意ハしからず候。一角の妖怪たる事ハ諸見物のしる処、その相手ハ名におふ八犬士の一人たる現八也。かゝれバ、一角が景様をいかにもおもくれて物〳〵しく書なさゞれば、看官見つゝひや〳〵するやうにハ思ハぬ也。童扈従をつかふに、格式の差別なくバ、疵にハなるまじく候。後の打扮の長絹・長袴も、右の意にてつゞりなし候。しかるを、芝居に似たりとて嫌ひ給ふハいかにぞや。縦その打扮・立まハりハ雑劇の趣を写しても、文句いさゝかも浄瑠理本を貸らず（借カ、ママ）、芝居の正本めかぬ様に書とるを作者のはたらきと見てもらハねバ、骨折がひなく奉存候。拙作にハ毎度此ふり合多し。これら御気に入らずバ是非もなし。浄るり本と正本めかぬ文辞をうれしがり候人も往々有之、世にいふ千差万別なれバ、一人の好憎ハ公論ニあらずと申せし也。かくても猶ひが事ニ思召候ハヾ、御教諭所仰ニ候。

一　雛衣が疵口より玉の出る事云々と蒙命候ニ付、しか斗にてハバッとしたる事也、玉の出る所以もあらまし考得させられ候て、御示し被下候様申上候処、亦云々と被仰下候。なる程芝居など見物してをるとき、そのもようにより、おし付ケたれバ殺さるゝであらふ、こゝでハおし付鉄炮ヲ打かけるであらふなど思ふとき、果して推量のごとくなる事あり。そのたぐひにて御推量被成候事と得心仕候。むべなるかな、君が拙作を見給ふこと。すべて芝居役者の立まハりの巧拙をのミ評して、狂言の出来・不出来に拘らぬたぐひと相似たるやうに奉存候。芝居ハかたちをもて人に見するもの故、十ニ八、九ハ看官只その役者の巧拙をのミ論じ申候。俗語小説ハ文のミにて、かたちを見せぬもの故、よく見るものは第一に趣向の巧拙と文章の巧拙を論じ申候。金瑞が水滸の評、張竹坡が金瓶梅の評などに御心をとめられ候ハヾ、愚が言の誣ざるを思し召あてらるべく候。唐山の評者に、作者の瑕疵をのミあなぐりて批評するもの、一人もなし。気に入らぬ処ハ措て論ぜず、只その作意の隠微をよく見とゞけて論ずるを、評者の手がらにいたし候事也。今のよミ本を評する人ハ、乍憚君御一人に限らず、唐山の評者とハ見どころいたく異にて、芝居役者の評判記のごとく、只その立まハりの巧拙と文中の瑕疵をのミあなぐりて、わる口いふを専文とするのミ。書とりがたき所抔をうまく書とりたる事などハ、却て措て不論候故、から国の批評とハうらうへにて、作者の面目を失ふこと多し。犬夷評判記のころにも此断を申上たく思ひ候へども、指図がましく、失敬にはゞかりて、得不申候キ。ねがハくバから国の評者の目のつけ所を御合点被成候ハヾ、実に御見巧者に可被為成候。先便の御答にきびしく申せしにあらず、此義を御さとりあれかしと思ひ候老婆親切ニ御座候。畢竟作者ハ御懇友にて、貴評毎に及御答候故埒も明候へ共、古人の佳作を後生の評したらんにハ、その作意の隠微を得見とゞけず、その骨髄を得不極して、慭なる批評せば、是古人の佳作を誣る也。依之、金瑞が水滸の評、其外の人々の批評にも、聊なる疵をあなぐりて評する事ハ一句もなし。気に入らぬ所ハ措て論ぜず、只その隠微を見あらハすを専文にいたし候也。それすら金瑞が水滸の評に、宋江を始終大奸賊と見て、彼一百八人に初中後三段の差別ある骨髄を得悟らざりし故、佳作を誣たることなきにあらず。一句もわる口をいハでも猶見ちがへあり。金瑞といふとも、見物だましひにて、シテならぬ故也。かくいへバとて、已後をたしなませ奉り、貴評の口を鉗るにあらず。ねがハくバ役者評判記の趣を捨て、おんめのつけ処を易給ハヾ、鬼にかな棒にて、第一の御見巧者に至り給ふべし。飽まで小説ものを御好キにて、吾党の為、第一の知己と奉存候間、肺肝をあらハし候て、忠告仕候。護短ハ、賢不肖ともにあるべき人の癖也。西遊記にも、悟空が長老護短といふこと、多く見えたり。金瓶梅にも、金蓮護短の題目あり。所云護短ハまけをしミの事也。愚老もこの癖あるべけれども、わが事ハしれ易からず、人の護短ハよく見ゆるもの也。しられまゐらせしごとき生物じりにて、秀才上智にはあらねど、小説ハ四十年来一日も廃せしことなく、三百余種の著述にわるごうを歴れバ、その内に出来のよきハまれにて、拙きが多くとも、見物に難ぜられて指をくハえるまでの大あやまりハすべくもおもハず候。勿論年中数種の小説を著し候故、近年、ふかく考候事もなく多くハなまがみにて書ちらし、加之板元の居さいそく、その責をふさぐを第一の手まハしにいたし候へバ、思ひたがへ、見おとすこと多かり。それは一時の失なれバ、いかゞハせん。学問の要ハ、理義に通ずるをもて、第一義とす。その書となり、いたく義理にちがひ候事をつゞり候しそんじ(濁ママ)ハあるまじく思ひ候。水滸伝のごときハ奸賊を忠臣とす。理義にちがへるやうなれど、彼初善中悪後忠の三段ある隠微を見とゞけて味へバ、理義にあハぬ所なし。趣向の、理義にかなへる哉、不叶やを見とゞけて、作の巧拙を論ずるを、よく評する人と申すべく候哉。尤をこがましく、失敬至極、釈加(迦カ)に法問(ママ)、孔子に説経にひとしく、ことをかしく可被思召候得ども、ヶ様の折ならでハ申がたき事なれバ、肺肝を吐候までニ御座候。〇木工作がてっぽうにてうたるゝ処の御評ハ琴魚様御発言のよし、さすがに著述御手がけ故、作者の苦心を思ひやらせ給ひし事よと奉存候。本紙ニしるし候たね彦并ニ真顔の評論ハ、一トわたりの事にて、よく拙作を見とゞけ候事とハ不存候へども、しかれども目のつけ所、諸見物と異也。琴魚様もこの両人のたぐひと申べし。あなかしこ〱。

一　金瓶梅の事御尋ニ付、略記いたし、入貴覧候。そも〱金瓶梅の書名ハ、西門慶が愛妾なる潘金蓮・李瓶児・龐春梅、この三人の名をとりて名づけしもの也。この三淫婦の内、金蓮ハその良人武太良を毒殺したる婬悪婦人、李瓶児ハ西門慶が友人花子虚が妻にて、花子虚を気死して、西門慶の妾になりしもの也。春梅もおとらぬ大淫婦にて、いづれも終りをよくせざるもの也。この三婬婦によりて書名を設たるにて、その書となりの正しからぬ事を推し給へかし。百回二十四冊、初回ハ西門慶が十友結ㇾ義兄弟となることにはじまり、此段に打虎の風聞あり。これより武松、都頭となり、兄の武太良にあふ段より、王婆、金蓮相はかりて武太を毒殺するまで、第六回に至りて水滸伝の趣と異なることなし。只少しヅ、文をかえたるのミ、水滸伝のまゝに写したる所もあり。武太が死する折、武松ハ李皀隷といふものを打殺せし罪によりて孟州道へ配流せられて、五、六年配所ニあり。此時、金蓮ハ西門慶に嫁して、妾となる也。これゟ末ハ、させる趣向なし。只婬奔の事のミにて、春画のおく書のごとく、君臣父子の間にてハよミ得がたきこと多かり。

一　西門慶者、七十七回にて、胡僧より得たりし房薬をのミ過し、淫をもらして病死する、とし三十三といふ。これハ、金蓮が情慾のあまり、彼房薬を西門慶に多くのませしによれり。これ則、武太良を薬酖せし悪報といふ評あれども、西門慶を武松にうたせざれば、勧懲にうとかり。

一　西門慶没して後、金蓮ハ西門慶が聟の陳敬済と密通せし事により、西門慶が後妻呉月娘のはからひとして退《ケ》レ之《ヲ》、王婆が宿所にをらしむ。依之、金蓮又王婆が子の王潮と奸通ス。かゝる折から、太子降誕によりて、武松は赦にあふて故郷へ帰り、又都頭となる。かくて金蓮ハ王婆が宿所にありて他へ嫁せんとすといふ事を聞て、たづねゆき、金蓮をめとられんといふて、次の夜、金蓮・王婆を宿所へ迎へ、武太が霊前ニてこの両人の仇をころす事、水滸伝におなじ。かくて武松ハ逐電して梁山泊へ落草ス、とのミありて、このゝち武松が事なし。但し、武松ハ、孟州道へながされしとき、施恩にたのまれて蔣門神を打たふし、そのゝち張都監等一家をころし尽せしとき、又遠所へ流されたりといふ噂、わづかに五行斗あり。かくて、太子降誕によりて、赦にあふてかへりしといふ。張都監一家をころしてさへ赦にあひし武松なるに、兄の仇をうちて穿鑿きびしく、梁山泊へ落草せしといふも、不都合なることに似たり。

一　武太良が先妻のむすめに、迎児といふ小女あり。金蓮が武太良に嫁せしとき、迎児ハ十二才也。武松が配流せられし後、所親に養れてその家にあり。武松が仇を打しとき、迎児を捨て逐電せしハ、人の情によりてよすが（濁）もとめて（ママ）、ある人の妾になりしといふ。此迎児ハ出ものなれども、武太良に後あらせんと思ひし為にてもあるべし。武松が金蓮を殺す段ハ八十七回なり。

一　西門慶が十友ハ、○応伯爵、字光候、渾名応花子○謝希大、字子純○祝実念、字貢誠○孫天化、字伯脩、綽号孫寡嘴○呉典恩、字佚○雲理守、字非去○常峙節、字堅初○卜志道、字佚○白賚光、字光湯。西門慶とゝもに

十人、みなこよなき小人なり。このうち、終の詳ならぬもの多かり。

一　西門慶死するの日、後室月娘、安産して、男子出生ス。その名を孝普といふ。是、西門慶が再来といふ。最後に普静老師の弟子となり、出家して法名を明悟といへり。西門慶が家ハ、所親の子玳安といふものつぎて、西門安と改名す。是一部の結局也。

一　末に至りて金兵の乱あり、僖宗・欽宗両帝金国へとらハれ、国々の民乱離し、西門慶が一家も流浪に及び、月娘母子永福寺に寄宿のとき、普静禅師の与抜によりて遊魂成佛し、おの〳〵生を某生々の子に托せしといふもの、

統製周秀　春梅ハ後にこの人の妻になりて、なほ淫奔也。周秀ハ討死せしもの也。
西門慶　溺血して死して、生をその子孝哥に托せしもの。
陳敬済　西門慶が婿にて、不孝の人也。後に王勝にころされしもの。
潘金蓮　良人武太を毒殺せしもの。則、武松にうたれし也。
武植則、武太良事。

李瓶児（濁ママ）　花子虚が妻也。良人を気死して西門慶が妾となり、後に病死せしもの。
花子虚　その妻瓶児に気死せられしもの。
宋氏　西門慶の妾にて、自縊れしもの。
龎春梅　西門慶妾。後に周統秀の妻となり、色労によりて死せしもの。
張勝　周統製の家来。陳敬済を殺せしにより、杖殺せられしもの。
孫雪娥　西門慶が妾。みづからくびれしもの。
西門大姐　西門慶が前妻のうみし女児。陳敬済が妻。みづから縊れしもの。
周義　周統製の族人。春梅と奸通して、打ころされしもの。

これらの遊魂、みな生候某々の子に托するといふ。この中、王婆はなし。作者の遺漏歟。さらずバ、その就中毒悪なるをにくみて、はぶきたるなるべし。編中の婦人、〇呉月娘〇楊姑娘〇李嬌児〇孟玉楼〇藩金蓮〇李瓶児〇
孫雪娥〇李桂姐〇卓二姐
みな西門慶が妻妾或ハ密通せし淫婦人どもなり。この内李嬌児・卓二姐ハ西門慶が金蓮に奸通せぬ已前の妾なり。
王六児　西門慶家来　来旺　同　玳安　同
この書、勧懲の意味なきにあらねど、宜淫導慾の書にて、

武太良の事を除キてハ巧なる趣向一ツもなし。謝頤が序に、金瓶梅ハ鳳洲の門人の作ともいふ。又鳳洲の手記ともいふ、と見えたり。張竹坡が評ハ金瑞が水滸の評にならひて書り。尤文章の妙をほめたるもの也。金瓶梅ハ俗語中にてよミ得がたきもの也。しかし、水滸伝のよくよめる人にハよめざる事なし。金瓶梅の書名世に高キ故、よくこの書の事をいふものあれども、この書をよミたるものすくなし。文化中、金瓶梅釈文といふ珍書を購求め候ひしが、他本と交易して、今ハなし。これハ編者の稿本にて、只一本ものニてありし也。かくのごとき淫書なれども、書名をよく人のしりたるもの故、これをとり直し、趣をかえて、当年合巻に作りなし可申存罷在候。出板之節御覧、御高評可被下候。

一　西廂記被成御覧候へども、わかりかね候様に思召候ニ付、云々ト蒙命。是又略記、備御心得候。文化中老拙蔵弆の西廂記ハ、ある俗語家の点をつけ候本ニて候ひき。文庫無之候故、本ばこかさミ候間、小説ものハ一覧後他本と交易いたし候まゝ、この書も今ハ蔵弆不仕候。さる書あらバ、御めにかけ度もの也。遺憾々々。

一　西廂記のごとき伝奇ものハ、此方のうたひ本のやうなるものにて、出しの文句ト地ト詞と、三段に書わけたるものなれば、まづ(濁ママ)此義をよくしらざれバ、ひとつになりて、わかりかね候。

高砂〽そも〳〵是ハ、云云といふて、今をはじめのたびごろも〳〵、ト書なすが(濁ママ)ごとし。詞の下に介トあるは、身ぶりの事也。科とあるも同じ。浄・旦・正・丑などとしるして、その役者をしらする事、此方の芝居の正本のごとし。享和年間、拙作に花釵児《ハナカムザン》といふ小冊ものあり、被成御覧候哉。このはなかんざしハ笠翁十種曲中の紫釵記を訳せしものにて、書ざま、この書によれバ伝奇のよみやうを會得せられん為に、あらハし候キ。西廂記ハ巧なる趣向にあらず、尤あハ〳〵しきものなれど、妙文なるにより、から国にてとりはやし申候。金瓶梅なども、淫風を歓ぶと、文章のよき故、かしこにてとりはやし候也。金瓶梅ハ源氏ものがたりの意味ありて、それを市中の事にしたるが如し。あまりの長文、労にたへずして、文略仕候。

御手透ノ節、これらの御答、奉待候。八犬伝下帙其外の御高評も承度候。〇先便合巻類の貴評ハ、かさねて御答ニ不及候。傾城水滸伝の序によりて、小蝶ハ討死せぬやうニ思召候へども、左にあらず。やはり水滸のすぢのごとく、討死することハすれども、百八人の中へ入れて、はぶ(濁ママ)かぬ也。そこら、出板之節ニしれ候事故、是又文略仕候。　恐惶謹言

三月廿六日　著作堂

篠斎大人　梧下

美少年録中ニ被仰下候、

世にたのもしき合宿なけれバ、この合宿ハ同行同宿の人をさしていふのミ、落字にあらず。

六　文政十二年十二月十四日

（朱書端書）丑十二月十四日出、迎福南鍼録、
雅俗百伝一奇

尚々、冗紛中乱書失敬、御推覧可被下候。寒中御自愛専一奉存候。以上

一筆啓上仕候。寒威甚しき時節、御地弥御安寧可被成御座、奉賀候。随て蔽屋、無異罷在候。御休意可被下候。当秋中者御細翰被成下、拝閲。千里如面談、怡悦不少候。かねて奉頼候協紀弁方、琴魚様ゟ御下し被下、万々忝奉謝候。右代金、早速当地伝馬町御店迄差出し申候。此段御承知と奉存候ニ付、文略いたし候。抑、今年三月の大火ニて、所親多く類焼、右一義ニて四、五月を空しくおくり、七月ゟ著述ニ取かゝり候処、九月ニ至り転宅の発起有之、根岸へ退隠いたし候ハヾ、悴養生の為、可然と存、地処借用、既に普請ニ取かゝり候迄ニ手当いたし候処、俄ニ方位之故障ニ及び、其義も来春迄及延引候。又この義ニて、九・十・十一月とその事ニのミ取かゝり罷在候上、十一月下旬ゟ老妻病臥ニて、今以不至痊快候処、下女も無拠義ニて俄ニいとま遣し、此節尤無人、何分小児と病人の手当に万事殆困り入申候。時節がら故、急ニ代りの奉公人も無之、親類どもゟ代り〳〵に参り、資候へども、行届不申候。如此事共ニて、心外不音之仕合、御遠察、御海容可被下候。

一　八犬伝七輯板元ミのや甚三郎事、かねて御聞ニ入候ごとく、不埒之筋ニて、去子三月中ゟ如胡越疎遠ニ打過候上、七輯上帙三・四の巻、校合を不受候て、去年中すり込候よしニ候へ共、製本の手当出来かね、右すり本并板とも質入いたし、此節流レ候ニ付、丁子屋平兵衛引請、うけ出し、急ニ製本いたし、老拙へハ不沙汰ニ、拾月廿九日、現金うりの定ニてうり出し候よし風聞及承候ニ付、早速丁平呼ニ遣し、相糺し候処、ミの甚取かざり、校合等も相済、無故障よし申候を実事と心得、不沙汰ニうり出し候事無申訳旨、怠状申候へ共、不相済事故、きびし

くいましめ候ニ付、ミの甚驚き、書林仲ヶ間西村や与八を頼ミ、丁子や平兵衛とも度々参り、わび候ニ付、ミの甚・丁平・西与連印の誤証文取置、差ゆるし、一義昨日相済候。上帙四冊、右之仕合ニてうり出し候事故、悪ずり・悪仕立の本ニ候へども、八犬伝の事故、四冊、仲ヶ間うり現金壱分ヅヽ、ニうり渡し、執りもちならでハ懇意中へも遣し不申候よしニ御座候。然ども、世の見物みな渇望の事故、本ハ相応ニ出候よし。御地へ、かねて御頼ニ付、右上帙壱部とりよせ、今便ニ差登せ申候。着之砌、御落手可被下候。下帙三冊も引つゞき来春うり出し候つもり、此節上帙・下帙共校合いたし、遣し候。但、此本ハ不受校合候てすり込候事故、三・四の巻ハ悞脱もカケも多く有之、甚しき処のミ少しヅヽ、筆ニて補ひ、上候。その思召ニて御覧可被成候。上方登せすり本ハ、上方賣弘所いまだとり極り不申候。最《(尤カ、ママ)》、中〳〵急ニハ登せがたきよし御座候。左候ハヾ、御地へ此本廻り候ハいつ頃ともはかりがたく候。此義を以、本御手ニ入候事ハ、御懇友之外、御地の書肆抔へハ御噂御無用ニ被成可被下候。風聞有之候てハ追て上方うり弘メの障りになり候ニ付、為念、如此御座候。上帙も此節校合いたし、遣し候間、上方登せのすり本ハ是ゟ少しハよく出来可申候。何分ニも悪製本ニて、残念御座候。来春出板の下帙三冊ハ、老拙手をかけ候事故、よろしく出来可申候。是又出板之節、早速差登せ可申候。

一　美少年録二輯も、此節彫刻大抵そろひ、校合いたし、遣し候。此板元、右火事類焼後、大病ニて、今以病臥、むつかしき症ニ候へ共、何分執心ニて、且○印ニさし支無之板元故、万事行とゞき、来正月中ぜひ〳〵出板と急ギ申候。八犬伝七輯下帙、同様ニ来春出板相違無之候。是又出板之節、御やくそくのごとく、壱部早々差登せ可申候。

○先ヅ此八犬伝御熟覧、御高評被仰下度、奉待候。しかし、下帙を不被成御覧候ハで《(濁ママ)》ハ、御合点参りかね候処も可有之哉と奉存候。八犬伝板元ミの甚ハ類焼後弥零落いたし、丁子や平兵衛引受、うり出し候事故、下帙ハ幕支へ無之、来春うり出し可申候。拙作合巻も当暮者例ゟ多からず(濁マヽ)候。金ぴら船七編・殺生石三編ハ大かた御覧被成候半と奉存候。傾城水滸伝九編もうり出し申候。漢楚賽・金魚伝も当暮ハ二冊ならでハ出来不申候。拙作、前文之事共ニて、著述手廻りかね候故也。

一　美少年録初輯、ところ〳〵先便貴評之趣承知、忝奉存候。くハしくハ来春御答可申上候。で(濁マヽ)く介、小夏をつれて四条がハらニて云々の事、貴評の趣と作意とハ齟齬いたし、甘服しがたく候。そのわけ、来春ゆる〳〵御答可申候。又、お夏が山賊のかくれ家にある事、七、八年ハ長すぎ(濁マヽ)るとの事、これも失敬ながら見物だましい也。根が(濁マヽ)つくりもの故に、長短の論あり。実事ならバ、生涯彼山中ニ老朽たりとも、誰か咎ん。これらの事も、今便ニハ尽しがたく候。来春ゆる〳〵可及御答候。

一　当春大火之事、御地へハ風聞のミにて、定かならぬ事有之ニ付、右様之記録も候ハヾ被成御覧度よし、先便ニ被仰下、御尤奉存候。右大変中、奇談等も多く聞候事有之。筆記して児孫にのこさばやと思ひ候へども、世業の著述すら前文之趣ニて果敢〳〵しく出来かね候間、況慰同様之筆記ハ今にいとまあらず候。然ルに、隣友輪翁ゟ借され候実録有之、当夏中せわしき中ニて写し取候故、今便右秘書一冊、入貴覧候。外へハむざと見せがたき事も御座候間、心なき人に御見せハ御無用。来三月頃迄ニ御返し可被下候。此余いろ〳〵申上度事多かれども、何分心穏ならぬ時節ニ候へバ、何事も来春めでたくゆる〳〵可得貴意候。伝馬町御店の事、いかゞおさまり候哉、これもさがわ田がよしの山にハあらねど、心にかゝり候。承りて無益の事ながら、奉問候のミ。〇さて明春など、又琴魚様上方御店にあらせられ候節、御穿鑿被下度書あり、右ハ、

崇正通書

宗鏡

いづれも選択の通書ニ御座候。当地にハ今たえてなし。

文政12年12月14日

当秋中、大坂書林河内や茂兵衛方へ申遣し候へ共、なしと申来候。御心がけ被下、もし右之本御座候ハヾ、早々御しらせ被下候様、奉頼候。

恐惶謹言

十二月十四日　瀧澤篁民

殿村篠斎うし

座下

覚

一八犬伝七輯上帙　壱部

一秘書八人抄写本　壱冊

右之通、差登せ申候。御落手可被下候。

十二月十四日　瀧澤

とのむら様

七　天保元年二月六日

（朱書端書）丑(文政十二)二(ママ)月六日出、同廿日着
丑トアルハ誤ナラン。次ノ手簡ヨリ後ノ事也。閏月カ。（二行細注墨書。上記「次ノ手簡」云々ハ第三号書翰ヲ云ウ。）

一翰啓上仕候。寒暖不同之時節、弥御安全可被成御座、奉賀候。然バ、本月一日拙細書早春之御請一封、飛脚やへ差出シ候。被成御覧候半と奉存候。其節得貴意候美少年録第二輯、一昨四日ニうり出し候ニ付、任御兼約、壱部、伝馬町御店まで差出し申候。着之砌、御繙閲、御高評可被下候。右代料、初輯のごとく、仲ヶ間うり正味拾七匁のよしニ御座候。八犬伝七輯下帙も近々出申候。大かた来ル十一日、飛脚所定便り上せニハ可相成哉と奉存候。

一　先便被仰下候雪丸作傾城三国志もとりよせ披閲、一冊見候へバもはやわかり候間そのまゝ小児ニとらせ申候。

一　美少年録、ほり・すり・仕立共、相応ニ出来いたし候へども、紙いたくうすくて、うらへうつり、あしく御座候。是ハ、大半病中、弟丁平引請、且、初輯借財の替りニ、製本ハ丁子や引請、賄ひ候よしニ御座候間、如此の悪紙を使ひ候事と奉存候。人情まことに無是非、一嘆息に堪ず候のミ。

一　旧冬十一月中ゟ当春も雨尤稀ニて、雪ハ一度もふり不申、正月八日半夜微雨、已後日々晴天。折々風烈之処、三日薄暮ゟ小雨、夜ニ入風雨。四日天明ゟ雪風終日、八半時比雪ハふり止ミ、夜中雨。五日朝、晴申候。二月四日のはつ雪、おくれはつ物ニ御座候。美少年録、折あしく雪風ニうり出し、遠方ゟ販子参りかね候よしニ御座候。今便ハ、美少年録一日もはやく上せ申度、多く文略仕候。

恐惶謹言

二月六日　瀧澤篁民

殿村佐五平様

梧下

この代料十七匁ハ、八犬伝七輯下帙着之節、一度ニ被

遣ても宜御座候。

八　天保元年二月二十一日

（朱書端書）丑二月廿一日出、同廿八日着

拙翰啓上仕候。寒暖不同之時節、弥御安全可被御座（成欠カ、ママ）、奉賀候。本月六日、美少年録第二輯壱部、伝馬町御店迄指出し候。定て順着ニて、御入手被成候半と奉存候。将又、八犬伝七輯下帙、今日うり出し申候。今夕者飛脚屋並便り出定日ニ付、早速伝馬町御店迄差出し申候。来月中旬迄ニ者、着可致奉存候。御熟読、御高評、御手透之節、可被仰下候。此下帙ハ、老拙再応校正いたし候間、上帙ニ者聊立まさり、大あやまり・悞脱等も多くあるまじく奉存候。此下帙代料、仲ケ間うり正味拾弐匁のよしニ御座候。三冊ニて上帙ゟ弥高料ニ御座候得ども、今朝ゟ引きりなしに買人参り、ことの外こ《マヽ》り合（ママ）候よし、金主引請人手代参り、申候。実に高直ニ候へ共、何分うれ候故、板元の仕合ニ御座候。過日之美少年録と共に廿九匁、御序之節、被遣候様、奉存候。美少年録弐輯も追々世評よろしきよし、御座候。就中、八犬伝者格別之義故、製本今ハ不残出し畢候半と奉存候。美少年録三輯も、古人板元半蔵為追善、追々ほり立、全部いたし度旨、半蔵老母并ニ後家弟丁子屋平兵衛一同、願ひ申候。依之、当年引つゞき、三輯の著述ニ取かゝり候つもりニ而罷在候。乍去、万事引請人丁平ハ渡世尤いとまなき男ニて、同本彫刻等のかけ引不行届事、眼前ニ御座候。其外ハ婦人之事故、老拙格別煩しく、且校合・製本等も行届申まじく存候故、心不進候へども、古人半蔵追善と申事故、著述断候事もいたしがたく、ちとこまり申候。八犬伝八輯もゝの甚・丁平そろ〳〵と壁訴訟のやうに乞もとめ候へども、是迄いたしかた以之外不宜候ニ付、未致承知候。なれども、是もこのまゝニて打捨候義も不本意之事ニ御座候。近来合巻作年々ニふえ候故、よミ本三通りハ手廻りかね候間、引請候ても、来春不残懸御目候事ハ相成まじく候。まづよミ本は、先約故、俠客伝ゟ取かゝり候つもりニ罷在候。

此板元、大坂の書林河茂、来月ハ出府のよしニ付、今一
度かけ合候上と、まづ(濁ママ)ほかし置候事ニ御座候。旦ても暮
ても著述三昧、まことに塞責候のミニ御座候。此節、諸
方ゟ合巻の催促候へども、久しく著述気をはなれ候故、
物ぐさく、一日〳〵とのがれ候物から、脱れ果べき事な
らねバ、近々とりかゝり可申存候。美少年録いかゞ被成
御覧候哉、御閑暇之節、貴答ニ可被仰下候。

一　昨年ハ雪ふらぬとしニて、冬の日(内カ)一(ママ)度も雪なし。正
月ハ雨さへ弥稀ニて、二月四日はつ雪ふり、同十七日夜
薄雪、十八日夜ハ終夜雪ふり、三、四寸つもり、冴かへ
り、寒気凌かね候。雪中に鶯を聞候古歌のごとし。御地
はいかゞ御座候哉。当春御状之御請ハ先々便ニ巨細ニ注
愚衷候間、今便者文略仕候。老拙別宅の催し、根岸辺ニ
てハとかく如意の售家も無之、且いろ〳〵故障出来ニ付、
卜筮に問せ候処、火山旅之《ノ》雷山小過を得申候。この易、
労して功なき象、多くハ損財の兆ニ御座候間、姑く別宅
の念をたち、当宅の家相不宜処を直し可申存、過日ゟ普
請ニ取かゝり、大工・屋根葺・植木屋等、日々六、七人参り、又この指揮にて不得寸暇、乍例乱書失敬、御海容可被下候。乍末、琴魚様へも宜奉頼候。忰事、宜申上度よし申候。琴魚様当春御上京候ハヾ、先便申上候通り、
選択・宗鏡、御穿鑿奉願候。外ニ、

　　三才発秘

この書もし彼地ニ御座候ハヾ、直段斗御しらせ被下候様、奉頼候。あまり高料ニてハ買入かね候。先便申上候通り、崇正通書ハ此地ニて間ニ合申候。

一　書林ゟ西湖佳話とりよせ、繙閲いたし候へバ、上田秋成が弱官(冠カ、ママ)の時著し候雨月物語に、蛇崇(祟カ、ママ)の一編有之、此すぢハ、右佳話の巻の十五雷峰怪石の篇を丸抜ニいたし、
　天朝の事ニいたし候ものニ御座候。西湖佳話ハ、虚実相半して、あハきものがたり故、この余とり用ひ候程の事も無之候。○美少年録三輯も、前文之趣ニ付、当年中著述ニ取かゝり可申候へども、恩借之檮杌間評・黒(緑カ、ママ)牡丹、ともに当盆前後迄ニ返上可仕候。此節、小説もの三、四

天保元年２月21日

部かりよせ置候へども、何分ニも読書のいとま無之、光陰流るゝごとくニて、遺憾之事ニ候。余寒、御自愛専一ニ奉存候。

恐惶謹言

二月廿一日

瀧澤篁民

殿村佐五平様

梧下

九　天保六年一月十一日

（朱書端書）天保六未正月十一日出、同廿九日着

尚々、如例家製黒子丸二包、年首拝贄迄ニ進上仕候。御笑留可被下候。忰義も同様申上度よし、申出候。

別翰啓上仕候。新春之御慶、本紙に申納候。挙家弥御平安可被成御加年、珍重御義奉存候。蔽屋無異、致超歳候。乍憚、貴意休（安カ、マヽ）思召可被下候。然バ、旧冬十一月廿七日之御細翰一封并ニ作者部類筆料共、十二月六日夕東着、忝拝見仕候。早速御返事可申上候処、歳梢ニて乍例多用、不得寸暇、意外之仕合、遂及今春候。此段、御海容可被成候。

一　作者部類弐部之筆料差引御勘定拾三匁三厘七毛、此銀三朱ト玉銀弐ツ、被遣候。被入御念ニ候義、慥ニ落手仕候。玉銀掛目少々余分ニ候へども、そのまゝ収候様被仰越、是亦承知仕候。右両玉銀、かけ見候処、弐匁二分五厘許有之。則、両替いたし候へバ、右の銭弐百廿九文ニ成候。右ヲ以勘定いたし候へバ、四拾五文過ニ御座候へバ、預り置候。異日、八犬伝・侠客伝本代御勘定之節、右四拾五文御引落し、被遣候様、奉存候。右作者部類一本ハ桂窓子へ被遣、且先本之事云々御こゝろ得被下候よし、安心仕候。○扨、右壱の巻中本作者の編末へ、少々分註加入いたし候。則別紙ニしるし、上候間、御蔵本へ、別紙之通り御書入被成候様仕度、奉存候。尤、此段、桂窓子へも申遣候事ニ御座候。

一　松蔭日記の事、云々得貴意候処、云々被仰越、忝承知仕候。旧臘おし詰ニ全写し出来、大慶不少候。未致校訂候へども、一わたり旧拙蔵本とよミ合見候処、御蔵本ハさのミ悞写見えず候。字音などハ少々ちがひ候処有之候へども、字音の事故、さで（濁ママ）もあるべく候。右ハ、当三、四月比、前借の唐本と一緒に返璧いたし候様被仰越、承知仕候。其節、必返上可仕候。

一　旧冬ゟ夜分ハ、不眼且寒気に堪かね候故、薄暮ゟ毎

夜倚炉、安閑と亥中迄罷在候故、かねて借用の両婚交伝并ニ隔簾花影を毎夜披見。かねても申上候ごとく、花影ハ先達而四、五冊よみかけ候処、其後久しく成候而、忘れ候処も有之ニ付、先ヅ両婚交伝ゟ看かゝり候処、此小説奇妙之珍書ニて、且筆工ハチ《ケカ》〳〵（ママ、藝文本き）といたし、燈下ニても至極よみ易く、ことの外おもしろく覚候故、旧冬、全部看訖り候。是迄恩借の小説中、かばり（か脱カ、ママ）めでたき妙作ハ未覚候。尤前編、平山冷燕に似かよひ候処なきにあらず候へ共、筋よく通り、且巧ニ御座候。但シ、詩ハ前編ニ劣り候様ニ覚候。譬バ冷山平燕（ママ、藝文本平山冷燕）ハ造化天然の名花のごとく、両交婚伝ハそれをにせて上手の作りし綵剪花《ツクリバナ》に似たり。勿論、二才子・二才女も、平山冷燕の二才子・二才女に劣り候故也。此四才子の外、黎妓ハ抜群の才女ニ候。これらハ、観音の化身とか文昌星の化身とかせバよからん、と存候。又、強婚の段に、緑綺をにせ物ニつかひ候も、いかにぞやと存候。これら皆前編ニ不及故ニ御座候得ども、そハ（藝文本是）慾目ニて、後編ニかばかりの物多く得がたく候。いかで御秘蔵被成候様、奉存候。尚、異日寸暇もあらバ、略評御めにかけたく、今ゟ心がけ候事ニ御座候。

一　隔簾花影、両三日已前、やうやく看をハリ、卒業いたし候。此小説も仕入本ニあらず、作者こゝろありて作り候ハ勿論也。畢竟、因果応報と即色（藝文本色即）是空の四字を説広め候のミ。新奇の趣向ハ見えず候得ども、その中にハよろしき事も往々有之候。抑、金瓶梅ハ唐山ニてことの外歓び候小説ニ候へども、愚眼などにハさばかりにも不存候。それを蒸かへせしもの故、実ハ労して功なき場ニも候ハん歟。譬バ、よき梅也とも、桃台ニ接ギ候へバ、花も実も佳ならざるごとくニ候。看官がたハ何によらず未見の小説ニ候へバ、あかずして御覧候へども、野生がご（濁ママ）とき、年中小説ニ飽候上、多用中ニ看候へバ、作り物がたりハ、和漢とも抜萃のものならねバ、眼ニとまり不申候。実録ニ候へバ、巧拙によらず速によみをハリ候へども、小説の中くらいなるは、心不進候故、長引候事ニ御座候。御一笑と奉存候。なれども、此書も亦珍奇ニて、世に多かるまじく存候。いかで御秘蔵可被成候様、奉存候。

右両書も三、四月比返上仕候様被仰越、承知仕候。其節迄ニ、序目ハさら也、奇字抔抄録いたし、暮春の比返上可仕候間、かねて御承知可被下候。

一　八犬伝九輯の事、先便云々申上候処、云々被仰越、承知仕候。旧臘ゟほり立校合ニ取かゝり、二・三両冊ハ校合をハリ、只今すり込居候。壱・四両冊ハ初校のミにて、いまだ校合相済不申候。板元ハ当月下旬ぜひ〳〵(濁マヽ)うり出したいとせり立候へども、悪ぼり多くまじハり、就中壱の巻ハ以之外ほり崩し、中〳〵筆も入レがたく候故、板元方ニて下直し致させ、十一月中ゟ下直しニいだし、一昨日やう〳〵初校すり本差越候へども、ほりちがひ(濁マヽ)等多く有之、両三度ニてハ手をはなちがたかるべく候。ケ様之始末ニ候へバ、うり出しハ二月ニも成り可申哉。なれども、遠からず被成御覧候事ハ一定ニ御座候。出板之節、如例二部、飛脚へ差出し、直段等之事ハ別紙ニいたし、御賢息様迄可得貴意旨、承知仕候。

一　侠客伝ハ旧冬追々に板大坂へ登せ候得ども、此節、右の板不残坂着いたし候哉、難斗候。とびらハ彫工ニて故障有之、板登せの節、間ニ合不申候故、すり本ニて登せ候よし。此節やうやくすミ板出来、わくのいろ板ハいまだ出来不申候。ケ様之勢ニ候へバ、うり出し、八犬伝ゟ後れ可申候。なれども、是亦当春中ニ被成御覧候半事ハ一定ニ御座候。是亦かねて御承知可被下候。

一　新編金瓶梅ハ、旧冬申上候ごとく昨年ハ休筆の心得ニて罷在候処、九月中ゟ板元度々願出候故、十月上旬、当座のがれに画稿十丁いたし遣し候処、右之画も出来候得ども、何分かく気無之候故、十一月に至り、かたく及断候。然ル処、板元泉市伴頭伝兵衛(藝文本儀)といふもの又願出候ハ、主人江御断の上に又願ひ候ハ恐入候へ共、金瓶梅ハ諸方へ看板も引申候。且、旧板も五百部すり込、仕入置候。新本の残も多くかひ取置候処、当年出来不申候てハ、外聞・内証とも極て及難義候間、おそく成候とも、いかやうニもいたし、早春うり出し度候間、御聞済被成下候へ、と被口説候。且、種々おくり物等いたし候へども、おくり物ハおしかへして一ツも不受候得ども、板元難義に及び候てハ不本意ニ付、画わりと筆工と別ニいたし、かきかけ見候処、それにてハ工合不宜候間、画わり斗二通り画稿いたし、一本ハ画工へ渡させ、一本ハ筆工つゞり立候へども、夜分燈下ニてハ細書出来かね候故、ことの外くるしミ、十二月十七日、八之巻迄書をハり、十八日夕筆工出来、十二月下旬、廿一丁不残彫刻出来、大晦日夜四ツ時、二度めの校合相済、正月二日ニうり出し候。その神速、おどろき候程之事ニ御座候。勿論板ハ二ツにわらせ、彫刻料一丁、例ゟ一倍ニて、金弐分余とやら申事ニ御座候。二日ニ弐百部出来、うり出し、同七日迄ニ千四百部製本出来、処々へ配り候へ共、遠方へハ尚行わたらずとて、小うりゟさいそく被致、手廻りかね候間、板元見せにてハうらずに、小うりへわたし遣し候よし。正月八日ニ板元年始の礼ニ罷越、右之趣申述、大悦びニ御座候。依之、松坂抔へハ本おそくまハり可申候。例の方ゟもし不差越候ハヾ、右之御心得ニて御催促被成、御覧あれかし、と奉存候。

一　大坂若太夫芝居八犬伝狂言之事、先便云々得貴意候処、云々被仰越、其後桂窓子ゟ右狂言画本差越し被下、大悦不少奉存候。早速黙老へも見せ候。此狂言の事、当地ニても存候もの折〱有之候。御礼申つくしがたく、忝奉存候。かの狂言之事、実に貴評のごとくたるべく致想像候事ニ御座候。

一　俠客伝三集黙老子評書、入御覧候処、めで度思召候よし、件々御誉詞の趣、早速黙老子へ通達仕候処、彼人内心ハ鼻おごめかし候て歓れ候はん歟。ことの外卑下の趣ニて、幼年ゟ武芸にのミ出精いたし、詩歌抔ハ尤不得手ニ御座候。且、風流ハ余事ニ候へバ、いよ〱及がたき事勿論ニ候。只松坂の両才子の妙評を引出さん為の筆すさミ候処、（蘂文本にアリ）意外之賞褒にあづかり、当りがたく候。此よし宜伝へられ候得、と被申越候。

一　女仙外史之事、先便云々申上候処、右ハ御蔵弃被成候よし。よく御行届被成候事と奉感候。黙老侠客伝の評中ニ被引候鉄花仙史の事、承知仕候。此義ハ後条に又可申上候。御照覧可被成下候。

一　瓊浦通の事、尚又云々得貴意候処、可被成御覧思召候よし、承知仕候。いつ也とも御都合よろしき節、早速貸進可仕候間、其節尚又被仰越候様、奉存候。しかし、己のミ有用の事と存候ても、御気ニ入可申哉、難斗奉存候。

一　しりうごとの事、先便云々得貴意候処、右之書ハ、先年平田氏ゟ御もらひ被成候て、御蔵弃ニ候へバ、いまだ手ニ入不申候ハヾ、差上候ニ不及趣被仰越、承知仕候。彼書にて《于今カ(ママ)》手に入不申、却テ幸ひと存候。平田氏の答書鳥おどしも、大かた同人ゟ贈られ、御所持と奉察候。屋代翁の答書金剛談も、右同断歟と奉存候。それを今更云々得貴意候ハ、遼東の豕ニて、恥入候事ニ御座候。いぬる比、右屋代・平田の答書一本合巻、黙老子、外ゟかり出し候よしニて、見せられ候間、早速写させ置候。その比、黙老云、しりうごとの書ハ好で人の非をいふたれバ、よからぬ事ハ勿論なれども、中ニハその大家の病ひニあたり候事も見え候。畢竟この答ハなくもがなと存候とありしに、愚答て云、貴意のごとく君子ハ好で人の悪をいハず。かゝるたハぶれぶミを作りて、剰板にゑりて流布せし事、言語同断の事歟。就中、輪池翁の書をそしりて、キセルでもとほしたがよしといひしハ、忌憚らざるの甚しき也。書ハ、巧拙によらず、人によりて好キ・不好あるものニ候。殊ニ彼翁の書ハやんごとなき御かたニもとり用ひさせ給ふよし承り候事もあるものニ候。乍去、しりうごとの作者のよからぬ事ハ勿論ニ候へ共、大家としてかゝる誹謗ニあひ候事、畢竟浮華の高名の祟に候へバ、実ニこの答書ハなくとも、しる人ハしるべく候得ども、門戸を張り、徒第を集め候人ハ、門人のおもハん事もうしろめたければ、立派《マ、(ママ)》答なくてかなハぬ事ニ可有之候。扨、その解嘲も悉くあたれりや。己等ごときハわきまへがたき事もなきにあらず。されバ、しりうごとの作者、長寿ならバ後年昨非をさとりて実学者の域に入るべからんに、短命なりしハ惜むべき才子と存候、と申遣し候キ。平田氏抔ハ御懇友の事故、快くハ思召まじく候へども、外見にハかく思ひ候事ニ御座候。この一条ハはゞかりあり、御他言御用捨可被成下候。

一　八犬伝の長歌、旧冬御腹稿の思召候よし、尤よろこばしく奉存候。前条得貴意候仕合ニ候間、九輯下帙ハ二月比ゟ稿を起し可申哉。尤、六冊ニてハをさまりかね候半歟。九輯拾遺トいたし、二、三冊ふやし、結局、の胸だくミニ御座候。左候へバ、尚しバらく程有之候へども、御歌ハいかではやく拝見仕度、奉存候。御油断なく御秀詠あれかし、と所希ニ御座候。

一　先便貴問に任せ、機変の事、乍失礼御懇友甲斐ニ申試候処、御海容のよし、件々御賞美のよし被仰越、本望之至ニ奉存候。就て、御教諭に、孫行者ハ功成て正果を得たり。紅孩児ハ事ならず、降伏せられて、正果を得たり。仏と成ると役使となると、高低貴賎ハあれども、機変ハ同じ、正果も亦同じ云々の御弁論、承知仕候。乍失礼、かゝる御論ハいまだ西遊の骨髄を得給ハざる故にこそ候へ。抑、三蔵・孫行者等が九々八十一難の魔障ハ別物にあらず。三蔵ハ即功を貪ると守短の祟りによりて、魔障あり。孫行者ハ亦才を負ミてその神通を売弄せし祟によりて、魔にあへり。畢竟、その魔ハ三蔵・行者の心術より惹出す物にして、別物にあらず。畢竟、形と影の如し。形去るときハその影いづくにあらんや。この故に、孫行者正果を得るに及びて、紅孩児も亦正果を得ざることを得ず。孩児・牛魔王なンど、差別あるに似たるも、魔も亦仏也、仏も亦魔也。この理を推すときハ、紅孩児と孫行者ハ一心一体也。別物とすべからず。されバ、世にある人、機変によりて事をあやまるとも、その機変の非を悟るときハ、成佛の域に入らざることなし。年来の催債、種々の口説ハ、みなその人機変の心術より惹出したるものなれバ、既に機変の非をさとりて糾《ヨリ》をもどし、遂に自然に任ずれバ、催債口説も随て消滅せずといふものなし。是西遊作者の大意也と愚ハ思ひ候也。一笑千笑。

一　若山江御退隠之事、旧臘十日頃ニ御出立のよし、この余之義共あらまし被仰越、承知仕候。然らバ、旧臘いよ／＼御移徙と想像仕候。寒中の御道中、御苦労とハ奉存候へ共、南海ハ、寒中といへども江戸抔とちがひ温暖ニも可有之候へバ、御凌ギ易き方ならん歟と奉存候。姑く御経営の御苦心を御のがれ、御心地も長閑やかにて、御面影もわかの浦ちかく、あら玉のとしを迎させられ候ハんと、いと／＼めでたく奉賀候。御媳婦様御孕身のよし、十三ヶ年その御気色も無之処、此節右之趣ニて、御子孫御繁昌の御吉瑞、さこそ御惣容様の御悦申ばかりなく、蔭ながら珍重奉存候。右ニ付、御内政様ハ御附添の為、当年四月比迄松坂ニ御残り、貴君御一人まづ若山へ御発駕被成候て、当三、四月比、又松坂へ御立かへり被成候節、御令政様御同伴可被成よし、さこそと奉存候。それ迄御一人ニて、御不自由ニもあらせらるべき歟。乍然、外ならぬ御歓びの筋なれバ、御不自由も亦、御後たのしく思召候半と奉存候。若山御寓居の御主人御姓名并ニ御居宅の街名等、くるしからず候ハヾ、心得の為、承り置たく奉存候。若山へハ年来度々御出かけ被成候事故、さすがに他郷へうつらせ給ひしごとくにハあるまじく候へ共、なほ故郷にますべくもあらず。四、五年も経候へバ、江戸へも御出かけ可被成思召候よし。それまで命めでたく候ハヾ、得拝顔候て、心緒を尽し申たく奉存候外無之候。只是迄とちがひ、拙翰抔も速にハ達しかね候半と、是のミ遺憾不少候。其御地の趣、後便ニくハしく御しらせ可被下候。

一　先便一寸得貴意候キ黙老子、去冬十二月上旬いよ／＼国勝手被申付、姑く（久しくカ、ママ）在府太義（ママ）のよしニて、御主君ゟ金百両賜り候よし。依之、二月ハ妻子を引連レ高松へ帰り候よし、旧冬被申越候。是迄とても面会ハ只一度ニて、月々文通のミに候へども、さすがに江戸を放れて遠く讃州へ被帰候てハ、おのづから疎遠ニ可成候。且、同人息女十五才ニ被成候ヲ、同藩へ嫁し候故、旧臘ハことの外多用のよしニ付、鉄花仙史の事も、右之仕合ニ御座候間、遠慮いたし、未申遣候。是ハ、彼人高松へかへられ候後、彼地ゟ御かり受被成候方、便利ニ可有之奉存候。蔵書も悉携られ候よしニ御座候。

一　黙老子、高松へ移徙致され候てハ、同好の友も無之よし。貴老わか山御退隠之事、旧冬御噂申遣し候処、いまだ御めにかゝらず候へども、御同好之御事ニ候へバ、已来文通いたし、御心易く蔵書など貸借いたし度候。紀州・讃州ハ隣国の事ニ候へバ、文通ハさら也、書籍の貸進もたやすく候。左候へバ、愚老と交遊の心地にてなぐさめ申度候間、紹介いたしくれ候様、旧臘一両度被申越候。野生答ニ、篠斎と友垣結ばせ給ハん事、於愚老、忝奉存候。乍去、平生多用の仁ニ候へども、是迄年々三、四度の不過文通候。申遣し候とも、いかゞ可申越哉、難斗候へ共、若山江退隠いたし候てハ、松坂ニ在し日ゟ寸暇を得候半欤。遠方の事、紹介いたし、先方の返事を得て云々いたし候てハ、その内ニ貴翁の御発駕ニも及び可申候。則、紹介の義ハ心得候間、篠斎へ御状可被遣候。早春拙翰中へ入封いたし、松坂迄可遣旨ヲ及返事候へバ、早春、書状一封被差置候ニ付、御届ケ申候。右之趣ニ御座候間、此段、御承知可被下候。書籍ハことの外好ミ候人ニて、奇書多くとり入候。書籍御貸借には至極可然候。外ニハさばり《か脱カ》有益《(ママ)》之事も無之候へども、高ぶらず、謙遜正直のかたに近き性質の様ニ被存候。第一節倹家ニて、よく家を成し候人ニ御座候。御承引ニ候ハヾ、黙老へ御回報、一筆被遣可被下候。夫迄ニ出立被致候とも、引つゞきそのもより迄指出し可申候。何分貴君の御才学と御風流を慕ひ被申候故ニ御座候。同好ニして知己も亦得がたく候へバ、聊御詞敵にハ可被成候得ども、此老何事も精細ナル事ハ不得手ニて、文通などもくハしからず《(濁ママ)》候。さハれ、簡略ニて亦よき事も御座候。此義、かねて御承知可被下候。

一　桂窓子ハ本家の御事ニて御多用のよし、承知仕候。

彼人ハとしもわかく候へバ、俗事第一ニ出精被致候事、めでたく存候。これも文通くハしからず候へバ、又申す事も省略いたし候。只介意なきハ、貴君の外無之候。

一　拙病痊可の御悦び御叮嚀被仰越、忝奉存候。去年の大病ハいよ〳〵おこたり果候。眼病ハとかく同様ニて、あしくもならず、よくもならず候。少々毒をたべ候ても、ふかくあたり候事もなし。又、薬を用ひ候ても、きゝもいたし不申候。これハ老病ニて、せんかたなく候。左眼、此分ニ候へバ用ハ弁ジ候間、今ハ懸念不致候。只腰痛にて、歩行ハ勿論、家内のたちまハりも不便ニて、困り候へども、是も老人のあたりまへと存候間、ともかくもいたし罷在候間、乍憚御安慮可被成下候。○忰事、去春中ゟ去年一ケ年、引籠罷在候。寒ニ入、別して不快、下部の腫気まし、或ハ暴瀉いたし、痰咳并ニ喘息つよく、度々危殆ニ及び候へ共、又もち直し申候。別人ニ候へバ一トたまりもあるまじく候へども、それが持まへのやうニ成候故、凌ギ候事ニ可有之と、懇意の老医も被申候。只、廃人同様ニ御座候。愚父存命の間ハ、その身ハさら也、妻子どもやしない候得ども、ゆくすゑハいかゞ致し候哉、心もと事《(なき脱カ、ママ)》ながら、苦労ニいたし候ても詮なき事故、天命ニ任せ候外無之候。御憐察可被成下候。

一　去秋冬ハ、雨甚稀ニ御座候。九月中ゟ既ニ百余日の旱天ニ御座候。十一月八日ニてかありけん、その日ハ特に暖く、昼後ゟ夕立のごとく暴雨ふりそゝぎ、雷鳴数声、その後忽晴レ候。それゟ後、薄雪両度ふり候へども、只塩を打ちらせし様ニて、湿りニ成不申候。十一月迄ハ暖気ニ候ひしが、十二月初旬ゟ寒気甚しく、日々西風つよく、老人ハ尤凌ギかね候事ニ御座候。御地ハいかゞ候哉、承りたく奉存候。米ハ白米金一両ニ六斗五、六升、市中小うり百文ニ九合五勺とやらんニ成候よし。麦・大豆・小豆ハ米ゟよほど高直ニ御座候。去年来魚類無之、野菜もことの外高直ニ御座候。あまりに雨無之、且寒じ甚しき故ニ可有之候。麦作抔ニハさわり候半歟と存候。是ゟ暖気ニむかひ、傷寒或ハ感冒抔流行せねバよいが、と不

天保6年1月11日

安心ニ御座候。余寒の折から、御自愛専一ニ奉存候。

恐惶謹言

正月十一日　著作堂　解

篠斎大人

梧下

尚々、此節とても悴病臥、且老婆足ニ腫物出来、旧冬ゟ歩行不便ニ御座候。小児のミにて、年始客も野生応対いたし、その間ニ八犬伝校合ニて、実ニ不得寸暇候故、申もらし候事も候半。尤、旧冬被仰越候義共、事済候分ハ省略仕候。例の走筆失敬、宜御推覧可被成下候。以上

一旧冬御わらひに備候拙詠の御かへし、忝いとめでたく候て、折々吟賞仕候。試筆の詩歌奉《本カ》紙《(ママ)》のうらへ認置候。御笑覧、御高評可被成下候。

一〇　天保六年二月二十一日

（朱書端書）未二月廿一日出、同廿八日松坂着、
三月五日若山着、六月廿日返書出ス

尚々、関潢南方へ参候かし本や某、今早朝八犬伝かひ取ニ丁子やへ参候処、はや百許人つきかけ、われ先ニと急ギ、只ハア／＼と申内、又あとゟ追々つめかけ、誠に火事場のごとくニて、より付かね候よし、只今、関氏ゟ文通の序ニ申来り候。勢ひかくのごとくニ御座候間、御よろこび可被下候。

一筆啓上仕候。寒暖不同之気候ニ御座候得共、弥御清福可被成御起居、奉敬賀候。然者、正月十六日出ニて、自是年始御祝義（ママ）書状并ニ旧冬被遣候貴翰の御答等、松坂御賢息様様（衍カ、ママ）迄指向差出し候。定て松坂ゟ相届、御覧被成候半と奉存候。其節も粗得貴意候八犬伝九輯彫刻、当春正月に至り、やうやく六之巻迄揃ひ候。已前二ゟ五迄ハ追／＼ニ校合いたし、右六之巻ハ二月七日ニ校合いたし終り候。尤、校合済候分ハ追々すり込候故、手廻しはやく、則今日うり出し候よしニて、昨夕、板元ゟ本差越候間、御兼約のごとく、弐部壱包ニいたし、今夕飛脚へ出し候。松坂御賢息様ゟ御届可被成候間、添状認、代金等事御賢息様へも御案内申入候。此度のハ六冊ニて、紙数も例ゟ多く候間、おろし直金壱分弐朱ニうり候よしニ御座候。依之、弐部代金三分也。此段、御承知可被下候。よほど岅も有之、よみで（濁ママ）も有之候故、直段、板元気ばり候事と被存候。但し、此本ニ限らず、改名主へ出し候本と拙者方へ遣し候本ハ、紙・すり等えらミ、三十部許別ニ製本いたし候よしニ付、並うりの製本とハ少しハちがひ可申候。いかゞ可有之哉、得と御覧被成候様、奉存候。

一　旧冬御出立後、貴地之御様子不承候間、さすがに心にかゝり候。三、四月比ハ一たび松坂江御立帰り、御令政様御同道の御つもりのよし、其比恩借之唐本・松蔭日記等返上いたし候様、旧冬被仰越、承知仕候得ども、当春此節迄、日々大風ニて、火災も度々有之候故、甚心配

ニ御座候。既ニ拙宅近辺神田明神表門向もよほど焼亡し、一夜大さハぎいたし候。依之、御蔵本とめ置候も甚心配ニ付、少しはやくハ存候へども、

　隔簾花影　一帙
　両交婚伝　一帙
　松蔭日記　六冊

右紙包ニいたし、此度松坂御宅迄返上仕候。永々留置、忝仕合ニ奉存候。野生、早春来とかく不快ニて、気分引立不申候。且、当年ハ著述出精せねバならぬわけも御座候間、読書の暇無之候。快心編等御恩借之事ハ、是ゟ御案内申上候まで御見合せ被下候様、奉希候。

一　俠客伝四集ハ旧冬校合いたし終り、右板木追々船づミニて大坂江登せ候処、海上の事故、正月下旬迄も大坂へ着不致候板も有之候よし。正月二日うり出しニなり不申候てハ、いつとてもうり旬あしく候間、半紙下直の品出候節、ゆる／＼とすり込うと、板元河茂申候よし。是迄のごとく江戸ニてすらせ候へバ、随分正月二日のうり出しニも成候処、聊の勘定合ニ拘り、板木を船づミにてとりよせ候故、右之仕合ニ御座候。依之、いつうり出し可申哉、難斗候。もし来正月迄もちこしてうり候哉、しからバ四年越しニ成候。寔ニ沙汰の限りニ御座候。大坂板元ニハ前ニ懲り候へども、丁子や彼是取持候間、無拠つゞり遣し、後悔いたし候。如此勢ひニ御座候間、一向はり合無之候。御賢察可被成下候。

一　奇魂二冊、旧冬かひ取、致一覧候処、尤好書ニ御座候。近来出板の好書ハ行在或問とこの書の外多く不見候。但し、あと不出候間、只能書のミにて、薬無之様なる心地せられ候。いかであとをはやく出されよ、見まほしく存候事ニ御座候。此作者佐藤氏ハ御面識のよし、みちのくへかへり候哉、江戸に被居候哉、悴病症抔見せて、療治をうけて見度ものニ御座候。

一　旧冬ゟ雨一向ニ稀ニて、寒気例ゟきびしく、春も余寒甚堪かね、風烈猛風日々の様ニて、早春ゟ江戸風邪流行、軽重ハ有之候へども、のがるゝもの稀ニ候。野生ハ

正月六日、七日比ゟ感冒にて、三、四度再感いたし、中頃ハよほどもつれ、五、六日病臥、此節とても起出居候のミにて、快然の日一日も無之候。服薬将息《持カ(ママ)》いたし罷在候へども、忰事今以同様ニ候間、所要多く、保養も出来かね候。去年大病後、何となくよハく成行候。七十に足をふミかけ候てハ、一身の工合大ニちがひ候事ニて、朽をしく存候事のミニ御座候。実に桑楡の暮景、せんかたなき事ニ御座候。二月に至り、近隣ニ三度小火災有之、幸ひニその節ハ風なく、大火ニ至らず候得ども、拙家ハ病人と老人と小児のミに御座候。かねて覚悟の事ながら、近火にハ当惑いたし候事、度々也。右ニ付、恩借の唐本・松蔭日記、一日もはやく返上いたし、安心いたし度存、今便返上仕候事ニ御座候。

一　神田明神前近火之節ハ、伝馬町文右衛門ぬしゟも、当夜御使ヲ以御たづね被下、忝奉存候。早速名代ヲ以謝礼申入候得ども、尚又御序之節、可然御伝言、奉希候。

一　牛込赤城の火事も、寺町へやけ出、竪五、六町延焼のよし、彼辺の寺多くやけ候。清右衛門縁檀然《龍カ(ママ)》門寺抔といふもやけ候。それニ付、をかしき事御座候。牛込入歯師吉田源八郎と申者方へ、義歯二枚繋直しニ遣し置候処、右之者うらへ飛火ニて、家宅焼亡。依之、拙者遣し置候義歯を失ひ候よし、聞え候。無拠新規ニ申付候へバ、七百疋程の損ニ御座候。牛込の火事にかばり《(か脱カ、ママ)》の損すべきとハ思ひきや、ニ御座候。御一笑と奉存候。

一　前文ニも得貴意候ごとく、当年ハ著述出精いたし可申存候故、八犬伝九輯下帙七の巻、二月六日ゟ病中ながら筆とりはじめ、第百四回本文十三丁半ハ稿本出来、両三日前、筆工へわたし候。百五回本文廿五丁終迄書おろし候へども、補文・つけがな等ハいまだしニ御座候。夜分燈下ニてハ出来かね候故、昼の内のミニ候へバ、格別はかゆき不申候。一日ニ或ハ壱丁半、弐丁位稿し候。三丁と稿し候事ハ稀ニ御座候。五、六月頃ニ六冊つゞりをハり、水滸伝・金瓶梅ヲその間へはさミ、つゞり遣し度、あせり候へども、何分老病ニて、存候様ニハ出来かね可申候得ども、先其心づもりニ御座候。御同好之事故、楽屋の趣、御聆ニ入置候。只々年中せわしくのミ致消光候。歩行出来かね候間、看書のミ楽ミニ候へども、看書のいとま無之候。美少年録も今年ハぜひ〳〵と被頼候故、甚心せわしく候。

一　かく認居候処江、二月十二日之貴翰大封一通、飛脚問屋ゟ届来候ニ付、早速折封（析カ、マヽ）、拝見仕候。不相替年始御状被下、殊ニ御とし玉朱墨壱挺御投恵被成下、寔ニ重宝之品、千々万々拝戴いたし候。御試筆の玉詠御聞せ被下、餅ハ餅やニて、又格別の御しらべ、勿論のことながら甘吟仕候事ニ御座候。

一　自是正月十二日書状、同廿九日ニ着、被成御覧候よしニて、件々御細答之趣、承知仕候。試筆拙詠つくばの山可然よし、忝承知仕候。但シ、ふたいろきぬよ、此よハはの方可然哉と存候。又、うぐひすの歌、しら梅・梅がえの御評、甘服仕候。げに歌ニしら梅とハ不読候事勿論ながら、なきそむるといふゟしら梅とせしハ、なづみし也。とくと考見候へバ、梅がえ、おだやかなるべく候。又つくばの歌も、後に、雪も今朝浅むらさきにかすミけりまだふたいろの春のつくばね、とも致し見候。いづれか可然哉、御示教奉希候。

一　かく申せバ、尤をこがましく聞え候ハん歟。詩ハ天朝ニも今昔その人多く候へども、唐人の右ニ出るもの一人も無之。実に詩ハ　皇国の風土ニあハず、只唐人の口まねをすのミ也と弱官ゟ存候間、不学之輿に乗じて賦する事稀ニ有之候へども、やうやく平灰（仄カ）（マヽ）をならべ候のミに候へバ、そのみちの人の為にハものわらひに可有之候。歌ハ、御存のごとくこのみ候へども、是亦達意を旨として、思を述るのミに候へバ、歌よみ達の目にハいと〳〵をさなくて、をかしかるべく候。但し、ことばをえらミ、苦吟して、此一すぢにのミつながれ候も、胸広からぬ様ニ存候へバ、師に就て学び候事なく、独学孤陋、勿論ニ御座候。これ亦御一笑と奉存候。

一　正月十二日、是ゟ旧冬御答、件之（々カ、マヽ）得貴意候処、御多用中又件々御再答被仰越、辱承知仕候。又それを件々再々御答ニ及び候てハ、ことの外長文ニ成候。何分此節気力引立ず候故、事済候義ハ御答省略いたし、要緊の義のミ得貴意候。此段、御海容可被成下候。

一 旧冬の御状ニハ十二月十日頃わか山へ御出立のよし被仰越候ニ付、左様ニ存罷在候処、御故障之御出来、旧冬ハ御延引被成候よし、当二月中ニハ御出立可被成よし被仰越、御様子初て承知仕候。御出立二月中とハ被仰越候へども、もし三月上旬ニも成候而、此拙翰被成御覧候事もやと存、差急ギ飛脚へ差出し候。

一 黙老子書状も被成御覧候得ども、云々御心むつかしき折ニ候へバ、わか山へ御移徙、御おち着被成候上ニて御返事可被遣候よし、承知仕候。黙老子も高松へ出立二月中と聞え候処、高松ゟ代りの家老衆交代いたし候上、迹引わたし罷帰候様、被為命候よしニて、三月四日比出立、と申事ニ御座候。御別紙ニ右一義被仰越候趣、早速黙老子へ通達可致候。追て、御返事ハ此方へ被遣候ニ不及候。直ニ讃州へ御出しの方、便利ニ可有之候。此段も黙老子へ可申入置候。江戸へ被遣候ハ迂遠ニ候。黙老子高松の住処、右之ごとくニ御座候。

讃州高松御城近辺浜町ニて

高松御家老　木村亘

一 旧冬若山江御出立御延引ハ、古人常久様御子息廿一才と成らせられ候処、大病ニて、御見はなち被成がたく思召候内、終に大晦暁御遠行、当正月四日御送葬被成候よし。尚わか〳〵敷御人のかくならせ候御事、御愁傷奉察候。然処、御娘婦様、御臨月ゟ一ケ月はやく、正月廿日ニ御安産被成、御産婦様ハ御恙もなく御肥立のよし。御出生ハ御男子ニて、御よハくハ見えさせ候へども、御七夜ニハ御名進ぜられ、御一同御歓び、御鍾愛被成候処、御月足らず故歟、御殤損のよし。御なげきの程、さこそと奉察候。世に八月子ハ育テども九月子ハ不育と申候如く、九ケ月ニてうまれ候ハいづれも生育無之様ニ存候。乍然、殤損の後ハ程なく又御懐孕あるものニ候へバ、来年比ハ又御歓び可有之奉存候。拙家媳婦も四ヶ年前八月、傷産いたし候へども、上ニ男女二人の小児あれバ、さばかりをしミ候ものも無之、翌年又女子出生、是ハ丈夫ニ育候。殤損の後ハ大かた如比ニ候へば、ゆくものハかへらず、（濁マヽ）只後年を御たのしミ被成候様ニと奉存候。忰へも申聞候処、何分宜申上くれ候様申候。これらの駭嘆、千万言ニもつくしがたく御座候まゝ、省略仕候。御惣容様へよろしく御伝声、奉頼候。

一　傾城水滸伝十三編・金瓶梅四集、未被成御覧候由、いかで被成御覧候様、奉存候。

一　鳥おどし・金剛談、未被成御覧候ニ付、返上之御蔵本包内へ封入いたし、貸進いたし候様被仰越、承知仕候。則、包の内へ、返上の唐本類包候後、御状着ニ付、無拠八犬伝の包内へ加入仕候。此段、御承知可被下候。

金剛談
鳥おどし　合本一冊

右封入いたし、貸進仕候。ゆる〳〵可被成御覧候。

一　八犬伝九輯校合、一人一眼ニて甚せわしく校し候故、見おとしも可有之候。御覧の節、御心づかれ候あやまり有之候ハヾ、後便ニ御しらせ被下候様、奉希候。貴評、勿論奉待候。

一　両交婚伝大奇書のよし、先便得貴意候処、御満足ニ思召候よし。右之唐本ハ先持主秘蔵と見えて、間紙ヲ入レ、仕立直し、帙も拵直し候様ニ見え候。しかれども、その人没し候へバ忽他人の物と成候事珍しからず。野生抔近来写本多く写させ、四、五年の間ニ四、五百冊出来、年々これが為によほど費し候。但し、老後のたのしミハ看書の外無之候。殊ニ書淫ニ候へバ、生来衣食を省キ書を貯候処、忰ハ病身ニて、中〳〵看書出来かね候故、予が身後、速ニ沽却いたし候様、申付置候。しかれバ、今しバらくの間ニ可有之候間、当年ゟ写本ハ一向ニ止メ可申存定候。見候へバつひ写させたく成候故、見ぬがましならんと存候。御憐察可被成下候。人の了簡もさま〴〵に成行候ものニて、壮年ニ後年をはかり候事ハ皆画餅ニ成候。世の中皆かくのごとくなるべし。然るを、愛惜す

天保6年2月21日

べからずと存候へども、さすがに年来苦心して貯候へバ、をしからぬニもあらず。うりて銭に成行候物ハ、書籍にましたる物なし。焼ケさへせねバ、少々ハ子孫困窮の凌ニもと存候テ、貯候へ共、媳婦抔ハ草ざうしも嫌ひ候故、いつもにが／＼敷顔いたし候もきのどくニ存候間、如此了簡いたし候。御一笑可被成下候。

一　若山御居宅ハいまだ詳ならざるよし、御主人の御姓名等御しるし被下、忝承知仕候。いよ／＼御落つき被成候ハヾ、くハしく御様子御しらせ可被下候。拝顔のこゝろにてなぐさめ可申候。右、今便の御答旁、如此御座候。

恐惶謹言

二月廿一日　著作堂

篠斎大人

梧下

一一　天保六年三月二十八日

（朱書端書）未三月廿八日出、勢州四月八日出、
同十五日着、六月廿日返書

尚々、乍例、今日ハ甚多用中禿筆を走らし候故、尤乱書失敬之仕合ニ御座候。よめかね候処も無之共難斗候。いかでよろしく御推覧、奉希候也。

一筆啓上仕候。追日赴春暖候処、弥御清栄可被成御起居、奉賀候。随而蔽屋無異、御休意可被成下候。然者、三月(二カ、ママ)廿一日出早便拙翰を以、伺御安否、且八犬伝九輯うり出しの案内、得貴意候処、御出立後廿八日ニ右書状致着於松坂、御賢息様ゟ御地江御届被下候よし、及承候。其後、八犬伝九輯弐部并ニ貸進之写本金剛談・鳥をどし合本入一包、又返上之唐本弐部二帙并ニ松蔭日記とも一包、大(右カ、ママ)紙包二ツハ、三月七日ニ松坂江着ニ付、同八日出ニて御賢息様ゟ全八犬伝弐部代金三分也、早速御遣被下、順着ニて慥ニ落手仕、御賢息江之御答一通、差出し候事ニ御座候。定て追々御賢息ゟ其地江被仰達、被成御承知候半と奉存候。八犬伝も程なく御地江参り、被成御覧候哉、とにかく想像いたし候のミ。只今ハ一段遠方ニ被為成候故、隔靴掻癬こゝちせられ候。わか山御到着後、弥御様子よろしく、御安堵被成候哉、御様子承りたく奉存候。

一　八犬伝二月廿一日うり出し候節、三百部製本いたし、少々不足ニハ可有之存候へ共、急候故、その通りニてうり出し候処、本日八時頃ニうり終り、あとゟ参り候者ニ本無之、彼是被申、甚こまり候ニ付、廿一日夜ハ諸職人不睡、終夜すり・仕立等一時ニいたさせ、翌廿二日昼時迄ニ五十部製本出来、右あとゟ参リ候ものへわたし、やう〳〵息ヲつぎ候よし、丁子屋申候。右之趣故、何分板元下稿稿本(ママ、藝文本画の誤か)ヲせり立候得ども、野生事、当正月七種頃ゟ流行の風邪しもつれ、今以折々悪寒いたし、外邪ヌケかね候故、服薬いたし罷在候仕合ニて、筆硯はか行不申候得ども、一日も休筆ハ不致候故、八犬伝六冊の内二冊半、百八回迄稿本出来、追々ニ筆工・画工へ稿本わたし候

へども、板元猶不飽ニて、（ママ、藝文本候）筆工一人ニてハ埒明かね候と申、生筆工道友といふものを同道いたし、二人ニ引わけ書せ度よし申候へども、左様ニハ作者の稿本出来かね候故、甚せわしく、こまり候。御一笑可被成下候。右八犬伝九輯御覧被成候ハヾ、御手透之節、貴評御しらせ可被下候。只今ゟ奉待候。乍然、御地只今の御様子くハしく不承候故、日々心にかゝり、いかゞの御様子ニ御くらし被成候哉と奉存候。松坂ニ被成御座候ゟ御安楽ニ候哉。主客の勢ひハ御懇意の御中ニても可有事ニ候へバ、少しハ御介意の筋もあらん欤。度々書状差出し候もいかゞと奉存候へども、今便桂窓子へ書状差出し候ニ付、御安否伺度、呈拙翰候也。

一　黙老子、三月七日ニ江戸出立被致候。京都ニ七日許逗留いたし、大坂ニも三日許逗留のつもりのよし。左候ハヾ、四月上旬ならでハ高松江着被致まじく候。二月廿八日ニいとま乞ニ来訪候間、暫時清談もいたし、貴兄の御噂抔も申出候キ。老人も六十二歳のよし。此後、江戸出府ハ致すまじきよしニ候間、生涯の別ニ御座候。

送行拙詠、

　なげかじな身ハ老ぬとも玉くしげ
　　ふたゝびあハぬわかれならずは

又さぬき高松といふことを、

　あづまにはいまさぬきミをふる郷に
　　たがまつらんとおもふわかれ路

黙老かへし、

　なげくぞよわかれのことの玉くしげ
　　ふたゝびあハん時しなき身《イニ、よしのなければ》は

貴兄同人江御返翰の事、五、六月比、松坂へ御立かへり、万事おち付候上ならでハ出来かね可申候。それ迄彼人の返事ども被成御覧候へと申示し、先便被遣候彼件の御別翰を遣し候間、大ニ歓れ候様子ニ候。高松江御返翰被遣候ハヾ、大坂蔵やしき役人中名当ニ被成、蔵やしき迄御差出し被成候へバ、高松船平生参り居候間、早速届可申よしニ御座候。右ハ、

松平讃岐守様大坂御蔵屋敷ニて、

留守居山名半六
勘定奉行秋山与五右衛門
中村九兵衛
谷口藤左衛門

此留守居衆と勘定奉行の内、一人両人の名宛ニて差出し候様、被申候。尤、此度大坂蔵やしきへも被立寄候間、右役人中江、云々の人ゟ書状頼、差越候事も可有之候間、かねて被心得、高松江来状差越しくれられ候様、声をかけおかれ被下候へと、黙老人ニ約束いたし置候。此余、黙老姓名并ニ高松の居宅等ハ、先便ニ得貴意候得バ、御承知可被下候と奉存候。

一　黙老人高松江(蠹文本に)離別後ハ、江戸ニて知音の友ハなくなり候処、又一人、是ハ貴人ニて、和漢の小説を好れ、殊ニ謬テ老拙をとし来信仰のよし。旧冬懇意の一儒臣紹介ニて、自筆の作文等度々被頼候故、無是非きぬ地二、三幅、ふくさ・扇面等多く書ちらし、進じ候所、是非面会致したいと被申越候。貴人江(蠹文本に)咫尺いたし候事、甚いとハしく存候故、かたく断り候へども、何分きかれず、三月廿日、乗物ニて迎られ、又乗物ニて送られ、当夜四時、帰宅いたし候。それ故、又風を引、両三日なやミ候。屋敷ハ麻布ニて、拙宅ゟ二里許御座候。猶頼れ候きぬ地抔多く参り居、著述ニ暇なき折から、甚こまり候得ども、貴人の事故、つれなくも申がたく、知己の事ニも候へバ、よろしくあしらひ候事ニ御座候。此外、三十五、六万石の大諸侯ゟ御使ヲ給ハリ、拙蔵の巻物をかりて見たい、その代りニハ蘭物多く所持被致候間、何ニても可被貸よし、被仰越候。是も大諸侯の事也、つれなくもいなみがたく、甚わづらハしく候。何分虚名の祟にて、今さらせんかたなく候。御一笑可被成下候。

一　年来屏居故、世間の光景ハ不見候へ共、拙宅莎庭の花、椿・さくら・梨子・山ぶき・木蓮抔、追々満開候。乍然、旧冬ゟ雨稀ニて、日々猛風也。風なき日ハまれ〳〵ニ候故、今以度々火事有之、安心ならず候。いかで当秋ハ豊作ニいたし度、祈り候。御地いかゞの御様子ニ候哉、承りたく奉存候。忰義も同様よろしく申上候。此者、此節ハ少々快方ニて、病苦ハ薄らギ候のミ、とかく同様ニて、こまり候。尚、後便可得貴意候。

恐惶謹言

三月廿八日　著作堂　解

篠斎大人

金剛談・鳥をどし合本、御覧後いつ也とも桂窓子へ御廻し、御見せ被成候様、奉存候。彼仁もいまだ見られず候よしニ御座候。

奇魂の作者佐藤民之介事たづね候所、江戸神田土手下鏡屋ニ寓居のよし。心術不宜、尤無法人のよし申候もの有之。忰病症診せさせ可申哉と存候へども、右之噂ニておそれ、黙し候。貴兄ハ先年御相識のよし、実ニ左様之人物ニ候哉、内々、御幸便之節、御しらせ被下度、奉希候。

一　拙作金瓶梅三集下帙、桂窓子配下の小店さうしやか(ヘカ、マヽ)申遣し候所、無之よしニて、差越不申よし。依之、野生方へ頼ミ、云々被申越候間、右之新本合二冊、三月九日出ニて、桂窓子江おくり遣し候。貴兄も一本御入用と存候間、其後板元江申遣し、とりよせ置候。これハ、今便都合あしく候間、差出し不申候。五、六月比、松坂へ御立かへりの節、差出候方、宜しからんと存候故也。それとも、はやく被成御覧度候ハヾ、可被仰越候。早速松坂御宅迄差出し可申候。

一　五、六月比、松坂へ御立かへりの節ハ、其已前ニ、いつ比松坂へ御かへり、いつ比迄御逗留といふ御案内、早々御示し可被下候。其節いろ〳〵可得貴意所要も可有之候。前文得貴意候ごとく、八犬伝稿本差急ギ候上、いろ〳〵外事の被頼物も多く、惜寸陰候間、さしたる用事も無之候ハヾ、夏比迄不沙汰ニ打過可申候。此段かねて御承知可被下候。以上

一二　天保六年五月十六日

（朱書端書）未五月十八《ヒ》六（傍注一字墨書）日出、六月朔日着、
六月廿日返書出ス

一筆啓上仕候。赴梅雨之時候処、弥御壮栄可被成御起居、奉賀候。然バ、拙翰両度、三月中差出し候。定て相達、被成御覧候半と奉存候。久々御便り不承候得ども、兼可（ママ）被仰示候ごとく、若山表御用向御片付被成候上、ゆる〳〵貴答可被下思召なるべく猜し罷在候。御急だにあらせられず候へバ、此上之御事マ、（ママ）ト奉存候得ども、さすがに心にかゝり候故、及諄言候。

一　俠客伝四輯、大坂ハ三月中旬ニうり出し候よし。例の浪速人の不実ニて、江戸下しすり本ハ、彼方ニてうり出し候後、板すり壱人にだら〳〵（濁ママ）とすらせ両三度ニ出し候由ニ候へども、そのすり本久しく着不致、丁子や甚心労いたし罷在候処、五月節句前とやらにやう〳〵すり本着、揃ひ候故、昼夜とりいそぎ製本いたし、昨十五日ニ江戸うり出しニ御座候。十五日ハ飛脚休日ニ候間、今日右之書弐部、外ニ新編金瓶梅三集の下、一包ニいたし、今夕、飛脚へ出し申候。代銀之義ハ、三輯迄ハ江戸ニてすり込、うり出し候処、此四輯ハ大坂へ板を登せ、又大坂ゟすり本差下し候故、脚ちん等雑費多くかゝり、引合かね候間、壱部ニ付、おろし直拾六匁五分ニわたし候よしニ御座候。依之、弐部ニて三拾三匁、金瓶梅ハ壱匁弐分ニ御座候。〆三拾四匁弐分ニ御座候。此段、御承知可被下候。三月下旬、大坂ニてうり出し候間、若山へも本廻り、とくニ被成御覧候半と査し奉り候へ共、御兼約ニ付、弐部速ニ差出し申候。但、直段前々ゟ少し登り、妙ならず候へ共、一同之義ニて、少しの事をねぎり候もいかゞニ候間、右之通りニ御座候。如例、校合見遺し等も可有之候。御覧の後、御示教可被下候。尤、貴評、御手透之節、承りたく所仰ニ御座候。うり出し夏気ニ成候故、折あしく、捌ケ方いかゞと存候処、看官まちかね候事故、かし本やの勢ひよろしく、十四日ニ上ぶくろのミを乞、

先ヅ袋を得意へ見せ候半抔と申やから多く有之よし、丁子やの話ニ御座候。十四日ゟ入梅ふりくらし、十五日昼前迄以之外の大雨中ニうり出し候故、捌ヶかたいかゞト存候処、十五日昼ゟ雨止ミ、夕方ゟ晴候。左候へバ、遠方のかし本やも昼ゟ必出かけ候半と存候。十五日板元之様子ハ未聞候得ども、勢ひハ右之通リニ御座候故、三百部製本ハ当日出しつくし候半と猜し候事ニ御座候。只、入梅中故、道中川支等も可有之、定て延着ニ及び可申哉と胸ぐるしく、本意ならぬ事に御座候。

金瓶梅ハ去冬十一月の急作ニて、校合大晦日夜四時比いたしをハり、正月三日ゟうり出し候。かくのごとき仕合故、校合直し行届不申候。合印のもん所等ニも筆工の間違ひ有之、意庵へ㊞トしるしつけ候もあとニて見出し候故、直し候処、早春板元へ申聞ヶ候へども、返事のミいたし、今に直し不申候。新板の方、おろし直壱匁弐分、三集の上、古板ハ壱匁ヅヽのよしニ御座候。悞衍ハ二、三ヶ所御座候。右之思召ニて御覧可被成下候。先便、此義得貴意候。御注文ハ無之候得ども、三月中越後ゟ被頼候而四、五部とりよせ候序御座候。貴家様分壱部、余計ニとりよせ置候。桂窓子も手ニ入かね候よしニて被頼候故、三月中壱部遣し候。貴兄も同断御手ニ入かね候半と存候故、如此取斗ひ候へども、もし御不用ニ候ハヾ、無御介意、御序ニ御返し可被成候。其後御返事不及候間、心事如此御座候。

一　八犬伝九輯桂窓子の評、一冊つゞり立、先便ニ見せられ候。彼仁追々見やう功者ニなられ、略評ニハ候へども、大ニ感心の事も御座候。その中、作者の専文を見おとし、一字も評なきもあり。なれども、全体之評至極よろしく出来申候。いかで、貴兄も手透之節、御評あれかしと所仰ニ御座候。

一　毎度被掛御心頭、御尋被下候悴宗伯義、長病終ニ療養不届候て、五月八日朝五時、致死去、同十日四時過、御菩提所小石川茗荷谷浄土宗伝通院末清水山深光寺江為致安葬候。享年三十八歳ニ候。法号、

玉照堂君誉風光琴嶺居士

年来御面識之御事故、此段、御承知可被下候。かねて覚悟の事ながら、今便当惑いたし候。命の長短ハ天命に候へバ、をしミも不致、かなしミも不致候へ共、老後如此不幸ニて、後の事いかゞ可致哉。嫡孫瀧澤太郎甫ノ八歳ニ御座候。次ハ女子ニて六才、これハ、四才の春、長女方ニ子ども無之候故、養女ニ遣し候。その次も女子ニて、三才ニ成候。媳婦ハ三十歳ニて、壮年の事故、始終之事、無覚束候。且、媳婦・両親、心術氷炭のけぢめ有之、一向ニ不合候故、忰も生前この事をのミ嘆息いたし候キ。いかで嫡孫をとり立候半とハ存候へ共、予が余年たのもしからず、忰年中病身といへども資ニ成候事多かりしに、今ハ資候もの一人も無之候。老婆ハ予が齢ト三、四歳の姉ニて、七十二歳ニ候か。両三年以来以之外老衰いたし、且癇症ニて、一向ニ用立不申候処、此節の悲愁ニて又一しほおとろえ候。忰が喪事ハ壻共打より、せわいたし候へども、万事の差配皆予が指揮ニより候事故、殆つかれ果候。此節ハ喪中故、廃業・廃筆ニ候へども、尚日々多用ニ御座候。只事々物々困じ果候事のミニ御座候。御憐察可被成下候。忰病中のあらましハ、今便桂窓子へ得御意候。彼仁ゟ御聞可被下候。長文、同様之事を弐通認候事尤懶く、且気力も無之候故、乍略義右之通りニ御座候。貴兄ハ年来の御知音故、貴兄へ得御意候て、桂窓子へ伝達可奉頼候処、何事も只今ハ手遠くならせられ候事故、御帰宅の否はかりがたく、無尽カの事(ママ、藝文本礼)ながら右之趣ニ仕候。忰身存之(ママ)一条者、桂窓子への文通、矢張貴兄へ得貴意候ト思召可被下候。尚、色々申試度事有之候へども、此節方寸乱れ、筆とり候も物うく覚候へバ、勉て如此御座候。日がらたち、心中穏ニ成候者、尚追々可得貴意候。追々赴暑可申候。御自愛専一ニ奉存候。

恐惶謹言

五月十六日　著作堂　解

篠斎大人

梧下

一三　天保六年五月十八日別翰

（朱書端書）未五月十八日出、別翰

ことしさ月八日のあした、ひとり子琴嶺をうしなひしより、そのよもすがらいもねられず、只すぎこしかた、又ゆくすゑの事などむねにうかミぬるまに〳〵、やるかたもなきおもひをつらねたる八うた、

六十九翁著作堂稿

おやのおもふ子も又子をやおもひけん
いまはにのこすことの葉の露

つひにゆく道にハあれどおくれつゝ
先だちし子にぬらす袖かな

おいらくハ名のミ也けりながらへて
世のうき事のかぎりさへしる

琴嶺とし来弁才天を信じたり。あさなゆふないのるこゝろ、父母息災延命、その身の病患本愈の外に、他事あらじとすいせらる。

ながかれとおやのよハひをいのりてし
子のたまのをハなどてみじかき

ことし卯月小廿九日ひつじのころ、ほとゝぎすはじめて鳴けり。そを琴嶺がはやく聞きつけて、よめをもて、只今ほとゝぎすなき侍り、聞玉へりや、といふ。筆をとゞめてからべをもたぐる程に、わづかに半声を聞得たり。あけのあさ、琴嶺やまひをしのびて、おのれがほとりへ来て安否をたづね、きのふ、ほとゝぎす聞玉へりや、といふ。寔に聞にきと答へしかバ、きのふハ三満のゝち、三日になれり。例よりハかの鳥いとおそく侍りなどいふて、辞して病床へ去りにき。この後又きかざることと三、四日。端午より六日、七日ニ至りて、日々になくこと多くなりたれば、

ほとゝぎすはつね聞つといひし人の

なきたまかへれ今朝ハしばなく

さ月八日、よんべよりけふも日ぐらし雨いたくふりて、をやみなければ、

わが袖に雲ゐるらむかさみだれは

なみだとゝもにふりくらしつゝ

ひと日ふた日とすぐるまに〳〵、

わすれてはなほありとしもおもふかな

うきを見る目におもかげぞたつ

又、

おのれとし来つゞりぬるさうし物語の稿本ハ、かならずまづ琴嶺に見せて、たがへるをたゞさせぬる事、ことしさ月二日、かれが簀を易ぬる六日前まで、しかぞありけるに、かれなくなりては、かゝる事すらたよりあらずなりしを、いかゞハせむ。

たゞさせんたよりも今はなき人の

見はてぬふみをつゞりわびぬる

見はてぬふみハ八犬伝也。今少しにて大団円まで得見せざりしは、のこりをしくもいとをしくてなん。

至悲ハ文なく、至哀ハ涙なし。世の歌よみたち也とも、かゝる折に名歌よミいづる事ハかたかるべし。まいて、おのれがごとき歌よみならぬものをや。只おもひをのべて、うきをやるくさはひとなすのミ。しかれども、この拙詠、八犬伝九輯中帙ニのせばやと思ひ候ニ付、及相談候。いかで御介意なく御示教可被成下候。とてもかくても、よき歌ハひとつもあるまじく候へども、只甚しき難なくバ幸ひと存候。さすがに公になさまくほりするものなれば、独断にも決しがたくてなん。あなかしこ

八犬伝九輯十一の巻まてハ、忰大病中ニ出来申候。しバらく中絶ニ及ぶといへども、来月ハ不残稿し畢るべく候。此義、御心得被下、もし御手透あらバ、貴評の上、御気ニ入候もあらバ、御返しをねがハしく候。

五月十六日

篠斎大人

著作堂

一四　天保六年閏七月十二日

（朱書端書）未閏七月十二日出、八月十五日着、
十二月十一日返書出ス

此拙翰、腰痛中と申、筆の走るに任して書ちらし候故、文義をなさゞる所も可有之歟。且、誤脱も難斗候。宜御推覧可被成下候。

一筆啓上仕候。残暑之時候ニ候処、弥御清福可被成御起居、奉賀候。随而野生、無恙致消光候。乍憚御安慮可被成下候。然者、六月廿日之貴翰、七月二日夕、飛脚問屋京屋弥兵衛ゟ届来り、忝拝見仕候。仲春已来、自是三度指出し候拙翰、追々順着にて、被成御覧候よし被仰越、安心仕候。八犬伝九輯上帙並ニ俠客伝四集、任御約束、松坂御本宅迄、両度ニ差出し候ニ付、今般委曲御示教之趣、承知仕候。抑二月中若山表へ御出立後、道中無御恙住着せられ候よし。其比ハ御本宅ゟ手代衆も被参、御願之筋等御打合せ之御内用も多く、御居宅造作等御修復にて、彼是御繁用ニ被成御座候ひしよし、左こそと想像仕候。且、かねて五、六月松坂へ御立帰り、御内政様御同道ニて又わか山へ赴せられ候様及承候処、左ハあらで、当分直に居着キニ被成候間、五月中其旨松坂江被仰遣、御内政様六月朔日ニ御地江着、則御同居之よし、重畳目出度奉存候。右御様子、此度御細翰にて始て致承知、安心仕候。前条之趣故、少しヅヽハ御閑暇ありといへども、八犬伝九輯上帙貴評被成候て御見せ可被下候御内存有之、且、御心も進せられず候而、貴報御延引之よし、御叮嚀ニ被仰訳、尤至極ニ奉存候。兎角他事ニ屈託ありては、風流之文通など中々に懶きものニ御座候事、此節野生身ニ思ひくらべ、さらに御如才とハ不奉存候。乍然、八犬伝九輯上帙之貴評ハ既に御筆把せられ候よし、いかで、御手透毎に、御打捨なく、追々拝見ねがハしく奉存候。俠客伝四輯ハ道中川支等ニて延着、未松坂ゟ不届よしニ候へ共、大坂は三月中旬ニ売出し候間、御地江者はやく流布致し、御同好之御方御借り被成候を、又御借覧候得

ども、尚又本着次第、御再覧可被成よし、承知仕候。いかで、侠客伝も御手透之節、貴評御聞せ被下度、奉希候。江戸ハ、右之書、五月ニ至り、すり本着いたし候。不都合之趣、先便得貴意候迄ハ御承知のよし、その後、板元丁平参り候節、聞候処、五月中旬ハかし本や共銭なき時節の上、うり出し前夜ゟ雨さハリ、彼是ニて、当日甚不景気の仕合のよし。三百部の製本、わづか八十六部うり出し候よし。尤、晦日迄もかし候ハヾ、三百部輙く出払ひ候半。なれども、かし候てハとり立むつかしく候ニ付、壱部もかし不申候。依之、かし本屋等ほしがり候事ハ山〳〵ニ候へ共、何分銭なき故に、右の仕合ニ候と申候。此義聞候節ハ甚気色ニ障り、何分大坂河茂いたし方憎く候間、弥五集ハ書ぬニ極め候。その後、六月上旬、又丁平ニ聞候へバ、うり出し当日ハわづか八十六部出候へども、翌日ゟ代銀を拵、持参のもの有之、弐部、三部ヅヽ、日々うれ候故、五月晦日迄ニ弐百五十部ハうり候よし。且、大坂ゟ悪紙にすり込、差越候間、五十枚ほど摺り破れ有之、その分製本致しがたく、差支候と申候キ。御許様并ニ桂窓子へ遣し候本ハ例のえりニて、中でも宜キを抜出候故、桂窓子ゟハすりも紙もさばかりわろくハ見えぬ、抔被申越候得ども、是等之わけを査し給ハぬ故ニ御座候。河茂始末、何分堪られぬ薄情ニ候。御遠察可被成候。尤、御細翰逐一ニ御答仕候者、長文之上、尚又岌ミ可申候。春中ゟ拙翰三度之貴報、既ニ事済候義ハ不及再酬、乍失敬省略仕候。此段、御海容可被成下候。

一　豕児琴嶺身故之一義、三十年来之御旧識ニも被成御座候間、不取敢訃音得貴意候処、御丁寧ニ御哀悼之貴翰被成下、御文面乍憚御実情あらハれ、只感涙之外無之、積日之欝腸を慰め候。殊ニ、御香料南鐐壱片霊前江被贈下、御篤義之至、忝奉謝候。則、備霊前、致廻向候。家内一同厚く御礼申上度旨申候。尚亦、拙詠悲歌備御笑、奉尋可否候処、御指摘被成下、且御かへし八うた被懸貴意、本望之至、辱奉存候。勿論の事ながら、いづれもとり〳〵感吟仕候。右拙詠、再按も有之、引直し候。歌に可成哉、心許候へども、そは後便ニ入電覧候様、可仕候。先便も愚意申述候ごとく、寿夭ハ天命に候へば、哀別の義者思ひ絶候ものから、何事もはり合なく、只、見るに就き聞くにつき、往事のミしのバれ候て、懶堕《マヽ(ママ)》ニ成行候。五月七日迄ハ、琴嶺大病といへども息のかよひ候程は、八犬伝九輯中帙の筆を輟めず候ひしが、八日より今日まで、既に百ヶ日近く成候へども、さらに著述の心なく、況読書抔も心すゝまず候上、土用入の頃ゟ病恙有之、打臥ハ不致候へども、於今起臥不便、是彼ニていたづらに光陰を送り候。依之、貴翰の御請も意外ニ及延引候。是等之巨細は猶後条ニ可申上候へバ、こゝにハ未罄候。扨又、喪子の憂のミならず、家事も折々心配有之、且老婆事、五月中ゟちからおとしの病患ニて、媳婦一人の看病行届かね候間、五月下旬ゟ飯田町長女かたへ遣し、保養いたさせ候。とかく気むつかしく、本宅へ帰り候事を嫌ひ候よしニて、長逗留ニ成候。右ニ付、忰と老妻と、死生の差別ハあれども、母子二人減じ候故、広キ居宅に老人と小児等のミにて、弥にハかにさみしく成候。用心の為に、野生ハ中之間へ出罷在候処、東之方書斎向三間ハ無用の座席ニ相成候。万事大不便、御遠察可被成下候。是等わが身のうへばなしニて、おかしからぬ事を諄々たるハ老人の癖と、御宥恕可被成下候。返す〴〵も御香料并ニ貴詠の御厚情、不知所奉謝候。中〳〵寸楮短筆には尽しがたき迄ニ奉感戴候。憚ながら御内政様へも、可然奉頼候。端午のせくなどにハ、御殤損の御孫様御事思召出され候よし。さこそと奉査候。天道虧盈ならひニ候へば、誰のうへにも不如意の事なきにあらず、只甚しきと甚しからぬのミに候。今さら思ひ候へば、長寿もいらぬものニ候。野生ハ勿論、老婆抔も、両三年前ニ没し候ハゞ、今の憂苦ハあるまじきに、慭に七十余まで生延候故、大患にあひ候也。是ハしたり、おかしからぬ事を、ハレやくたいもない。此一条はまづこゝにて筆とめ可申候。御一笑〳〵。

一　恩貺の御むくひに、拙くとも何ぞ琴嶺が筆の書画の類欤、さらずバ蔵書の類を進上仕度存候へども、彼ハ年来痛辟(癖カ、ママ)ニて、眼気薄く、且手腕揺動いたし、執筆に不便故、何も書候もの無之候。又蔵書も彼の物とてハ皆方書の類のミニ候。又掛物抔も大汝・神農抔、医により候物のミニ候間、進上仕候ても、御用ニ達かね候半。依之、先月中拙文ニてつゞり候後の為の記と申写本出来候。是ハ嫡孫幼少ニ付、父の行状もしらずなり行候半と存、孫が成長の折見せばやと思候てつくり候ものなれば、第一に琴嶺行状一編あり。次に吉凶悔吝抔を書きつめ候へバ、他人の見ておかしからぬ物に候へども、又そが中には人のこゝろ得に成候事も有之候。孫并ニ孫女等三人、外に琴嶺が姉妹もほしがり候故、五、六本写させ可申存候て、先月上旬ゟ筆工へ遣し候。なれども、作者部類を写させ候筆者ハ、祖母大病のよしニて、写し不申候。無拠外筆工ニ写させ候故、おもハしからず、且暑中ニ候へバ、一向ニなまけ候歟、わづかに二本写し、差越し候まゝニて、その余ハ未出来候。大かた九月頃ならでハ写し終り申まじく候。細字ニて五十余丁有之候。右写し出来揃ひ候て、校訂いたし、そが上ニて製本いたさせ候つもりニ御座候。貴翁ハ三十年来の御知音にまし〱候へバ、先敬ながら親類同様ニ奉存候間、右後の為の記を像見代ニ進上可仕と奉存候。尤秘書にて、人の多(見カ、ママ)んことを翫ひ候へども、いかで御秘蔵被下候ハゞ、本望之至可奉存候。右之仕合故、進上仕候までハ猶しバらく間可有之候へ共、先づ(濁ママ)此段御承引被成下候様ニと、意衷を注し申候。

一　八犬伝九輯上帙桂窓子の評、四月中到来、評答をいそがれ候処、其頃は琴嶺大病、引つゞき死喪ニより、そこどころに無之打過候而、盆の頃、評答いたし候。尤、此度のハ評よろしく出来ニ付、別紙ニつゞり不申、可否を頭書ニいたし、且愚意と齟齬の条ハおくへ別にしるし申候。かねて御噂入御聆候畳翠子石川殿も、侠客伝四集の評を被成候て、是亦評答を被乞候間、同断頭書いたし、差進じ候。写し共ニ弐本、此度桂窓子へおくり遣し候。八、九月比、御本宅へ御立かへり被成候折、御覧被成候様、奉存候。先便ニ得貴意候、石川殿江(蓼文本に)三月廿日に迎られ、一面識ニ罷成り、種々物がたりいたしこゝろミ候所、至極風流の御人ニて、ことの外のよミ本好ニ御座候。書ハ米庵弟子ニて、画も少々出来候。漢学も立まハ《カ(ママ)》り候処ハ学び得られ候様子ニて、詩ハ五山に被学候よし。但、和学ハなし。又唐山の小説抔ハ多く見られぬ様子ニ候。水滸後伝の拙評をかして見せまいらせ候より、後伝を購求めて見られ候。年中野生所蔵の写本、奇書珍籍を借覧いたしたがられ候故、尤執心を感じ、月々に多く貸進いたし候を、みづからも写し、近習にも多く写させ候。先ヅハ同好と申ても憎からぬ才子ニ候。旬殿実々記の序文のおくわくの内に有之候廻文の詩の解抔を被尋候間、心を潜めて見られ候と察し候。但し、評ハ尚初心故、さまでの事も無之候へ共、執心の事故、その中にハよき評も少しハ有之候。いかで被成御覧候様、奉存候。

一　金剛談・鳥をどし被成御覧候よし、云々被仰越候趣、御同意ニ御座候。御覧後、桂窓子へ御廻し被成候よし、承知仕候。桂窓子ゟハいまだ其義不申越候得ども、熟覧後、異日可被返存候。

一　奇魂作者之事、奉尋候処、委曲御答之趣、承知仕候。如命、愚意、六日の菖蒲に成候也。

一　当春、松蔭日記・両交婚伝・隔簾花影、舞馬の難をおそれて、松坂御本宅迄返上仕候処、御賢息様ゟ御聞被成候よし被仰越、安心仕候。九月比、松坂へ御立かへりの比、借覧いたし度物有之候ハヾ、可申出旨御示教、忝承知仕候。第一ハ故《マヽ》事《(ママ)》記伝。是ハ文化中一覧いたし候へ共、又見合せ度義も有之候。借覧仕度候得共、何分大部の書ニて、脚賃等の費用多かるべく候へバ、是ハ思ひ絶罷在候。警世通言、この節御購求被成候よし。是も昔年見たる書ニ候得ども、忘れ候。快心編も宜候へども、尚通言のかたゆかしく候。是等之義ハ、品ニより、又追々可奉願候也。

一　黙老子事、帰讃之後、両三度文通被致候間、彼処の様子も粗しられ候。帰郷日記といふ記行一冊出来、先便ニ被贈来候て、校訂を被乞候。多分仮名ちがひ等有之。

貴兄へは直ニ若山へ向け被出候て、見せられ候様申遣し置候。并ニ、貴兄わか山御着後も彼是御煩雑ニて、初春の答書も及延引候よし。いづれ盆後ニハ回報あるべく哉抔、御噂申遣し置候。彼人雅正にて、気質浮薄ならず、尤長者ニ御座候間、御交り被成候様、奉存候。右帰郷日記、校訂いたし候ハヾ、桂窓子ニハ見せ候半と存候。其比松坂へ御立帰り被成候ハヾ、御借覧被成候ても、相済可申候。尤、さしたる奇事も無之書ニ候。

一　八犬伝御長歌、来春ニても間ニ合可申候。右中帙十一之巻百十三回、今五、六丁ニて壱巻書終り可申候処、琴嶺物故にて、今に一筆も稿し不申、矢張そのまゝニて打過候。尤、筆工ハ出来分不残書せ、追々出来のよしニ候へども、何分方寸おちつき不申候でハ、読書だに心進まず、況著述ハ心よりうみ出し候物故、いかにわれから心をはげまし候ても筆しぶ(濁ママ)り候て出来不申、もはや百日許廃業ニ候。尤、金瓶梅・水滸伝共、潤筆ハ前金ニて去年受取置候故、ぜひ〳〵つゞり遣し不申候てハいよ〳〵不義理ニ成候へ共、扨いたし方なく候。それに、久しく病患にて、ます〳〵机に居つきがたく、こまり候。喪児の一義のミならバ、日がらも立候間、思ひ直し可申候得ども、家事に種々の心配涌出いたし、只心のうかぬ事のミ打かさなり候。御賢察可被成下候。何分ニも俗に云老いれあしく、只天命をかこたれ候事のミに御座候。

一　江戸名所図会後編之事、承知仕候。かねて丁子や江頼置候得ども、今に出不申候。出板次第、壱部差登せ候事、心得罷在候也。四十年ニて初編出候書ニ候へバ、後編も引つゞき出板心もとなく候。なれども、板元ニ利有之候へバ、いそぎ候事ハ、前々とちがひ、油断あるまじく候。

一　長州の前の大夫人ハ、何がしの宮様ニ被成御座候よし。この宮様、野生作のよミ本御愛観被成候よし。就中、美少年録ことの外御意に称ひ、花実共に具足せしもの外ニなし、と仰せられ候よし。右、給事の老女藤浦といふが、その兄何がしを介として、いぬる日訪問せられ候へども、病着の折ニ候へバ、辞して対面ニ不及候。その折、彼藤浦ゟおくられ候書に、御亡弟琴魚子の事を尋られ、いづくの人にて、としハいくばくなるや、犬夷評判記に金魚とあるハ同人の事欤、などたづねられ候故、くハしく注して、進じ候。是も彼宮様の御意のよしニ聞え候。且又、江戸名所図会の画者雪旦の忰、今の長谷川雪旦ハ長州の御画師のよし、江戸名所図会の画をことの外御賞美のよし。右雪旦を案内ニ被成候て、蔽屋へ御出被成度よしなど聞え候間、尤恐入、貴人と申、殊ニ御夫人江拝顔之事抔、甚いとハしく奉存候間、此義ハ何分宜く御断り被下候へとわび候て、帰し候也。近来折々貴人ゟ訪問せられ、難義至極いたし候。御一笑可被成下候。

一　雪广呂作よミ本前後十冊、書名濡燕栖傘雨談之事ハ、いぬる比、得貴意候。久しく板元ニて打捨置候処、野生八犬伝延引ニ付、此節右雨談を頻りにほり立候よし。右序文之事たび〳〵被頼候得ども、かたく断置候処、此節又雪广呂同道ニて願出、ぜひ〳〵と強られ候。八犬伝中帙残巻及延引候上ハ、心づよくも断がたく、生聞済にうけがひ置候。創稿を見候上ニと申遣し候処、一冊筆工ニ有之、とり揃へて見せ奉るべしとて、いまだ不致持参候。これらよき折へもち込、とう〳〵ねだりかけられ候。是又、御一笑と奉存候。

一　野生事、去冬十月比、誤て椽頬ゟ落候て、真倒様ニ庭の飛石の上へ倒れ候。其折ハさのミにも不存候処、去年寒中に旧折傷(打カ、マヽ)発り、腰の上九の兪の辺、左のかた痛、起臥ニ不便ニ候間、はり薬等手当いたし候処、そのなごり早春迄折々発り候が、その後ハ忘れたるごとくに候ひき。然ル処、当夏六月土曜前、左右之旧折傷(マヽ)、以之外ニいたミ出し、枕して臥す事ならず、起臥の折ハ人に扶けられ候てやうやく安座いたし候故、甚不便ニ御座候。依之、鉄砲町百瀬長蔵と申骨接医の家伝の薬を服用いたし、凡三廻り許ニて痛ハ治し候処、引つゞき又左のかたことの外いたミ、股へ引つり、亦復起臥不便、已前ゟも甚しく、今以朝ハ抱起され候。是亦打身と存、右之薬を用ひ候処、後度にハ絶て効無之候。依之考候処、後のハ打身にあらず、疝ニ御座候。是迄疝ハ持病ニて、腰痛いたし、歩行不便ニ候へども、かやうに甚しき事ハ此度が始ニ候。依之、治疝の腹《マ、》薬(ママ)いたし候処、追々快方、昼の内ハ扶けなくても起臥いたし候へ共、夜中ハ甚しくいたミ、夜半ゟことの外難義ニ御座候。朝未明ゟ起候て安座いたし候へバ、痛ミ薄ラギ候。臥し候へバ、甚しくいたミ候。これらも著述の妨げにて、机にかゝり候へバ、骸曲り候故いたミ候て、細字を書候事不成候。長文ニても手簡ハ手にもち候て書候故、出来申候。なれども、食味・気分等は生平ニさばかりかハり候事無之候。只食料少々減じ、乍憚両便の通じあしきのミに候。当年ハ種々の窮厄にて、心身共に不穏候。是亦、御亮察可被成下候。この余、申漏し候事も有之候ハゞ、又後便ニ可得貴意候。先ハ七月上旬着貴翰の再御答迄、如此御座候。此御請、意外ニ及延引候義ハ前書之趣故と、御海容可被成下候。

恐惶謹言

天保6年閏7月12日

閏七月十二日　著作堂　解

篠斎大人

梧下

尚々、申おくれ候。八犬伝九輯上帙中の筆工悞写、精細ニ御見出し、御記し被下、忝奉存候。已前、桂窓子ゟも被申越候へ共、誤字抔の事ハ君が精細ニ不及候。発兌後入木申付候ても、毎度埒明不申候間、中帙の箇端に録し候て、いひわけ可致存候。尤忝奉謝候。

一　当夏の気候、六月中旬迄ハ例ゟ冷気ニ候処、土用前ゟ俄ニ大暑ニ成候。近来残暑のミ甚しく、土用中ハさもなく候ひしに、当土用中ハめづらしく大暑ニて凌かね候所、先順気候ひキ。それゟ七月盆中迄酷暑ニ苦しミ候処、七月十八日ゟ俄ニ冷気ニ成り、われらごとき老人家ハ、膚着のひとへの上へ袷を着し、袷の上へ又綿入を着候程にて、夜中ハ蚊屋の内へ大裄を入候処、五、六日にして晴わたり、又残暑ニ成候。風聞には、日光并ニ信州へ雪ふり候よし申候へ共、そハそらごとなるべし。いづれ雪などふり候処ありしならむ。この冷気三十日もつゞケバ、当秋作妙ならざるべかりしに、五、六日ニて又暑に立かへり候故、大慶不少候。閏月になりてハ折々雨あり、六日の夜大風雨ニて、頗胸を潰し候ひしが、翌昼ゟ晴たり。さのミ田畑のいたミにもならざりしよし也。十日の弐百十日も快晴ニて、微風もなし。翌十一日、小雨冷気也。稲ハ至極の出来のよしニ候へども、野疏《マ、》(ママ)ハ何によらず去夏ゟ高料ニて、人々困じ候。御地ハいかゞ候哉。野生、七月暑中にハ例の中暑、滞食・小瀉抔ニて、五、六日苦しミ候ひしが、是ハ自療にてはやくおこたり候。只這、腰痛が今に同様ニて、尤難義ニ御座候。

一　当三月、花長者といふ一枚ずり出候。板元未詳、尤改を不受、不正の書也。その書、当今の名人弐百余人をえらミ、東西にわかち、角力の番付のやうにせしもの也。御連歌師をはじめ、和学者・儒者・書画、われらごときものはさら也、大商人或ハ浄瑠理の太夫、遊女抔も、高名なるハ皆出し候。初編をある人にもらひて見候ひしが、いかに高名なれバとて、屎も味噌もひとつにせし物也とて笑ひ候ひしが、その書甚しく行れ候て、最初ハ五枚にて金百疋のよし。それゟ壱枚弐匁ニなり、壱匁になり、末ニ至りても五分づゝニうり候よし。二編・三編迄出来、板せしもの大利を得候ニ付、偽作の類板も二、三編出候よし。何が時好ニかなふやら、難斗事ニ候。二編・三編ハ見不申候へども、後にハこぢつけ(濁ママ)多かりしと也。二編ハ絶板になりし、ともいふ。そが中に、海野夏蔭ハもらされ候て不出候により、了阿が狂歌に、

　　王照君と海野夏蔭

とかいふわる口あり、上の句ハわすれ候。いかゞ、被成御覧候哉。

一　近日の奇談、別紙ニ少々写し候て、入電覧候。尤、御かへしニ不及候。

頓首

一五　天保六年九月十六日

（朱書端書）未九月十六日出、桂窓ゟ十月廿七日着、
　十二月十一日返書出ス

一筆啓上仕候。追日赴冷気候処、弥御清栄可被成御起居、奉敬賀候。蔽屋無異ニ消光仕候。乍憚御休意可被成下候。然者、閏七月十二日出ニて、拙翰を以、先便之御答申上候キ。定て自御本宅被届、被成御覧候半と奉存候。其後も野老疝積腰痛甚しく、起居一向ニ不便之上、七月中旬ゟ閏月八月迄、媳婦病臥ニて、小児の取扱ニ困じ、彼是の窮阨ニて、久々不奉《マヽ》御様子《(承カ、ママ)》候処、今便桂窓子へ要書差出し候ニ付、時候御様子伺度、呈短札候事ニ御座候。

一　先便入御聆候猩々小僧肖像の錦画、此節致出板候間、為御話柄、一枚進上仕候。御笑留可被成下候。近日ハ向両国尾上町三河屋かし座敷へ出張いたし、一人前六十四文ヅヽニて見せ候よしニ御座候。その已前、媳婦の父主命ニて石原へ罷越し、見候よしニ付、此にしきを見せ候処、些シもちがひなし。衣類迄も此通り也。髪の色合もよく似候が、画きやうあまりきまり過て、かつらをかぶりしやうにて、わろし。兄喜八十一才、弟岩八七才といへども、年より大がら也。弟ハ特に兄にまさりて子がらよし。性淫也と見えて、婦人など見物ニ罷越候へバ、尻などつめり、前へ動すれバ手を入れたがり候よし也。手足ともによく見候ひしに、何もかハりたることなし。只声ハキ《ロ》キ《ロ》といふかなきりごゑニて、獣類に似たるやう也といへり。畢竟生れそこなひにて、獣にハあらず候を、世の人真の猩々やうのものと思ふハ、をかし。七月中ハ諸侯へもめされ候よしなるが、此節ハさめたるや、評判うすらぎ候也。にしきゑの画賛ハ京山なるべし。真の猩々のごとくにいへるハ、いよ〳〵をかし。皆山師のわざニ御座候。

一　八犬伝九輯中帙七ゟ十二迄稿本之事、先便得貴意候如く五月七日迄ニ十一の巻大抵稿し、末四、五丁残り候処、八日朝琴嶺身故ニ付、長休ミに成行、且微恙并ニ媳婦・老婆

等病臥ニて不得寸暇、いたづらに長夏三秋を送り候ひキ。此節とても中々書を綴り候気力無之候へども、扨世わたりハ苦しきものにて、座して食へバ箱も空しく候間、いつまでも休ミ候事成がたく、八月中旬ゟとりかゝり候得ども、筆しぶりてはかゆきかね候を、強てつゞり候故、花やかなる事たえてなし。只事を述候迄ニ候が、やうく十一の巻の残りを稿し果、それゟ序目・口絵・惣もくろくを稿し、さて又、十二の巻半分百十四回迄稿し候間、残りハ百十五回十五、六丁稿し候へバ、中帙六冊満尾ニ御座候。板元ことの外いそぎ候故、書画とも板下追々出来、只今ハ十二巻の口百十四回を筆工ニわたし、板下かゝせ候。大抵十一月中か、おそくとも十二月にハ出板可致候間、御案内迄ニあらまし注進仕候。八犬伝を片付候へバ、直ニ金瓶梅へ取かゝり可申候。これも、当年休ミ候へバ、甚不義理ニ成候故の、せつな細工ニ御座候。扨、金瓶梅四十張稿し果次第、八犬伝九輯下帙に取かゝり可申旨、板元ニ談じ置候也。かの長うた、来春ニても間ニ合可申候へども、さればとて御油断被成まじく候。右のごとく、心のミいそぎ候へども、短日ニて昼ハ筆とり候いとま無之、夕方ゟ膝ひえ候て堪がたく候間、炉により罷在候間、夜分ハ休筆也。綴り候暇、わづかに御座候。御賢察可被成下候。

一　八犬伝・俠客伝貴評、いかゞ御とりかゝり被成候哉、承度奉存候。桂窓子八犬伝の再評も出来、畳翠君俠客伝四集の評も出来候。乍然、大立物の貴評未得拝見候間、あかぬこゝちせられ候。いかで御打捨なく、御手透に評せられよと、日々渇望仕候事ニ御座候。

一　黙老人ゟも折々文通有之、いかゞ、春中の御返事ハ未被遣候哉、奉伺度候。此余、種々得貴意度義有之候へども、多くハ雑談ニて、要緊の事ならず、短日中多用ニ候へバ、猶後便ニ可得貴意候。八、九月にハ松坂へ御立帰りニ御発足可被成よし、かねて承り候ひキ。いかゞ、此節抔御出かけ被成候哉、日々想像仕候外無之候。

恐惶謹言

九月十六日

著作堂

篠斎大人

梧下

一六　天保六年十月十一日

（朱書端書）未十月十一日出、同晦日著、
十二月十一日返書出ス

一筆啓上仕候。追日赴寒冷候処、弥御清栄可被成御起居、珍重奉賀上候。然者、八月十六日出ニて、拙翰并ニ猩々小僧錦画等、松坂御本宅迄差出し候。定て被相達、被成御覧候半と奉存候。依之、云《カ（ママ）》々之義者省略仕候。

一　当夏中、琴嶺身故之節ハ御香料被贈下、忝奉謝候。右答礼、かねて得貴意候家書後の為の記、筆工此節やうやく両三本写し終り候間、製本申付、壱部進上令仕候。此ハ家書ニて、他へ可出物ニ無之候へ共、貴兄は御知音の御事、乍憚親族同様ニたのもしく奉存候間、副本がてら呈閲いたし候。江戸火災しば〳〵故、孫へ遺し候本、後年万一焼亡等致し候ハヾ遺憾之至ニ付、如此御座候。御如才なきことながら、心なき人に御示しなく、御秘蔵被成下、折〳〵思召出され被下候ハヾ、忝可奉存候。筆工悞写多く、訂正ニ大ニいとまをついやし候へども、燈下の老眼、見遺しも可有之歟、難斗候。御覧之節、御心づかれ候誤写も候ハヾ、御直し置可被下候。右三本、貴兄江壱部、桂窓子へ壱部、黙老江壱部、今日同時ニ飛脚へ出し候。あとハいつ出来候歟、筆工埒明かね候故、難斗候。かやうの物、早春抔上候もいかゞニ付、いたく心配いたし、やう〳〵三本出来候。御賢察可被成下候。

一　八犬伝九輯中帙十二の巻、病後やう〳〵八月廿日頃ゟとりかゝり候処、心のうれひ未除候故、筆しぶ《（濁ママ）》り、且多用ニて、一向出来かね、やう〳〵此節ニ至り、大抵出来申候。今二、三丁稿し候へバ、満尾ニ御座候。然ル所、十二の巻長く成候て、四十丁程程《（衍カ、ママ）》ニ御座候。右六冊一緒にうり出し候てハ、うり直段廿六、七匁ニ成候故、かし本や等迷惑いたし、多くかひかね可申候間、両度ニうり出し、七ゟ十迄四冊、十二月上旬迄ニ出し、十一ハ上下ニ引わけ、十一・十二上下三冊も年内うり出し申度よし、板元申ニ付、任其意候。然ル処、板木屋埒明かね、やう

〳〵八の巻一冊彫刻出来、校合ニ差越し候へども、それも十五・十六丁弐丁不足ニ御座候。十二の巻、近日綴り候へバ直ニ校合にとりかゝり、その間金瓶梅も綴り、遣し申さねバ甚不義理ニ成候故、致心配候。けいせい水滸伝迄ハとても手廻りかね可申候。右八犬伝四冊ハ、年内御覧被成候様いたし度奉存候。出板次第、御本宅江弐部差出し可申候。此段、かねて御承知可被下候。野生疝積腰痛、此節過半本復いたし、媳婦病気もおこたり候。老婆も先月廿三日旧宅ゟかへり居候間、家内先無異ニ候へども、何分雅俗とも多用ニて、手まハりかね、あぐミ申候。猶万々申試度義御座候へども、今日ハ別してせわしく候間、当用のミ得貴意候。

恐惶謹言

十月十一日　著作堂　解

篠斎大人　梧下

尚々、米穀など多く引上候。御地ハいかゞ候哉。当百銭、十日朔日ニ出、通用いたし候。

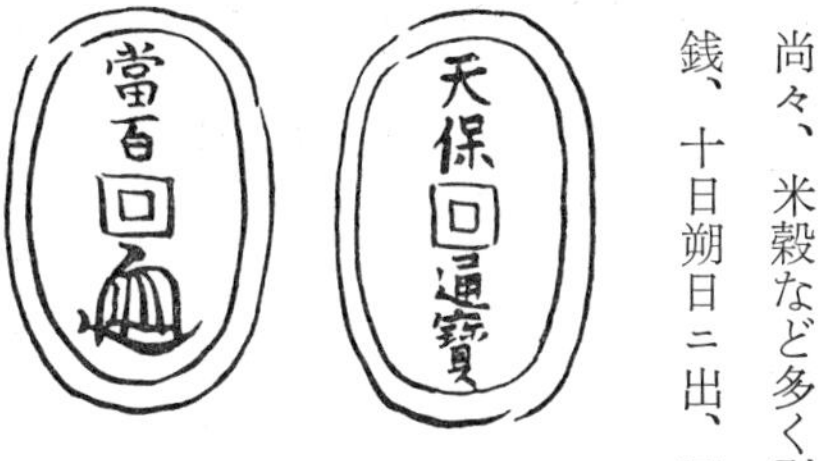

目方五匁余、或ハ六匁、不同。長サ壱寸六分余、横壱寸余。周り・穴・文字とも置上ゲ。地ハなし地たゝき(濁マヽ)のごとく、おき上ゲの処ハみがき也。

真鍮ニて、少し墨ミあり。一朱金潰しニ成候間、右之金少しヅ、入候と申候へ共、実にしかるや、未詳候。当日、江戸中両替屋江一軒別弐両弐分分わたり候間、早朝うり終り候よし。切ちんハ一文ヅ、の御定ニ候へども、壱匁或ハ壱匁五分もとり候両替屋有之候よし、不埒也。程なく御地へも廻り可申候得ども、まづ注進仕候。以上

一七　天保六年十二月四日

（朱書端書）未十二月四日出、同晦日着

一筆啓上仕候。厳寒中、弥御清福可被成御起居、珍重奉賀候。然者、先便得貴意候八犬伝九輯中帙七冊之内四冊、昨三日早朝ゟうり出し候。製本ハ二日夕板元ゟ差越候得ども、三日ハ飛脚休日ニ付、今日如例弐部一封ニいたし、則松坂御宅迄差出し候。直段之義、かねてハ前四冊ハ拾六匁、後ノ三冊ハ拾弐匁のよし承り候処、前四冊、此度うり出しニハ拾六匁五分にておろしうりいたし候よし。後の三冊ハ正月二日ニうり出し候つもり、是ハ拾弐匁ニ相違無之候。此段、御承知可被下候。あと三冊も、板元ことの外急候得ども、板木尚揃ひかね候間、いまだ校合ニ取かゝり不申候間、正月二日之うり出しいかゞ可有之候哉、難斗候得ども、たとへ少々おそく成候とも、松之内ニハ必出し可申候間、正月下旬迄ニハ可被成御覧と奉存候。

一　金瓶梅四集やう〳〵十月下旬より稿をはじめ候処、八犬伝の校合おち合、且家事ニも種々心配の事出来ニ付、著述のいとま稀ニて、やう〳〵昨三日迄ニ、七之巻迄稿本わたし候。あとハ、八之巻一冊ニて、満尾ニ御座候。板ヲ二ツニわり、彫刻料例ゟ高料一倍多く出し候よしニ付、是又大晦日迄ニハうり出し可申候。八犬伝九輯十一ゟ十二上下三冊、早春出板之節、金瓶梅も一部封入いたし、御めにかけ可申哉と存候。それ前ニ御状被下候ハゞ、否被仰越候様、奉存候。

一　八犬伝、一人一眼ニて甚せわしく校し候故、見遺しも可有之哉。御覧の節、御心づかれ候義も有之候ハゞ、御示教可被成下候。且、御高評をさ〳〵所仰御座候。

一　十月十二日出シ候後の為の記并ニ拙翰等紙包一ツ、十月晦日ニ松坂へ着のよし。但し、貴兄かねて御案内のごとく、十月中旬御本宅江御立帰り被成、かねてハ十一月中旬迄も御逗留可被成候処、急ニ御用向出来、十一月

天保６年12月４日

朔日御出立ニて若山へ御帰り被成候よし、其節桂窓子へ御伝言之趣、同人ゟ先便ニ申来り、忝承知仕候。右後の為の記、十月晦日、松坂へ着のよし。左候ハヾ、貴兄松坂ニ尚御逗留の事ニて御入手被下候半と奉察候。黙老へおくり候同書も、同日ニ差出し候処、十一月三日ニ高松へ着のよし、申来候。

一　三友方江いづれも無滞着いたし、尤安心之事ニ御座候。

江戸繁昌記四編、先月出板、致一覧候。これらの事ハ、来陽寛々可得貴意候。折角寒気御いとひ、御自愛専一ニ奉存候。

恐惶謹言

十二月四日　　著作堂　解

篠斎大人

梧下

一八　天保九年一月六日

（朱書端書）天保九戌正月六日出、同十八日着

尚々、当春ハ節おくれ候間、二月迄余寒緊しかるべく候。いかで御自愛専一ニ奉存候。以上

以別箋、目出度啓上仕候。年始御祝詞者本文ニ申納候。尚厳寒時候、弥御清栄被成御超歳、重畳敬祝仕候。然者、旧臘朔日出ニて、八犬伝九輯下帙ノ中弐部、松坂御本宅江差出し、同廿六日、金瓶梅五集上下弐帙、是又松坂御本宅江差出し候キ。右両度之拙翰入紙包、御本宅ゟ被為達、追々順着ニて、被成御覧候半と奉存候。右十二月二十六日の拙翰に、十二月四日の御細翰同十八夕東着ニて拝見仕候御案内申上候へバ、御承知可被成下と奉存候。其折ハ歳杪月迫ニて、巨細ニ可及御答暇無之、甚略文ニて、匆々得貴意候ニ付、今便、右御再答仕候。乍然、事済候義ハ例の省略いたし、只要事のミ申上候。早春も旧冬仕残しの家事蝟集、不得寸暇、且厳寒ニて、老軀執筆不便之故ニ御座候。此段御憐察、失敬御海容可被成下候。

一　雪譜之事云々ニ付、後編ハ桂窓子へ御頼被成候よし、承知仕候。乍然、直段拙ゟ御取次と同様歟、或ハ下直ニ候ハヾ、格別之事勿論ニ御座候。もし少々たりとも高直ニ候ハヾ、可被仰越候。出板之節、丁子やゟとりよせ、上候様可仕候。かの書ハ八犬伝同板元ニ候間、とりよせ候ニハさばかり煩しき事も無之候。但シ、いつ頃出板可仕哉、其義ハ未聞候。雪譜発起人牧之、去年ゟ眼病のよし、見舞の書状、去秋已来両度さし出し候処、今に便り無之候。丁子やニ聞候へバ、京山方へハ便りありしやうに聞え候へども、詳ならず。京山とハ不交候間、くハしき事ハ不存候也。

一　続西遊記拙評之事云々申上候処、云々ニ付、御写本を被遣可被下候よし、忝承知仕候。右御写本ハ松坂御宝蔵ニ被差置候間、御幸便ニ可被遣よし、是亦忝承知仕候。尤、不急の事、いつ也とも御便りよろしき折ニ奉願候。

一　後西遊記拙評ハ先年の写本有之。是ハ云々ニ付、同書ニ候ハヾそのまゝニて可差置よし、是亦承知仕候。右拙評ハ先年入御覧候ゟ外ニ細評ハ不仕候間、任貴意、差上まじく候。鈴菜物語未被成御再覧候へども、云々の品ニ付、御とめおかるべきよし被仰越、本懐之至ニ御座候。

一　八犬伝九輯上帙うつし相違し、拙評称御意候よし、是亦御同慶ニ奉存候。此義者先便ニも御答申上候へバ、省略仕候。

新板八犬伝九輯下帙ノ中者、昨年内自本宅《マ、(ママ)》ゟ相達し、被成御覧候哉。此貴評ハ、御手透次第、速ならん事をしも願しく奉存候。あまり時おくれ候てハ、御妙評も興薄く成りもてゆき候心地せられ候へバ、いかではやくと、渇望之外無之候。金瓶梅五集も早春相達し、被成御覧候半と奉存候。是等ハ殊ニ早春の景物ニ御座候間、御略評也とも、はやく承り度奉存候。八犬伝当地の世評、何事ニよらず流行の事、京師新形純子の事などハ、先便申上候へバ、御承知と奉存候。九輯下帙ノ下廿四の巻、早春ゟ筆とりはじめ候半と存候得ども、早春ハ来客も多く、家事も繁多ニて、不如意之仕合ニ御座候。下旬ニ至り、少し寒気ゆるみ次第、取かゝり度存候事ニ御座候。

一　孔雀楼筆記に水滸後伝二本有を載せられ候よし、桂窓子ゟ告げられ候趣申上候処、右書名御聞被成度、桂窓子へ被仰遣候よし、承知仕候。書名ハ、本文ニ水滸後伝と云二本アリ、とのミあるよしニ候へバ、両様共矢張同書名欤、未詳候。都て彼筆記の趣ハ、昔人の癖なれば疎漏ニて、隔履掻癖心地せられ候。桂子ゟも、必右之通御答可被申と奉存候。

一　御蔵書恩借之事、先便ニ申試候キ。御承引被成候哉、奉伺度候。

一　当今御身分旦暮之事、再度被仰示、閑に似て閑ならざるよし。さもこそ、と想像仕候。誰がうへも、内幕ハ左様之ものニ御座候。小生抔も御同様ニて、殊ニ甚しく、去七月以来飯田町娘方の諸算帳迄致し遣し候へバ、又一層の俗事岌ミ候而、意外の仕合ニ御座候。孀婦ぐらしニ候へども、商売ハ不相替相応ニ繁昌いたし候へども、いつまでもそのまゝニて閣キがたし。といふて、宜キ相続人ハ未得候へバ、労して功なく、世路易からざる事、御身分ニ比べ候へバ十倍ニも有之哉。御憐察可被成下候。

一　南山巡狩録之事、先々便云々被仰越候ニ付、先便云々申上候後、桂窓子へも申試候処、外同好の仁江ハ御写させ、被遣候本を以、一本写させ候。両様うつし終り候ハヾ、見せ候義も厭しからずと被申越候。二本うつし終り候ニハ、尚久しき事ニ可有之候へども、余命あらバいかで見まくほしう、渇望無涯候。此書、屋代氏所蔵候故、昔年、かり候ハんと存候而、一両度申入候へども、他事に托して不被借(貸カ、マヽ)候様子故、其後ハ不申出候キ。南朝の書ハ、大かた沽却も不致候而、蔵弃いたし候処、此書を不見候者遺憾之事ニ御座候ひしに、桂子ニ写本出来ハ老後の大幸、大喜之事ニ御座候。連城璧・喩世警言など、今に御入手成りかね候よし、いかで〳〵御とり出し被成候様、奉祈候。

一　去九月中、翠君へ招れ候折之趣等、先便申上候処、御羨称之よし、承知仕候。乍然、極老之身、一昼夜かしこまらせられ、談じつけられ候てハ、大よハりにて、その両三日ハ疲労退キかね候間、已来ハ固辞仕候て、参るまじく存候。御一笑と奉存候。折からの拙詠御賞美、尤汗顔仕候。

一　窓前燈の御詠、芦菴の歌を思ひよせられしよし、再吟熟味仕候処、しらべゆたかに、意ふかく、例の事とハ申ながら、甘吟不少、をり〳〵口(占カ)(マヽ)実仕候事ニ御座候。

一　五両判の事云々被仰越、承知仕候。野生抔も見候のミにて、今に一度も使ひ候事ハ無之候。豪家の貯金にハ便利なるべし。中々下へハ親まざる財と存候。目方の御論、寔ニ然也。御同意勿論ニ奉存候。

一　旧冬ゟ炭以之外高直ニて、且宜キ品無之候。その故ハ、金座ニて金ふき候故、日々ニ何百俵とやらヅヽ、炭御用ニ付、炭の値段上り候よし、風聞いたし候者も有之候。左も候ハむ欤。野生抔の小菴ニても、毎月二方金の炭を

天保9年1月6日

費し候。一年中炭ニのミ六両金の費用ニてハつゞきかね候へども、冬中ハ火の資にあらざれ、老人家ハ凌ギかね候故、米穀同様ニて、日用の物の高料ニハ恐れ入候事ニ御座候。但シ、荒餓故、諸百姓夫食《カ(ママ)》の催覚《(才カ、ママ)》のミに貪着いたし、炭を焼候に怠り候故、炭多からず、それ故高料也、とも申候。孰が実なるや、何まれ困り候事ニ御座候。

一　旧冬十一月ゟ雨天ハ稀ニて、例ゟ暖キ易《凌カ(ママ)》方ニ御座候処、十二月初旬ゟ寒気きびしく成候へども、大南風烈の日も有之、寒中の南風ハ来秋洪水の兆也と故老の話も候へバ、いかゞあるべしや。その吹かへしハ必北風ニて、寒威八しほニ御座候。十二月季ゟ今に快晴ニて、世上良賤とも、歳末年首の都合、近来稀ナル上日和ニ御座候。御地も大かた同様ニ可有之、奉存候。いかで当年も豊作ニて、世上をだやかにいたし度、是のミ祈候外無之候。

尚永陽、万緒可得貴意候。

恐惶謹言

正月六日　著作堂

篠斎大人

玉机下

水君御歌御聞及びのよしニて、御別楮ニ御しらせ被下、有がたく拝聴仕候。是迄折々承り候御歌とハ弥まして、尤御秀詠と奉感心候御事、御同意ニ御座候。御大礼の折と申候、御推量の如く非なるべし。彼君ハ御謙遜の聞えあらせられ候へバ、請せ給ハぬにたてまつらせ給ふべくもあらず。その虚実ハとまれかくまれ、御秀歌ハ相違無之候事、かへすぐ\も有がたく感吟仕候事ニ御座候。

御令政様へもよろしく御致聲奉希候。飯田町娘方の事御尋被下、忝奉存候。前書申上候通り、今にふさはしき事も無之候て、心配之外無之候。御賢察可被下候。

以上

一九　天保九年一月二十一日

（朱書端書）戌正月廿一日出、若山廻り、二月十三日著

一筆啓上仕候。春寒、却玄冬ニ弥増候へ共、弥御清栄被成御起居、珍重奉賀上候。随而蔽屋、無異ニ罷在候。乍憚御休意可被成下候。然者、旧臘廿六日之芳翰並ニ御紙包、当正月九日夕相達し、忝拝見仕候。自是も当月六日出ニて、年始御祝詞並ニ別翰等、大坂迄十日限飛脚便を以差出し候間、定て順着ニて、今頃ハ被成御覧候半と奉存候。其節意衷大略申上義ハ省略仕候。十二月朔日、是ゟ八犬伝九輯下帙ノ中出板ニ付、如例弐部、松坂御本宅まで差出候よし御案内等、得御意候処、右拙翰、旧冬十二月朔日ニ相達シ、被成御覧候由、件々貴答被仰示候趣、則承知仕候。其後、金瓶梅五集前後二共《カ（ママ）》、是亦十二月廿六日出ニて、松坂御本宅まで差出し候。右両度の紙包、追々御賢息様ゟ被成御達候て、被成御覧候半と奉存候。已上、三度の拙翰ニ愚衷追々得御意候へバ、今便者、十二月下旬之芳翰之御答のミ、左ニ申上候。尤、事済候義ハ、如例省略仕候。簡略失敬、御用捨可被成下候。

一　八犬伝九輯下帙の上之貴評、かねて如被仰示、歳暮御浄書御出来ニ付、早速為御見被下、日来渇望を慰し、大慶不少奉存候。着早々繙閲、先一トわたりハ拝見仕候。乍例御細評、幾甘心仕候。此度のハ、乍失礼大錯の御誤評もなく、逐一穏当ニて、人のいハぬ所をよくも被成御覧候かなと、本意之至ニ奉存候。その中ニ御疑評者、未末局迄不被成御覧候故、少々申試度義も御座候。そハとまれかくまれ、かく迄精細の評ハ外ニ得がたく候へば、尤珍重いたし候。如例一本写させ候て、上候様被仰示、承知仕候。依之、先づわく紙をすりニ遣し候処、右のすり、昨日出来ニ付、今日筆者方へ写しニ遣し候。早春ハ筆者多用のよしニて、早々ハとりかゝりがたきよしニ候。さらずとも、百丁余の謄写、速にハ出来かね可申候得ども、折々催促いたし、右写し出来の上ニて、再四熟読い

たし、且拙答書入出来次第、飛脚へ差出し、入電覧候迄者、両三月ニも可及候。此義、かねて御承引可被成下候。

一　霞引札校本、御返却被成、慥ニ落手仕候。昨十二月ハ右編之再板出来不申候。早春、板元鶴やの後見嘉兵衛拙宅へ年礼ニ参候折たづね候へば、滑稽物ハ当今の人気ニ不叶候故、あとハ出板不仕、尚しバらく見合、人気滑稽物を好ミ候時節を考候て、再板可仕と申候。野生、かねて左様ニ存候て、一昨年とゞめ候へども、不聞候而、右之仕合ニ御座候。御一笑と奉存候。然に、金瓶梅五集ことの外評判たかく、製本間ニ不合候迄ニうれ候故、鶴屋うらやましく存候哉、傾城水滸伝、当年ハ是非〳〵ほり立、出板仕度候間、いかで〳〵御稿本をねがひ候ト申候。承知ハ致し候へども、しバらく中絶の事故、いまだ気ものり不申候。外ニ大分書ものも御座候へバ、当年の処、我ながら続稿無覚束候。乍併、あのまゝに打捨候もいかゞニ候へば、手透次第ニ綴り遣し度候へども、合巻物ハ稿本極細字ニ候へば、老眼に不便ニ候間、甚くるしく御座候故、なるだけのがれ候様いたし度存候。是亦御一笑と奉存候。畢竟田舎源氏追々不評判ニて、金瓶梅に蹴ちらされ候故、鶴屋も種彦を一点張りニいたしがたく、兜を脱でをめ〳〵と当早春ハ年礼ニ罷越候者、水滸伝の稿本を乞ん為ニ御座候。そのあかしハ、一昨年冬転宅後一度も不参つるやが、とし玉目録さへ持参いたし候ニてしられ候。源氏も、廿六編めハ当正月五日ニうり出し候。廿六編と申せども、弐十丁を一編となす故に、けいせい水滸の十三編と同丁ニ御座候。当春抔ハ、彼さうしの評判、一向不聞候。追々可被成御覧と奉存候。

一　八犬伝九輯上帙御評写本料之義、先々便云々被仰示候故、云々之義を以御断申上候所、又云々之思召を以、右紙・筆工料金弐朱被遣之、則落手仕候。右ハ、かねて申上候ごとく、御出銀ニ不及候義ニ候処、格別之御心入を以被遣候を、又辞し候てハ我意ニ募り候様ニも聞え、失礼ニ御座候間、則奉任貴意候。御心配之御義、忝奉謝候。

天保9年1月21日

一　畳翠君随筆松窓雑記、黙老人ゟ貴方へ被廻候よし。さまで脚賃を費し候て被成御覧候ほどの物ニハ無之候へども、御同好の一人の著述ニも候へば、先々便黙老人江云々申遣し、その後まづ其段貴翁へ申達され候而、見度よし被申候ハヾ御廻し被下候へ、と申遣し候処、その拙翰高松へ着已前、貴家へ順達被致候よし、黙老人ゟ申来候。二冊めも出来候へ共、二冊めハさばかりの事もなく候間、写しとり不申候。乍然、貴人ニハ稀の御事と存候迄ニ御座候。桂窓子へハまづ此旨被仰遣候て、見度と申候ハヾ、可遣(被カ、マヽ)可被下候。扨、今少し申上度候へども、早春ハ却て多用の上、多く来客有之、今日も来客ニて冗紛ニ付、申もらし候。先ハ八犬伝御評落手の御案内迄、匆々如此御座候。

恐惶謹言

正月廿一日　　著作堂　解

篠斎大人

玉机下

尚々、旧冬ゟ寒例ゟゆるやかに覚候処、余寒ハ却きびしく、凌かね候。いかで御自愛専一ニ奉存候。早春はじめて薄雪二度ふり候へ共、忽ニとけ候キ。風ハ旧冬ハなし。春ニ成、折々風烈の日も候へども、世上静悄(カ(マヽ))ニ候。正月四日夜、麻布日が窪の失火、十五、六町延焼、是が旧冬ゟの大火ニ候へども、山の手辺なれバ、下町向の障りニ不成候。当秋も只豊作を祈候のミに御座候。

以上

二〇　天保九年二月六日

（朱書端書）戊二月六日出、同十五日著、大井川夜川支

此拙翰認候内、薄暮に及び候付、心せき、老眼老拳、筆のあて処を不覚、朦々朧々に候へバ、よめかね候半。失敬御用捨、宜御査見奉希候。以上

一筆啓上仕候。春寒時候、弥御清栄被成御起居、珍重奉賀候。随而拙方、無異致消光候。乍憚御休意可被下候。然者、正月六日之年始御祝状并に御別翰とも一封、本月朔日夕致東着、致シ（マヽ）御状拝見、欣喜之至ニ奉存候。不相替年始御祝状並ニ為御年玉朱墨一挺被贈下、遠方御心配、御礼難尽寸楮、奉万謝候。朱ずミ、平生の所用且校合抔にハ下直の品用ひ候へども、物ニよりてハ朱尤要用の品ニ候へ者、殊ニ重宝仕候。被遣候墨挾ミ、御手作と見え、尤精妙有之、故に道中不損候而、幾甘心仕候。試筆の御歌、例ながら感佩、とり〳〵拝吟仕候。霜のひかた珍らかにて、且余情深し。次の四十五十ハかすむ麓路、ぢもじ三ツかさなりて耳不立、弥精々妙々と奉存候。近来しばらく市井の俗用を御のがれ被成候故欤、承り候御歌毎に風韵高く、妙ならぬはなし。とかく俗臭ニ染着候て、おのづから風雅ニうとくなり候事、野生抔いまだこの境を脱不得、且恥且羨しく奉存候。

一　十二月朔日ニ差出し候八犬伝九輯下帙ノ中、松坂御本宅江者、旧臘廿八日ニ着いたし、御本宅ゟ当春初便りニ被成御差出候よし、御賢息様ゟ御案内有之候間、日々御待被成候処、やう〳〵正月十五日ニ着いたし、被成御覧候趣、被仰示、承知仕候。右弐部之代金弐分弐朱ト弐匁六分、御賢息様被遣之、正月二十七日ニ飯田町娘方ゟ相違し、慥ニ落手仕候。御序手之折ニて宜御座候処、遠方御配慮、甘心仕候。十二月廿六日ニ松坂御本宅迄差出し候金瓶梅ハ、初春未被成御入手候よし、是亦承知仕候。無程、是將被成御覧候半と奉存候。

一　右八犬伝新本廿壱の巻の内、四丁落丁有之候よし被

仰示、寔ニ駭嘆仕候。旧冬、右之本松坂へ弐包、高松へ壱包、都合四部差出し候折、媳婦ニ申付、落丁改させ候処、宜きよし申候ニ付、自身再改のいとまなく、申ニ任せ包せ候処、所紛中ニて、四部の内一部見おとし候欤、或ハ封じ候内ニて改るニよしなかりし欤。汗顔之至奉存候。依之、若山書肆ニ御談じ被成候処、右落丁、大坂へ申遣し候ハヾ、多分御間ニ合可申旨被申候間、其意ニ任せ、御頼置候間、多分近日大坂ゟ可参候。もし大坂ニて御間ニ合かね候ハヾ、其上ニて拙方へ可被仰越候間云々被仰示、承知仕候。大坂ニて引受人河内屋茂兵衛、正月二日ニ百部うり出し候よし、当春丁子や平兵衛咄ニ御座候。左候ハヾ、すり本尚茂兵衛方ニ可有之候間、差上候様可致と存候。しかれども不安心ニ付、手前ニ反故ニいたし、いまだそのまゝ差置候校合すり本の乱丁成ルをとり出し、これ彼展検致候処、廿壱の巻校本の内、三度め校合無疵のすり本ニ、五丁・十九丁ハ無之、廿二丁・廿七丁、右弐丁者有之候間、不取敢封入いたし、先づ上置候。弐丁ニてはあと弐丁足らず候へども、手前ニ無之、板元へ申遣し候へバ、遠方ト申、別ニすらせ候故、急の間ニ合かね候間、無是非右之仕合ニ御座候。大坂ニて御間ニ合候ハヾ、此弐丁御返しニ不及候。もし大坂ニて御間ニ不合候ハヾ、被仰越次第、板元へ申遣し、五丁・十九丁弐丁すらせ、あとゟ可差出候間、此弐丁御とめ置れ候様、奉存候。前々ゟ万事入念候が持前の癖ニ候処、近来家事多、且耄も交り候欤、動スレバ疎忽ニて、行届ざる事多く、汗顔不少候。何事も七旬の上を二つもあまり、浪銭十八文ニ成候てハ、われながらあさましく、朽をしき事無涯候。御憐察可被成下候。試筆の御歌四十五十ハかすむ麓路ハ野生等が上ニて、いまだ還暦ニ一ツ足り玉ハぬ貴翁ニハ早かるべし。野生抔、六十四、五迄ハ壮年の人ニまけ候事なかりき。十弐の弟ニをハしませバ、尚たのもしく奉存候。御一笑〳〵。

一　八犬伝新本誤写御抄録被成下、忝奉存候。先、目庄狼之介の苗字、暗記ニて又あやまり候を被仰訂、実ニ赧然之至ニ御座候。乍併、再度のあやまりを自訂いたし候も、あまり尤ケク、恥かゞやしきわざニ候へバ、今さら困り候。手前蔵本ハ、出板の折、下谷辺の旧識へかし遣し候処、先から先へ岐借被致候よしニて、未返候。返候ハゞ再校いたし、如例後板の内へ書入レ可申候。返〳〵も御深志忝奉謝候。

一　八犬伝下帙ノ上の貴評一冊、並ニ右写本筆料弐朱弐つ、旧冬被遣之、右一封ハ当正月九日致東着候付、正月廿一日出、大坂迄十日限之早便ヲ以、右両様着の御案内申上候。然処、正月廿五、六日御参宮ニ被成御啓行候ハゞ、右拙翰ハ若山御留守宅へ着可仕奉存候。右御評写し料之義、云々御断申候処、云々のよしニて被遣之、剰あとの分も弐朱被遣之、都合金壱分落手仕候。右御評感佩之趣、早速ニ写しニ出し候間、写し出来次第、拙答書加、上ゲ可申候よしハ、正月廿一日出之拙翰ニ得御意候へども、前書之趣ニ候へバ、三月中若山へ御帰り被成候上ニて、可被成御覧奉存候。依之、右御評入手の御案内を、略文再啓仕候。その中ニ被遣候筆料入金子、御書付ニ弐朱金二ツと有之候を、一寸見候までニて、開キもせず、そのまゝ机の引出しへ蔵め置、扨廿一日ニ拙翰認候節、暗記ニて金弐朱トのミしるし候疎忽、あとニて心づき、尤後悔慚愧之仕合ニ御座候。右之御心配ニハ不及事、辞し奉るべく候へども、御深志を不思ニも似るべく哉と奉存候。則、任貴意、預り置申候。此義、御宥免可被成下候。

一　試筆拙詠御褒賞被成下、闇夜の礫歟。且恥、且歓しく奉存候。八犬伝新本も処々御略評被仰示、大喜至極仕候。いかで当年ハはやく御評も可被成思召候。弥精妙ニ奉存候。新年の賤贄御厚礼等、わけて当りがたく、痛却仕候。

一　雪譜之事云々被仰越候ニ付、云々申上候処、又云々被仰示、承知仕候。右後編出板ハ、いつともいまだしれず候。

一　松窓雑記、黙老人ゟ其御許へ被廻候よし、脚賃を費して被成御覧候ほどの物ニハ有之まじく候へども、同好と申、貴人ニハめづらしき筆すさみと申迄ニ御座候。

一　早春、本朝医談の作者奈須翁来訪ニ付、医談之事たの置《ミ脱カ》候(マヽ)。旧冬、今大路殿ゟ伝言有之候へども、酔中書名を忘れ候歟、一向わからぬ事被申越候。蓑笠ゟ被頼候間、よろしくとのミ申越し候間、その義をも問まほしくて、と奈須翁被申候間、それハ云々と申候へバ、何分遠方故、幸便あり次第、小川町辺歟、神田のもより山本氏迄へなりとも、出し置候半と被申候。此山本殿も、一昨年来疎遠故、とても拙宅へ届ケくれられまじく存候へバ、三月頃、人を以、聞ニ可遣存居候。此後宜、先御承知可被成下候。

一　当春ハ参宮の思召立被成御座候処、御本宅にて御内談被成度御義も候間、はやく御出かけ被成候様と、御賢息様ゟ被仰進候ニ付、御令政様御同道ニて、正月廿五、六日比被成御啓行御参宮、且松坂御本宅ニ三月上旬迄御淹留可被成候間、その比迄拙翰ハ松坂御本宅へ差出し候様被仰示、先以めでたき御義、巨細ニ承知仕候。しバらくニての中もどりニ候へバ、御令政様ハさら也、佐五平様御夫婦及御親類方御一同之御歓びと奉存候。乍憚、御令政様御初、御一統様江可然御致声奉希候。拙家族一同、宜申上度よし申候。桂子とも久々ニて御面談、その外御歌友達ニもまどゐ可被成と想像仕候。桂窓子誂の八犬伝ハ、飛脚関駅ニて荷わけの折、とりちがへ、大坂へ出、あとニ成り候故、正月七日急の(着カ、マヽ)よし。されども、中嶋氏のを借て、元日の夜、見られ候キ(マヽ)被申越候。是等之事ハ、御面談ニ御聞可被成候へバ、具にハ不申候。

一　絵本三国志の事、御略評被仰示、忝承知仕候。その書出板の事、はじめて御状ニてしられ候。右画工の事、第三編ハ葛飾戴斗トあれバ、桂窓子ハ云々被申候へども、前の北斎也と思召候よし。それハ乍憚思召ちがひニて可有之候。後の北斎ハ俗称近藤伴右衛門ト云、麹町平川天神前高家衆京極飛弾守殿家臣也。文化中、金七両ヲ以、その師ニ葛飾北斎戴斗の名号を譲うけ候者、是也。この後、前の北斎ハ為一と称し候。これらニて御了然たるべき欤。その画の拙、彼近藤伴右衛門ならバ、さこそと致想像候。八犬の長歌の事、廿一日の状ニ申上候。桂窓子ニ御聞可被下候。

右ハ今便要用のミ御答仕候。事済候義ハ例の省略、失敬御海容(可脱カ、ママ)被成下候。

恐惶謹言

二月六日　著作堂

篠斎大人

玉机下

尚々、旧冬十一月ゟ今以雨まれニて、夏ならバ旱魃と申ほどの事ニ御座候。折々風烈ニて、余寒きびしく覚候。花の比、連雨なるべき欤。老人家ハ一日もはやく暖気をいのり候外無之候。

二一　天保九年六月二十八日

（朱書端書）戌六月廿八日認、七月朔日出、同十三日着

此拙翰、不眼之上、差急ギ候付、悞脱且よめかね候行
も可有之候。失敬御用捨、御猜覧可被成下候。以上

一筆啓上仕候。秋暑之時日、不順之気候御座候処、貴地弥御壮栄被成御起居、珍重奉賀候。随而蔽屋、無異ニ罷在候。御休意可被成下候。然者、二月廿二日之芳翰並ニ金瓶梅五集之御精評・続西遊記細評御写本等、三月三日ニ自大伝馬町御店被達之、拝見仕候。其後、五月八日之御状、同廿五日ニ致東着、是亦拝見仕候。是者玉屋便りのよし、右ニ付、云々被仰示、承知仕候。着之日限、外飛脚問屋とさばかり遅速無之様ニ存候。早便り、十八日めニて致着候。此段、申上候。此飛脚や、当地赤坂一ツ木ニ有之事、かねて致承知罷在候。拙宅ゟ瀬戸物丁嶋屋ゟ格別近く候間、便利ニ候へ共、三・八出日の外ハ不出。且いつも遠友達之書状ハ、御許のミならず、松坂・高松行等一緒ニ出し候故、別ニ一ツ木へ立よらせてハ格別不便利ニ候間、いづれも嶋屋へ出し来り候。もし御許江のミ出候事も御座候ハヾ、右の玉屋へ八日ニ出し候様可致存候迄ニ御座候。都合といふ事ハ如意ならぬ物、御一笑と奉存候。

一　三月已来不慮之疎濶ニ罷過候事、拙方種々無（一字不明）（ママ）之事有之、右ニ付、両度の芳翰、御請及延引候。此わけハ巨細ニ下文ニ可得御意候。御覧可被成下候。此節とても、ひまあき、手透と申ニハ無之候へども、あまり延引ニ及び、此方様子御存なき故、御案じも可被下、且者失礼不本意之至ニ御座候。先づ（濁ママ）あらまし申わけいたし候。黙老人ゟも久しく文通無之、これも案じられ候よしニて、五月十九日の状、一昨廿六日、飯田町ゟ相達し候事ニ御座候。桂窓子抔ゟ者、其後不通ニ御座候。極老人之事故、ひそかに様子を覘ひ居られ候事歟と存候。右三処へ、今便同時に拙翰差出し申候。第一ニ御地江之拙翰一通書し、そ

れゟ追々ニ書溜置候而、七月朔ニ飛脚江一緒ニ差出候つもりニ御座候。依之、書状中の日づけゟ両三日おくれ候て、差出候也。今日廿八日ニて、玉屋へ出し候ニハ都合よろしく候へども、書状間ニ合かね、且二郎ハ当番、且雨天、彼是無人ニて、不及其義候也。人そく申付候ニも、青山六道の辻迄つかハさねバ出来かね候故ニ候。

一　二月廿二日の芳翰ニ被仰示候義ハ、皆是事済候義、且時もいたく後れ候故、御請別ニ可申事も無之候間、失敬ながら只御状拝見之よしのミ申上候。その内、八犬伝九輯下ノ帙の上の御評、写し出来候ハヾ、よせをいたし、上下とりそろへ、かりとぢいたし、差出し候様被仰示候趣、承知仕候。さばかりの事ハ厭しからず候へども、少々老眼にて、左様之事いたしがたく、二郎ハ甚しき疎人ニて、申付候ても左様之事ハいたし得ず候。尤、写しハ四月中出来いたし、依之、製本やへ遣し、表紙かけいたさせ置候得ども、評答認候暇無之、此間やう〳〵とり出し、拙答評かき入レ畢り候間、則今便並便りニて差出し候。尤、右仕立ちんハわづかに五分ばかりニ候へ共、右製本職人、下谷二丁目ニ罷在候。拙方ゟもたせ遣し、又とりニ遣し候脚ちん、両度分三百三十二文、凡三匁程の費ニ成候へども、是ハ御苦労懸ケ候ニ不及、手前ニて進物心にいたし候間、御配慮可被下《マヽ(ママ)》候。もし御義理合ニ思召候てハ、却て不本意之至ニ御座候。先頃被下候御妙筆の御答礼心ニて、右之通り取斗ひ候間、此義御承引可被成下候。只片遠処の住居、万事の不便利、ちょとしたる事にも雑費多キ意味をのミしらせかた〲、如此御座候。二郎ハ御番代ニ出し置候者故、かやうの使ニも申付がたく、人ありてもなき同様ニて、年中ニハよほど日雇ちんを費し候。神田ニ居候時ハ、ヶ様之費無之候。只是遠処の故ニ御座候。二月の御状の御答、此外ハ皆事済候故、省略御海容可被成下候。

一　五月十八日芳翰ニも被仰示候、かねて奉頼候蝦夷地の奇書赤狄聞録等五冊、松坂御本宅へ被差置候間、松坂御逗留中、早速飛脚へ御出し被下、三月廿二日ニ東着いたし候。万々忝、奉多謝候。右脚ちん、嶋屋便りニて江戸払、則、嶋屋状くバりニ渡し遣し申候。但シ、かけめのわりゟ高料としるし来り候間、其段飛脚状配江申聞ケ、例のごとくニ勘定いたし、わたし遣し候事ニ御座候。右五冊、今便松坂御本宅江返上仕候。万々忝、多謝仕候。

一　松坂御本宅御滝留三月廿二日ニ御出立、京師並ニ浪速へ御立よりの折、諸方得とその時ニて御遊覧、大坂天保山などの事迄も被仰示、さこそと致想像、羨しく奉存候。かくて四月さし入ニ歌山府へ御帰寧のよし、めでたく奉賀候。

一　三月中、大坂大西芝居ニて八犬伝狂言いたし候ニ付、右狂言本被贈下、大慶至極、忝奉存候。当地葺屋町芝居ニても、閏四月中、八犬伝の新狂言を出し候。右狂言画本買取置候間、今便差上申候。此義ハ下文ニくハしく可申上候。大西狂言本ハいづれゟも不差来、別してよろこばしく奉存候事ニ御座候。

一　玉嬌梨・平山冷燕合刻之唐本御購入被成候ニ付、曩昔当地ニて買取、上候平山冷燕、御不用ニ成候間、故児見出したる由縁もあれバ、購入さるやと被仰越候趣、承知仕候。一昨年蔵書などりなく沽却いたし候已来、必用の書すら無之候へども、今さら蔵書の望ハ断絶いたし候。殊ニ老拙眼追々にかすミ、当春中ゟ細字の唐本抔ハ一ひらもよみがたく成候上、渡世の著述すゝみかね候間、骨折候てよミ候いとま無之、いとくちをしき身分ニ成候。且、右之書、故児云々の事抔思ひ出し候へバ、なかにおかしからぬ事ニ候間、乍残念この義ハ奉辞候。黙老人江被仰進候ハヾ、早速購入可被申と奉存候。

一　黙老人の聞まゝの記、御借覧被成候よし。只今ハ御隣国に御同好の友人有之、めで度奉存候。貴翁ゟも毎度小説物など被成貸進候よし、彼老ゟも被申越候。黙翁ハ実に徳行の君子たるべく存候。小生抔及びがたき事多々有之、御益友と奉存候。説鈴・続説鈴の事抔御示教、承知仕候。

一　東都歳時記之事被仰示、その書未見候。一昨年已来、

読書ハ成かね候故、何も不見候。江戸繁昌記五編も、丁子やゟ差越候間、無是非買入置候へども、去年来半冊見候まゝにて、うち捨置候。八犬伝の浄るり本も、一昨年の冬、上斗見候て、下ハいまだ不見候。京都繁昌記とやらん出板のよし、黙老人ゟ被申越候。新板物など、聞候事すら稀ニ御座候。老ぼれて多用なる斗不風流なるものハあらじと、我ながら朽をしく存候事多く御座候。

右ハ五月八日芳翰の略御答ニ御座候。

一　本朝医談、当四月中やうやく手ニ入候。これハ、今日松坂御本宅へ向け紙包ニいたし、差出し候。代料ハ五匁ニ候へ共、遠方ニ付、雑費三匁四、五分かゝり申候。南鐐壱ツ御はづミ可被下候。その故者、奈須氏ゟ当三月下旬、神田さへ木町官医山本殿へ被差出候よし案内、ある人の幸便ニ聞え候間、則人足ヲ以山本殿へとりニ遣し候処、山本殿ゟ下谷二丁町経師万吉と申ものゝ宅へ遣しおかれ候よしニて、その使むなしく帰り来り候間、其後又万吉方へとりニ人遣し候処、折あしく万吉他行のよしニて、弁じ不申候。四月下旬ニ至り、右万吉拙宅へ持参いたし、やう〳〵手ニ入候。此往来脚ちん、諸雑費ニ御座候。

一　八犬伝錦画、故御舎弟琴魚子賛ある残り弐枚、当三月出板いたし候間、早速かひ取置候。これも今便ニ差出し候。これニて揃ひ候也。

一　閏四月中市村芝居ニていたし候八犬伝狂言錦画も、かひ取置候。是亦、今便ニ差出し候。近来紙ことの外高料のよしニて、錦画の価いたく登り候。八犬伝残り弐枚の分ハおろし直段壱枚三分ヅヽ、又芝居ニていたし候錦画ハおろし直廿四文ヅヽニ御座候。但し、此分先頃御めぐミ被下候筆の御答礼ニ可致候間、代料被遣候ニ不及候。御地のミニあらず、桂窓子・黙老人・長府・越後へも遣し候間、とりあつめてハよほど費し候へども、さればとてかばかりの品、もの〳〵しく価勘定もおこがましく存候間、みな進上ニいたし候也。此段、御承引可被成下候。

覚

返上
一赤荻聞録　二冊
一二叟談奇　壱冊
一北槎小録　壱冊
一弐島番人口書　一冊
〆　五冊
右あて板入紙包ニいたし、脚賃江戸払ニて、今便、松坂御賢息様へ向ケ、差出し候也。

御あつらへ物
一本朝医談　上下弐冊
一八犬伝錦画　四枚又弐枚
一同　五枚
右あて板入紙包ニいたし、脚賃先払ニて、松坂御本宅まで、今便差出し候也。
一八犬伝九輯下帙の上御評製本　一冊
一金瓶梅五集御評　壱綴
右二本、あて板入紙包にいたし、是ハ今便直ニ御地へむけ、差出し候。是も松坂へ出し候へバ、脚ちん御地ゟ下直ニ付候へども、最初御地ゟ直に被遣候間、則御地へ直差出し候。上紙包三ツ、内弐包ハ松坂御本宅迄一包ハ江戸払、一包ハ先払。　一包ハ御地へ差出し候事、前文之通ニ御座候。
（コノトコロ次ノ下ゲ札アリ、即チ、
本文右のごとくニ候へども、今便三通り不差上候でハ、御配分御不便利なるべく奉存候間、包候包を切ひらき、又弐枚加入いたし候間、已上六枚ニ成候。六枚ニ五枚、都合十一枚ニ御座候。此加入の弐枚ハ手前の扣ニかひ入置候へども、遠方の事故、とりかへ候て、上ゲ候ても、手前のハ追て又かひ入をもいたし易く候故ニ御座候。）
一　八犬伝錦画琴魚様賛ある二枚ハ、たしか三通り御入用かと、包ミ候後ニ心づき候。此度前々のごとく弐通り封入いたし候。もし不足ニ候ハヾ、可（被脱カ、ママ）仰越候。包合せ都合よろしく候間、可差上候。近年老ぼれ、記憶あしく成候上、多用中、動もすれバ脱落いたし候也。

一　越後雪譜者当年中ニ出板とハ聞及候へども、しかといたし不申候。京山此節剃髪いたし、近々書画会興行いたし候ニ付、丁子や抔も世話人のよし、及聞候。ヶ様之事ニて、著述おくれ候半欤。年内の出板心もとなく存候へども、出板の事ハ相違無之候欤。うり出し次第、早々可差出存、丁子やへ申聞置候也。

○これゟ疎濶のわけを申上候。

一　当三月中旬ゟ娘婦時疫ニて、よほどの大病。その頃二郎ハ、　西の丸御炎上ニ付、臨時勤番有之、在宿稀ニ候。宿所ニ者老拙と幼孫等のミ。万事野生一人ニて、旦暮の難義、寸楮ニ尽しがたし。御遠察可被成下候。

一　娘婦ハ野生療治の薬ニて、四月中旬癒介いたし候処、娘婦の父ハ紀州三浦長門守殿医師ニて、麻布まミ穴ニ罷在候。七十才の老人ニ候処、旧冬ゟ老病ニて、四月上旬ゟ追々に大病ニ成候へども、老夫婦ニて、子息ハあれども不孝ニて、久しく不通ニ成候故、二郎兄銕二郎といふ者、浪人ニ候間、この者罷越し、万事はたらき候へども、一人ニて行届キかね候よしニ付、四月中ゟ閏月並ニ五月廿五日迄、娘婦ト幼孫を麻布へつかハし、実父の看病いたさせ候処、娘婦の父ハ五月十八日ニ病死いたし、娘婦ハ五月廿五日ニやう／＼かへり候。此間、野生ト嫡孫の太郎のミにて、以之外の大難義、中／＼寸楮ニ尽しがたく、生涯おぼえざる難義をいたし候。薪水の事ハ二郎ニ任せ候へども、二郎当番の節者、実ニ飢渇ニ及ぶべき程之事ニ候ひキ。尤、老婆ハ老衰ニて、これも春ゟ老病ニ付、飯田町娘方へつかハし置候。其上、飯田町婿養子も二月下旬やう／＼とり極候処、先方ニ少し故障有之、既ニ可及破鏡之処、やう／＼とり直し、閏四月下旬ニ引とり、婚姻とり結せ、跡わたし候。右ニ付、野生をり／＼箯輿ニて下町辺媒人方・地主・支配人かた抔へ走りまハり、とり繕ひ候事、しば／＼ニ及びき。

一　これすら一大窮厄ニ候処、野生事、三月比ゟ老孤眼ニて、かすミ候て、細字の著述甚不便利ニ成候間、是者眼鏡のわろき故也と存候ニ付、四月中、篗轎ニて四日市の長崎屋といふめがねや江罷越、本玉ニて価金三分ヅ、のめがね二挺買とり候。是ニて細字を見候折ハ、至極あひ候様ニ存候間、買とりて宿所へ持かへり、日々かけ候へバ、やハかり衍カ(ママ)同様ニて、かすミ候て、しかと見えわからず。しかれバ、めがねの罪ニあらず、五十年来昼夜つかい枯らし候、老の衰と存候。其上、茅屋ニハはじめて住候故、是迄ハしらぬ事ニて候処、茅屋ハ庇低く候故、格別うすぐらく候。これも、明暗神田の旧宅とハ大ちがひニ御座候。大抵夕七時ゟ日西へまハり候ては、細字を書候事ハさら也、何ニてもほんぼりとして見えわかず候。況燈下ニてハ、筆とり候事ハさら也、大字の物も見ることかなハず、日くれてハせんかたなき身ニ成候間、日くれ候へバ、暮六時比ゟ臥房ニ入り候也。只この患のミならず、書をよみ候ても、又久しく細字を書候へバ、右眼の見えぬかた、はじめハそろ〳〵といたミ出し、中ごろハよほどいたミ、後にハ甚しくいたミ候故に、筆を捨て、仰臥いたし、閉目、気をやしなひ候て、又筆をとり候事、毎《ツネ》也。左りの見え候方ハ不痛候故、尚幸ひと存候。此拙翰認候内者、右眼のいたミを忍び候。著述の細字など(ほカ、ママ)にハあらねどよほど苦しく覚候。右の仕合ニ付、無是非久しく不音ニ打過候也。されバとて、著述をやめきりにしてハ眷族を養ふよすがなく候間、病居中ニも筆硯を廃せず、いさゝかもいとまあれば筆をとり候へども、眼力おとろへ候へバ、けがミのすぢも見えわかず、老拳動キかね、眼力届かね候間、さぐり書ニ細字を書候故、一日ニ半丁つゞり候へバよき出来ニて、四、五行書候日も多し。その間ニハ来客あり、使札あり、使札の回翰も代筆さするニ人なければ、いやとも返事をかゝねばならず、これらの事ニて日をくらし候事多く御座候。これハ大かたの事ニて、くハしく数へ立候ハゞ、大冊ニ書ともつくしがたきほどの事ニ御座候。世路艱難、御憐察可被成下候。右之仕合ニ候へども、(以下丁ウツリ、ママ)

一　八犬伝九輯下帙の下ハ、旧冬十一月ゟ引つゞき口画並ニ御作の長歌等の稿本を板元へ渡し遣し候。来尚(マヽ)正月中ハ余寒ニて、早々来客等日々の俗用ニてむなしくくらし、二月中ゟ本文ニ取かゝり候処、前書之仕合ニて埒明かね候へども、さればとて捨てハおかれず、辛くして五冊惣張百四十五丁、五、六日已前ニ稿し訖り候へども、此五冊でハ中〳〵結局大団円ニ不至候。切て親兵衛が虎を対治の段までと存候へども、それ将今十丁あまり綴らねバその場ニ至らず候。依之、遺憾ながら、此五冊ハ下帙の下の上編といたし、当冬中出板いたし候。残り五冊ニて結局ニ成候へバ、全部八十一巻にて都合宜く候へども、腹稿書多く候間、五冊歟六冊歟、未詳候。あとも当秋ゟ取かゝり、来春はやく出板致させ度候へども、前書之仕合故、遅速ハはかりがたく御座候。虎ハ三度め也。対治の段を残し候者遺憾甚しく候へども、丁数に拘り候故、せん方なく候。なれども、一体の趣向の異なるよしハしられ候間、出板の折、御高評可被成下候。五冊の丁数ハ下帙の中と同様ニ御座候。

一　金瓶梅六集も、板元ぜひ〳〵と申事ニて、潤筆ハ当春持参いたし、暑中見廻ニも催促がてら参候間、近々取かゝり、綴り遣さねバならず候へども、合巻ハよミ本ゟ弥細字故、是迄のやうニハ出来かね候。品ニより、画稿ハ是迄の通りニいたし、筆工ハ別ニ大きく書候半。此段、改方へ断り候様、申聞置候。この義、われながら甚苦労ニ成候。中〳〵急ニハ出来かね候半と存候。看官ハいつも木石ニて作り候人の様に思ひ候て、出板を待かね候へども、楽屋ハ右之趣ニ御座候。是亦御憐察可被成下候。依之、合巻ハ、金瓶梅の外、みな断り候て、決してつゞ(濁ママ)らず候也。

一　畳翠君も御役のぞみにて、去年来、対客、登城前御老衆御逢など、をさ〳〵つとめられ候よし。右ニ付、当年ハ一向ニ疎遠ニ御座候。それ故、八犬伝九輯下帙の中の評ハ出来ぬと申事ニ候。貴人ハ大かた此類かと存候。先日近習山田氏を暑気見廻ニ被差越候故、様子承り申候。当年はじめての使价ニ御座候。八月比者一日招待いたし度、など御申越被成候得ども、長座くるしく候間、なま返事いたし置候。御一笑と奉存候。

一　八犬伝九輯下帙中の御評、盆比迄ニハ御出来可被成哉のよし、承知仕候。此節、御取かゝり被成候哉。御評ハ格別おもしろく、大ニ慰め候得ども、拙評答、急ニもいたしかね候。下帙の上の御評、その外とも、製本出来次第、翠君に御めにかけ可申旨、約束いたし置候。黙老人下帙の中の評、桂窓子同評の評答も、此節やう〳〵出来いたし、飛脚へ差出申候。御交易ニ被成、御評ヲ御見せ、右二子の評も御かりよせ、被成御覧候様と奉存候。黙翁の評も至極よろしく出来候。金瓶梅の評者、御同案多く御座候。

一　御礼申おくれ候。二月中ハ続西遊記拙評うつし御投恵被下、借用のえそ（濁ママ）の筆記、五冊ともに東着、落手仕候。御うつし能書ニて、美事ニ御出来、野生自筆のゟ反て重宝仕候。御礼寸楮ニ尽しがたく、忝奉謝候。

一　葺屋町八犬伝狂言、無人の芝居ニ者候へども、最初ハ大入いたし候処、河岸通りの火けし人足等そねミニて、百五、六十人徒党なし、芝居へおしかけ、打こハし、やぐら並ニ屋ね迄打崩し、見物ニも怪我有之、入牢人多く有之候ニ付、狂言しバらくやすミ、潤四月下旬ニ渡世御免ニて、又はじめ候へども、最初ほどハ入り無之候ひしが、凡三十日斗いたし、五月下旬ニ舞をさめ候よし。此闘諍ハ、中村歌右衛門、当春さかひ丁中村座へ参り候処、思ひの外評判よろしからず、閏四月中ハ武本武者之助是又評判あしく、菊五郎の岸柳のミ評判よく候よし。河岸通りのわかきものどもハ皆歌右衛門連故、葺屋町の当りをそねミ、けんくわをしかけ、打こわし候よしニ候。しかれども、八犬伝狂言わろく書かえ、甚拙作のよし。只理くつなしに、八犬伝といふニ付、見物多く候よし、見たる人の話ニ御座候。大坂大西芝居同時ニて、是又一奇と存候。八犬伝髪結床の長暖簾、追々ニふえて、十二軒有之。その内、馬喰町辺ニ七軒、あづま橋のハ就中大のれんニて、細画目をおどろかし候よし。この外、烟管などの毛ぼりニいたし、価五、六文のらをも有之と《ゆかたにも染出し候。》中事ニ候。あまりはやり過候間、事なき内ニはやく結局ニいたし度、心いそぎせられ候へども、腹稿多く、且眼力おとろへ、彼是ニて今板大団円ニ成りかね候。自然の勢ひ、せんかたなき事ニ御座候。是亦御一笑と奉存候。

一　当春、　西大城御炎上、其時下町大火、四月十七日麴町大火、同日市谷火事等、追〳〵及御聞候と奉存候。種々雑説有之候へども、皆可憚筋なれば、筆に載がたく候。古来未曾有之異変、さて〳〵胸安からず奉存候処、亦復当夏ハ気候不順ニて、諸物高料ニ成ゆき候。閏月ゟ五月中、梅雨の節ハ反て雨稀ニて、畊作水に匱しく、雩などいたし候所有之風聞ニ候処、六月ニ至リ暑ニ向ひ、野生ごとき老人も昼之間ハひとへ衣着用いたし候。是ニてハ土用中ハ大暑ならんと思ひ候ひしに、おもひきや、六月十一日夜より大雨、六、七日ふりつゞき、以之外の冷気ニて、関東筋よほど洪水のよし、聞え候。それゟ今日迄とかく雨しば〳〵ニて、入梅のごとく物の瞨候事甚しく、快晴の日も風ハひや〳〵と身ニ入ミ候。野生ごとき老人ハ、此節綿入衣着用、冬のごとくニ候。右ニ付、市中白米小うり、上白ハ百文ニ五合五勺、中白ハ六合五勺のよし。野蔬抔矢張出はじめのごとく高料、何によらず下直の物ハ無之候へども、人の奢侈ハ少しもかハらず、玳瑁櫛・笄御制禁被　仰出候処、玳瑁ハはゞかり候へ共、木櫛ニて価金三分余の品流行のよしニ候。此景気にてハ、当秋の豊熟甚心もとなく候。もし一昨年のごとくニ候ハゞ、煎じつめたる上ニ候間、いよ〳〵餓死のものも候半。何まれ胸安からぬ事ニ御座候。御地ハいかゞ候哉、否、承度奉存候。

一　八犬伝筆工金川、多務のよしニて、一向ニ出来かね候間、丁子や頼ニ付、同人懇意の筆工音成と申者ハ、牛込ニ居候御徒士衆御座候。無拠、廿七の巻者此人へはじめてかゝせ候処、筆工ハ金川と伯仲いたし候へども、何分ニも字をしらず、大杜撰人ニて、毎行悞字多く、且脱字脱文も多く、此板下校合ニ七、八日のいとまを費し、やうく無疵ニいたし候。眼力おとろへ候故、かやうの事、みづから書候ゟ苦しく覚候。看官御存なき楽屋難義、御亮査可被成下候。画も重信ハ多病且不実等閑の本性ニて、出来かね候間、半分ハ英泉ニ画せ候。画ハ両画ニてもよろしく候へ共、筆工ニハこまり果候事ニ御座候。此外、尚申上度義も可有之候へ共、何分右眼いたミ候間、こゝらにて筆をとゞめ候。已来御請延引等可仕候哉、此義かねて御憐察、御海容可被成下候。

恐惶謹言

六月廿八日　　著作堂

篠斎大人

金欄帳下

此拙翰ハ大坂迄、八日限ニて出し候。紙包ハ並便ニ候間、遅速可有之候。此段、御承引可被成下候。

二二　天保九年十月二十二日

（朱書端書）戌十月廿二日出、十一月三日着

尚々、先月下旬ゟ今以小恙不治、且多用、且短日中、不眼の禿筆走書、よめかね候処多く候半。失敬御用捨、宣御推覧可被成下候。以上

一筆啓上仕候。追日赴寒気候処、弥御安康被成御起居、珍重奉賀候。随而薇屋、無恙罷在候。御休意可被成下候。然者、自是九月朔日出早便を以飛脚江差出し候八犬伝御長歌すり本並ニ拙翰者、同十三日着いたし、被成御覧、尚又六日ニ差出し候先便御答拙翰も順着ニて、是将被成御覧候ニ付、右両通之報書、九月廿四日ニ御指出シ被成、十月六日ニ東着、則拝見仕候之処、八犬伝御反歌まさらんヲますト誤写有之候間、入木直し致させ候様被仰示候趣、承知仕候。董斎仮字者飛花落葉のごとくニて、老眼ニ校しもらし、遺憾之至ニ候。尤、すり本直しあらバ速ニ御返事被遣候様、先便得御意候処、十三日着已来、十日余も御打捨れ候故、もはや板元ニて廿四・五之巻ハ四百部すり込候已後ニ御座候。但、八月下旬、右御長歌彫刻出来の折、歌主遠方ニ付、見せニ遣し、可否の返事有之迄ハ凡三十日に及ぶべし。九月晦日迄ハ、いそぎ候共、長歌の処斗すり込見合せくれ候様申遣し置候処、九月ハ果、十月ニ至り候ても御返事無之候間、板元まちかね、十月三日とや四日とやらにすり込せ候よし、あとニて聞え候。十三日すり本着候ハヾ、十五日頃までに御返事被遣候ハヾ都合よろしかるべきに、左様ゆるやかなる事にハあらぬに、さりとてかくトばかりニて甲斐なき事ニ候間、右すり込候四百枚ハ拙方へ買ひ取候つもりニ談じ候て、則入木直し致させ候。これハ筆者の誤筆ニ候へども、野生校閲ニ見過し候間、矢張吾誤也。本文ならバ、すり込候共、板元の損ニ致させ候ても不苦候へども、乍失礼いハヾ貺贄同様之処、板元ニ損かけ候てハ快からず候間、板元ハそれにハ不及ト申越し候へども、商人の事故、ひ

そかにそれを用ひ候事もやと存候間、云々申遣し候。右すり本、拙方へ引取候てもさばかりの費にハならず候。嫡孫手習ハとりかへ紙いたさせ、白紙江習せ候間、右すり本四百枚ハ手習紙ニ用ひ候間、必々御心配被成下まじく候。扨、一字たりとも董斎ニ書直させ候事、甚手おもく、中〱急ニハ書くれざるよしニ付、董斎書の前条にあるさの字を切りヌキ、すの字の処江入木いたさせ、右のさヲはり入レ、ほらせ候。依之、董斎を労せずして、董斎書ニて、直し出来候。右すり本封入、懸御目候。御熟覧可被成候。入木ハ地ヲ直し候ニ付、必板屋へ遣し、切りはめさせず候ハねバ高低有之、工合不宜候ニ付、板屋・板木師両人の手がけ候事故、甚手おもく候。是者野生校合の見遺しニて、貴兄に于り候事にあらず、只老耄瞥見の身をうらミ候外無之候。御一笑と奉存候。

一　貴兄の御歌ハさの一字故ニ、御返事遅ク候へども、いたし易く候ひき。桂窓子へも、九月朔日、早便を以すり本遣し、直しあらバ速ニ返事被申越候様申遣し候ニ付、

同十二日ニ右の返事、深川かけ店迄被遣之、深川湯浅屋ゟ、如例飯田町娘方へ持参、幸便之節、四谷江届くれ候様使之小厮申候よし。九月廿四、五日のよし、後に聞え候。其節ハ清右衛門方ニ種々用向多く、且短日故、手前江幸便無之、やう〱十月六日ニ娘用事有之、手前江参り候節、持参いたし候間、披見いたし候処、再考の直し等、多分有之。かゝりせバ、直ニ飛脚江申付、此方へ直ニ届させられ候ハヾ、九月廿四、五日にハ拙宅江届べきに、桂窓子例の簡略ニて、深川へ遣し、深川ゟ飯田町、〻〻〻ゟ此方と、段々幸便ニ任せられ候間、是又四百部すり込候後ニて、よほどの費立候事ニ御座候。其比、野生時候中りニて、日々腹痛水瀉いたし、夜分ハ痰咳つよく、終夜睡りかね候間、昼も半臥半起ニ罷在候へ共、何分等閑ニいたしがたく、二郎に内職稽古を休せ、口状申ふくめ、丁子や江遣し候事ニ御座候。その桂窓子の直しハ、ことゝトある処、ごとしトよめ候間、ことゝト直さすべき事。是ハ、野生老眼ニて、校訂不届候故の義ニ候

へバ、不及仔細候。此外ニ、世ヲさト書候処、是ゟ先便ニ申断り候へども、その外ニせのかなにもさト書候処有之候間、是非世と直させ候様被申越、又たへのへニまがひ、えニまぎれ候間、へト書せ候様被申越、又八犬伝長歌トばかりにてハ、再考シ候へバ不落着候間、八犬伝をほむる長歌ト直し度よし被申越、又友人トあるもいかゞに候へば、小津久足と直させ候様、如此被申越候。右之趣、すり本にしるし被申越候ニ、十月七日ニ丁子や江もたせ遣候。もしすり込候ハヾ、右すり本ハ此方へかひ取可申候間、早々董斎ニ書直させ、入木直しいたしくれ候様申遣し候処、その日、丁子や返事ニ、仰之趣、承知仕候。御推量のごとく、十月ニ入候ても御沙汰無之候間、四百部すり込候。この費ハ御きのどくながら、御再考直し候義ニ候へバ、御償ひ被下候様、御取斗ひ奉頼候。扨、董斎子書直の事ハ、頼ても中〳〵急にハ書くれず候。先生ゟと申候てハ、いよ〳〵りきミにて承知いたすまじく候間、御歌主ゟ直ニ御頼被申拵、私風邪ニハ御座候へども、推て董斎へ参り、たのミ可申よし申越シ候間、則丁平ニうち任せ置候処、凡十日斗経て、丁子やゟ手代使を以、右直し出来、すり本差越候。扨いかゞトたづね候へバ、かねて申上候ごとく、董斎方甚むつかしく候故、平兵衛度々参り、やう〳〵書直しもらひ候。その内、たへのへの字を董斎甚立腹いたし、われら拙くとも書を以門戸を張居候へバ、是迄、書候ものを書やうがわるいのよめかぬるの、何といふ字にまがふなど被申候て、書直せし事なし。所詮われら書ハ先方の気に入らぬなるべければ、われら書候分ハとり捨候て、別人ニ書せ候様被申候故、丁子や大に困り、元直ニいたしかね、程々わびごといたし、やう〳〵外の分ハ書直もらひ候へども、への字ハ右之わけに候間、あのまゝニ被成下候様ニ被申越候。扨、費用ハとたづね候へバ、手代こたへもくハしくハ候はず候へ共、不用ニ成候すり本料、董斎への謝礼、入木の費等、凡金三分とか承候と申候ニ付、左候ハヾ、三ツわりにして、一ツハ歌主、一ツハわれら、一ツハ丁子やの損にいたされ候様いたし度候。歌主の分のわり合者、近日申遣し可申候。丁子やと面識之事ニも候間、同人ゟ直ニ御店へ遣し候様取斗ひ候半、と申遣置候。其後、丁平参り候節、右のわり合ニハ不及ト辞し候へ共、左なくてハ、右すり本三分二、此方へ引とり候事成がたく、もしひそかにさし入レて出板せられ候てハ遺憾ニ候間、かたく右之趣ニとり極め候条、今便桂窓子へも申遣し候。扨、何故に、短日多用且恙中之、かくまでわづらハしくきのどく成ルめにあふ事ぞト、つら〳〵おもひミ候へバ、皆是己より求めたる苦労ニて、人さまの故にハあらず。最初の愚意、御三友ハ年来の御知音也。且、年々御評も御見せ被成、且年々新本を購求玉へバ、拙編へ金玉の詠歌を加入ハ、あかぬこゝちし玉ふべけれども、此書とゝもに御歌は永く世に伝とのミ思ひし老婆深切ニて、君達ゟ加入してくれと頼れ奉りしにあらねバ、則是己より求めたる労煩ニて間違のたねト成り、且董斎の怒を引起し、丁子や並ニ桂子へも損をかけ、己も嚢を費し、海内第一の左平次とハ己が事ならん、と自笑致し候。一笑千笑。

一　和歌山と拙小序ニしるし候事、先便ニ云々申断候ニ付、御本意ニハあらねど云々之趣、承知仕候。御詞書、八犬伝跋文ニかへてよめる云々の義、先年愚衷申試候に付、其比云々被仰越候様被覚させ玉へバ、直して出すべき処、矢張草稿のまゝに出し候とて、云々被仰越候義も承知仕候へども、先年左様之御示教ありやなしや、さらに不覚候。耄の下地か、但シ思召ちがへ歟、未詳候。但シ、御初念ハ跋文を書んと思召候処、長歌を望候故に、云々の御詞書あり。されば、御稿本のまゝに出し候也。余事ハさらに覚不申候。

一　桂窓子ハ、詠草ニ久足とのミしるされ候。四字ならでハ工合不宜候間、友人トいたし候。友人トせしにハ故あり。彼人、只八犬伝長歌、トのミしるされ候故也。いかにとならバ、八犬伝をよミ見んと思ふ人者、知音ならでも世上になしとすべからず。小引にその事あれども、相聞歌に紛れぬ為に、友人といたし候を、桂子ハ非として、小津ト直され候。愚意にハ藤原とか源とかせまゝほしかりしかど、姓氏をしらぬ故に、右の意を以、友人といたし候。しかるを、小津ハ廣字ニて、側家号也。雅俗の差別ハあれども、古人詠歌に家号をかきし例なし。その例なき例をはじむるが彼人の卓見なるべけれど、小津を忌ずバ桂窓久足トすとも可ならん。歌に号を忌まバ、小津も忌むべし。されども別に故ある事歟。愚ハ甘心いたしがたきよしを、今便ニ申遣し候。

一　拙文小引に、飯高トあるを、桂子ハ非として、松坂ト直すべしと指図せられ候へども、これハ他ゟいふ事なれば、飯高わろくとも、彼人の誤にあらず、況松坂と云地名処々にあり。且、松坂ハ山城のかた、ふりたり。伊勢の松坂ハ近来の地名にて、神戸と同じからねば、伊勢の松坂とせねバ紛れて、必としがたく候。これら迄世話をやかれ候者、さりとハ〳〵と存候。且、前文のごとく、董斎に書直させ候事ハ、一字たりとも容易ならず候。彼人、血気に任せ、一向に思ひやりなく、拙文さへ指図いたされ候ハ、何のむくひぞやと存候。則、此段本文之通り桂子へ申遣し、元のまゝニて差置候。飯高がわろくとも、彼人の恥にならざる故ニ御座候。返〳〵も入らざる事をいたし、只後悔の外無之候。御一笑と奉存候。

一　右八犬伝九輯下帙の下の上編五巻之内廿四ゟ廿七迄四巻ハ、校訂直し相済、追々にすり込、此節製本へ廻し候も有之、廿八の巻も初校直しハ出来、只今再校・再三校最中ニ御座候。板元ことの外急ギ候故、毎日朝夕、小廝を以、引かへ〳〵校を乞候。廉吉弟子三人、一日五匁ヅヽニて傭ひ込、直させ候よし故、直しハ出来候へども、野生ハ老眼ニて、くもり候日ハわきて見えかね、校閲はかどらず、且来客・使札等も日々有之、何分おいまくられ、大苦ミいたし候。倉卒の間、見遺し多かるべく候。此勢ひ候へバ、本月晦日前後歟、おそくとも十一月上旬早々、うり出し可申候。出板次第、弐部、松阪《(ママ)》御本宅迄可差出候。此節、半紙以之外踊貴ニ付、先板ゟ直段少々上り、壱部正味弐拾弐匁五分ヅヽのよしニ御座候。もはやらり出し候ニ間無之候間、案内者不仕候。此段、御承引可被成下候。十一月下旬迄ニハ右之本松坂へ着いたし、十二月早々可被成御覧奉存候。御熟覧之上、御高評承りたく奉存候。九輯下帙の中の御評ハ、云々ニて未被成御脱稿候よし被仰示、承知仕候。ゆる〳〵と可然候。今度の新本御覧已前御脱稿あらバ、いよ〳〵可然奉存候へども、朔日ニは御出来かね候半と奉存候。

一　金瓶梅七集者、先便ニも得御意候如く、稿本極細字ニて、老眼ニ及びがたく、六月下旬ゟ稿を起し、やう〳〵本月十五日ニ八巻四十丁稿し畢候。その内、上帙二冊弐拾丁ハ、九月下旬前、画共板下出来、此節ほり立最中御座候間、上帙者十一月下旬迄ニ出板可致候。下帙二冊ハ、五ノ巻五丁板下出来、七・八者いまだ画も不出来候間、十二月下旬ならでハ出板いたすまじく候。上下二帙出揃次第、早々飛脚へ可差出候。是ハ来春ならでハ被成御覧がたく候半と奉存候。合巻ニ用ひ候紙、半紙のわりゟ尚高直のよしニ候へバ、これも直段少々のぼるべく候。委曲ハ、出板の節、可申上候。

一　金瓶梅稿本、極細字ニて、難義の趣申上候ニ付、画と文ト別冊ニいたし、書ハ大字ニ書候ハヾ宜しかるべきト思召候よし被仰示、此義者野生もかねてさいたし度存候へ共、草紙類改名主抔申者ハ、本性頑ニて、聊も例ニちがひ候へバ、稿本を不受取候。只今の合巻物ハ一冊十丁ヅヽニ候へども、それすら、赤本の例を推て、稿本ハ五丁を一冊ニして出し候様、諸板元へ被申示候。況や、画と文ト別冊などにせん事ハ、中〳〵諾ひ不申候。これニて、余者御亮査可被成候。

一　先月上旬歟、丁子や板ニて、増補外題鑑といふ小刻一冊、出板いたし候。是ハ両面摺ニて外題鑑といふ物、丁子や旧板ニ有之、それを為永春水ニ増補致させし也。近来のよミ本類を集録したれど、撰者疎漏ニて、上方板のよミ本その外ももらし候も少からず。拙作抔只今丁子屋出板ニ成候分、他作も同人板ハもの〳〵しく注し候故、公にあらず、皆私意を以注し候也。その内、四天王剿盗異録ヲ四天王トのミしるし、栖傘雨談ニ馬琴校合としるし候。此二ケ条ハ入木直し致し候様、丁子や江申聞置候。そが中に、俊寛嶋物語を拙作中の第一佳ト称して、もの〳〵しく注し候。この書、只今丁子や板ニて、春水の気ニ入候哉、一笑ニ不堪候。八犬伝ハ只今しらぬ人ハなきに、一集〳〵に精注いたし候へども、小説ハ回数をこそ数ふべきものなるに、注し様甚拙シ。只々、丁子屋板ト、春水己が作と、懇意の作者の斗、身を入れて注し、世の看官を盲にせし也。一寸見候処、本朝水滸伝を日本水滸伝綾足大人作と出し、反て簗志船などハもらし候。況又、二代め福内鬼外万象亭森嶋中良也を福知鬼外としるし候。かゝるあやまり、枚挙にいとまあらず。自序抔の拙サ、嘔吐もすべきものに候。かくわろくハいふものゝ、疎漏ハ疎漏なるに、よミ本を好む人の為にハ、近来の書名を見るに足りて、重宝にならぬにもあらず候へバ、近日八犬伝の新本差出候節、右外題鑑も一本同封ニいたし、御本宅江可差出候。価ハ正味三匁のよしニ御座候。その書、かし本や江多くうれ候と申候キ。後編ハ中本類ニて、明年続出のよしニ御座候。この春水ハ越前屋長次郎也。佐々木氏ニて、ふる本の瀬どりをいたし、かたハら軍書よみの前座ニ出、且、中本類の作をして、夫婦かすかにくらし候。丁子やのふところ小刀ニ候間、丁平ハつねに中本の作者、只この人第一人也、と申候。しかれども、去年中本に猥褻の事を禁ぜられ候故、当冬ハ誨淫の事を除キ候故、中本ハさらにうれず、と申候。拙作皿山の記ハ中本二冊ニ候を、これのミ半紙本よミ本の部へ入レ候。この書、先年春水が書名をつけかえて再刷いたし候故、いひわけの為に、かく旧名を出したる歟。その類ならバ、丑三鐘あるに丑三鐘ハもらし候。何かわからぬえらミ様ニ候へども、うれさへすれバ、板元の幸ひ也。成事ハ論ずべからずといへども、外題といふ事大俗にて、野生抔ハせざる所也。御覧後ハ高評承りたく奉存候。但シ、これハ楽屋の論也。御一笑〳〵。

一　先々便ニ何やらの御むくひニ龍爪《カ(ママ)》筆を御めで可被下

候よし被仰示候ニ付、云々と御断申上候処、その内もはや京都へ被仰遣、御とりよせ被成候へども、云々ヲ(ニカ、マヽ)付、被下候事ハ御止メ被成候而、御用筆ニ可被成旨被仰示、甚失礼仕候。右の筆重宝ならぬにハあらねど、高価之義存居候品也。その価程にハあらず候へバ、少したりとも御失脚なからん為に、失礼不省、御断申上候而、後悔仕候。折角の思召ニて御とりよせ被成候御厚志承り候へば、拝受いたし候ゟ尚忝奉存候。もしその御筆、御つかひ残りも被成候ハヾ、明春御とし玉抔候て賜度存候。好も歹も、筆ハつかひ道多し。入らぬト申にハあらねど、御費用をかけ奉り候ハ不本意ニ存候間、右之仕合御座候。此等の愚意御亮査之上、失敬御海容可被成下候。

一　此余被仰越候条々、都て承知仕候。逐一ニ御うけ致し度候へども、何分短日多用の上、八月中ゟ此節、縁者共に大異変出来いたし、二女並ニ外孫共、母子共四人、手前へ引取候あと火、今に鎮らず。彼是大心労中、金瓶梅をつゞり、八犬伝を校し候。只煩悩ヲかき流し〳〵凌罷在候故、緊要ならぬ義者省略いたし、再答ニ不及候。此義、御憐察可被成下候。

恐惶謹言

九月廿二日　著作堂

篠斎大人

金襴帳下

当秋のみのり、関東筋ハ半減と聞え候。当冬御切米御張札、三五入百俵ニ付、四拾壱両。地の相場ハ八拾三、四両ニ候。市中白米小うりハ百文ニ五合弐勺とか申候。此余、何によらず高料、前未聞候。就中、綿類・紙類、平生の一倍貴也。半紙よろしきハ一帖四十八文、にしの内一帖四十枚ニて四匁、小うり一枚十二文のもの、四文位の品ニ御座候。砂糖るい同断、みな貴し。町中のもの、銀類ハ禁止ニ付、象牙或ハ角細工の櫛・笄流行いたし候。依之、平生ハ四匁いたし候象牙の箸、此節ハ金壱分ニ成候。これニて諸事御遠察可被成候。

天保９年10月22日

一　十月七日未下刻ゟ申中刻迄、大雷数十声、よほどきびしき事ニ候ひき雨ハいさゝかにて、夕方晴。既に十月の中気ニ候処、不順之至、明春之吉凶いかゞ、胸安からぬ事ニ候。当月ニ入、麹町四丁めゟ平川辺迄延焼、又、市谷本村町近辺ゟ牛込神楽坂近辺迄延焼、皆当四月焼ケ候処ニて、普請やう〳〵出来、又間もなくやけ候。此外、四谷谷町抔、拙宅近所も、十町の内、折々失火も有之候。いかで無異ニいたし度、いのり候外無之候。以上

二三　天保九年十一月一日

（朱書端書）戌十一月朔日出、イセ廿五日着、
十二月五日着

一筆啓上仕候。追日雖赴寒天之気候候。弥御安寧被成御起居、珍重奉敬賀候。随而蔽屋、無異罷在候。乍憚御休意可被成候。然者、十月廿二日出ニて、先便之御答並ニ八犬伝御長歌彫刻中、拙校見遺候誤写一字入木直し出来の摺本封入、御稿共取揃、且右一義巨細にしるしつけ候拙翰共ニ一封、差出候間、順着ニて、御覧被成候半と奉存候。其節も如得御意候、板元うり出しを甚しく急ぎ候処、廿八之巻ハ彫刻遅滞いたし、やう／＼十月中旬ニほり揃ひ候処、急ぎ候故、彫刻宜しからず、且筆工も音成書候処ハ誤写殊ニ多く候故、校合容易の事ならず、とかく致し候内、十月晦日ハ戊戌ニて、且吉日ニ候へバ、是非々々うり出し度よし、板元只管申請ひ候。依之、無拠廿八の巻ハ再校のミにて差許シ、尚可直処有之候へども、なま直しニいたし、廿七日ゟ職人三人に引わけ、すり込、且製本致させ、無間断昼夜せり立候間、辛うじて三百部製本廿九日の夜中出来揃ひ、則晦日ニうり出し候処、不相替勢ひ不衰候テ、本日不残うり畢、直ニ追摺可致よしニ御座候。然処、年がらニて商買（ママ）不景気ニ付、芝辺ニてハ、かし本や十五、六軒或ハ退転或ハ渡世替いたし候も有之候趣、板元も甚心配いたし、此度ハ仕入を扣めにいたし候へども、勢ひ不相替よしニて、自他の幸ひニ御座候。廿八の巻ハ前書之如く、校合不行届候間、譬バ十二行ウラ初行奸卒の卒ノ下かけて、巫ニ成、同廿五丁ウラ六行戦を筆工戰に誤り候類少からず。それを悉く直させ候てハ晦日ニ発販の間ニ合かね候間、枉てそのまゝすり込せ候。此外、全五巻、校合不行届之分ハ来春ゆる／＼熟校可致旨、板元へ申遣シ置候。これら、看官の御存無之わけ、如此御座候。そハともまれかくまれ、御約束のごとく、右八犬伝九輯下帙ノ下の上編弐部、今日並便を以、松坂御本宅御賢息様迄差出し候。外ニ外題鑑壱部、

是又先便ニ如得御意候、封入仕候。価ハ、先便如申上候、両品ニて廿五匁五分ニ御座候。金瓶梅六集ハ下帙七、八之巻拾丁、画工ニて幕つかへ、その画未出来。乍然、今明日中ニハ無相違出来のよし、板元ゟ申越シ候。画出来候ても、又筆工ニて十五、六日もかゝり可申候間、下帙のうり出しハ歳杪おしつめニ可及候。是又上下弐帙出揃ひ候節、弐部飛脚へ可差出候。この価ハ只今しかとしれかね候。大抵弐部ニて六匁前後たるべく候。これハ出板之節、詳ニ可得御意候。この余の心事ハ先便ニ申罄し候間、今便ハ当用のミ申上候。八犬伝校訂を果候間、是ゟ直ニ下帙ノ下の末編廿九の巻を稿し候。且、短日多用ニ付文略、具ニ致がたく候。尚後便、万緒可得御意候。

恐惶謹言

十一月朔日　著作堂

篠斎大人

金襴帳下

追々可赴厳寒候。御自愛専一ニ奉存候。賤恙少々順快、但シ出来不出来有之候へども、まづともかくも凌罷在候。御休意可被成下候。大塩一件ニ付、先月中土井侯を初め奉り、遠藤家臣迄御褒美の御沙汰書、写し物ニて定被及御聞候と奉存候。おなじ比、平八・格之助並ニ格之助実父等徒党十余人の刑書、日本橋へすて札を建られ候ニ付、見る者堵の如し。写し取り候者も有之候よし。平八刑書ニ者、格之助の娘の約束ニて引とり候女子と密通いたし、妻ハせずして妾に致し候事抔も載せられ候よし、見たるものゝ話ニ御座候。かねて存候ゟ御刑罪軽き方ニて、　御仁政の至りと奉存候。この余、御聞及び被成候事も有之候ハゞ、竊に御しらせ可被下候。

二四　天保十一年一月八日

（朱書端書）天保十一子正月八日出、同十六日着

尚々、この拙翰よみかへし候事成がたく候間、悞脱並ニよめかね候処も多く可有之、宜御猜覧可被成下候。

以上

年頭御祝詞、既ニ本紙に申納候畢。猶亦、以別楮啓上仕候。余寒猶甚敷候得ども、弥以御壮健被成御起居、奉慶賀候。然者、旧冬十二月五日之芳翰、同十五日ニ当地大伝馬町御掛店ゟ被達候て、則拝見仕候。御文、十二月四日ニ御差出しの八犬伝御評書二冊、御添翰共、紙包一封ハ、十二月廿八日薄暮過、飛脚屋状配持参、則相達し、是亦拝見仕候。右已前、自是ゟ十二月朔日出にて、八犬伝九輯三十三ゟ三十五迄合巻五冊弐部並ニ拙翰封入、飛脚嶋や佐右衛門方江差遣シ候処、右紙包ハ十二月廿一日亭午、御地江着のよし、桂窓子ゟ十二月廿二日出之案内状、早春五日ニ東着ニて、致承知候。尤、かねて、嶋や松坂行両封遅速なく同日ニ届候様可致旨、書付ヲ以申遣し置候へバ、必貴宅江も十二月廿一日ニ相達シ、被成御覧候半と遠察仕候。扨八犬伝貴評並ニ御細翰ハ節季ニ着ニ付、今般一緒ニ御答仕候。乍然、野生老衰眼三、四年来年々月々衰候而、執筆も読書も甚不自由ニて候へども一字不明也ニ弁明（マヽ）いたし候処、旧冬十二月中旬ゟいよ〳〵ます〳〵眼気おとろへ、書を見候事一向ニ成りかね候。書候事ハかばかりにハ只手加減にて書候へ共、一行書て先の一行を見候へバ朧々として見えわかず候。凡朝ゟ昼まではハ見えぬながらも些シハ弁用いたし候へ共、昼後ゟハ必眼気つかれ候て、よミ候事ハさら也、書候事も不自由ニ御座候。しかれども、好ミ候事故、打捨がたく、八犬伝御評ハ正月二日ゟよみはじめ、六日迄五日の間ニ、三十五、六丁よミ候。それも見えかね候処多し。一、二行ヅヽよみてハ吐息をつき、眼力を養ひ、又二、三行ヅヽよみ候内に、眼中痛を覚候間、巻を掩ひ候故、一日によくよみて七、

八丁、不出来の日ハ弐、三丁の外よみ得ず候。強てよみ候てハ翌日いよ〳〵孤眼用立かね候故に、六日までにて、右八犬伝御評拝見ハ休ミ候。其内、そろ〳〵と養ひながら、ゆる〳〵拝見可仕候。誰ぞによませて聞たく存候へ共、家内ニよくよみ候人無御座候。媳婦によませ候へバ、雅言・漢字うとく候間、さし支候処多く、矢張わかりかね候。俗文の書状ハ長歌《短カ（ママ）》ともによめによませて、返事ハ野生自筆にて書候。手さぐりながら書候事ハこの位ニハ出来候へども、よみ候事ハ一行も甚得がたく成行候。御憐察可被成下候。そハとまれかくまれ、御評半冊拝見仕候分、実に御細評ニて、よくも御心を用させ玉ひにけり。尤甘心少からず、その中にハ例の御我慢評も交り候へども、それ除キ候てハ、世上一人の御知音とたのもしく奉存候。才に半冊よミ見てすら、右の如し。二冊不残拝見仕候ハヾ、さぞ〳〵御佳評あらんとおくゆかしく存候へども、前文之仕合ニ候間、中〳〵急ニ卒業いたしかね候。まいて、拙評答抔ハいよ〳〵おそなハり可申候。去年初冬の比被贈候桂窓子の短評すら、今に拙答出来かね候。御評ハ十倍二十倍の長編ニ候へバ、評答ハ眼気の故に延引、是非もなき仕合ニ御座候。まづ何がなしに写させ候半と存候。うつさせ、よミ、たのしミ候事成りがたく候間、俗にいふ猫に小判に似たれども、当地石川殿、又長府の宮様の御覧ニ入候料に、一本ハとめ置たく存候。此御評、去年秋冷迄ニ拝見成候へバ、中冬迄ハ眼力尚弁用せしに、十二月中旬ゟ眼気衰へ果候処へ、御評東着、さて〳〵遺憾の仕合ニ御座候。かへす〴〵も御憐察可被成下候。先便差出し候八犬伝九輯三十三ゟ三十五迄分五冊ハ、九月節前ニつゞり終り、又金瓶梅七集上下帙四十丁も九月ゟ十月上旬迄ニつゞり終り候間、衰眼ながら尚つゞり易く候ひしに、後板に至りてハ如此仕合故、可致成就哉、われながらはかりがたく候。その内三十六巻百六十三回・百六十四回の本文、書画共二十六丁ハ九月節句迄ニ綴り候故、猶さばかりかたからず覚候。三十七巻百六十五回ハ只この一回にて、書画共ニ廿六丁也。これハ、十一月ゟ日にまして眼気おとろへ候故に、思ひの外長引、歳杪廿六日ニ書画とも稿し畢候。是ニて後板分二冊ハ稿成り候。この二冊、犬川・犬田、行徳口の戦ひ、軍功全備いたし候。三十八巻百六十五回・百六十六回ハ国府台の戦ひニ成り候。しかれども、是迄のごとく十一行の細字にハ稿しがたく候間、五、六行の大字ニいたし、稿本弐丁を板下の写本にハ壱丁ニかゝせつもり(候脱カ、ママ)ニ板元に申示し置候へども、それ将つゞり果さんや、われながらはかりがたく候。しかれども、うち見ハ両眼ともにわろくも見えず、足は不行歩なれ、口は達者に候へば、板元丁平抔ハさまでに思ハずや、旧臘来陽(蠡文本傍注寓カ)の時、八犬伝全部九十一冊にてハ都合あしく候間、銭百にて全部九十六冊ニいたし度、いかで／＼、など申候。野生内心にハ、壱丁にてもすけなくしてつゞり果し度思ひ候に、俗ニ云親の心子しらずに似たり、と一笑いたし候ひき。さりながら、あと五冊ニてをさまるべきや否、その義者我ながらはかりがたく候へども、よみかへして補文する事成りかね候故に、拙キ上に猶拙く、不如意の筆に候へバ、冊数のふえ候事ハこのミ不申、いかで／＼団円まで全備いたし候ハヾ、此上の幸ひと存候。嘆息のあまりに、

　書写の海よるとし波のくやしくも
　　みるめハかれつそこひやハする
　昔より堕獄おふし《瘂子》のそしりあれバ
　　われあきしい《青盲》とかずまへなせそ

などつぶやき候。是全く五十余年日夜読書と細字の著編のつかれにてかく成行候へバ、今さら後悔そのかひなく候。見ルコト久シケレバ必曇ル、と呂氏春秋にいへるが如し。皆我からなしし事ながら、著編出来ずなりてハ、一豕(家カ)児六(ママ)、七口の旦暮に給するに足らず。是のミ胸安からず候へバ(どカ、ママ)、それ将天命、と思ひ候へば、歎くハ愚也、慾也。今ゟして眼の用不用ハ天に任する外無之候。ハレ、やくたいもない、新春早々老のくり言、御覧もいとハしかるべし。但シ、これらの趣ハ桂窓子へも申遣し候間、かれ是出入あり。これにもれたる事ハ桂子ゟ御聞可被下候。

おなじ長文二通ハ書得がたく候。且、已後ハかゝる長文もかき得がたく可有之候へバ、この後ハ雑談なしに要用をのミ、乱筆に可申上候。

一　御礼申おくれ候。かねて被仰示候名筆龍爪十管被贈下、遠方御深志、御礼寸楮ニつくしがたき迄ニ忝拝戴仕候。前文之通、八犬伝九輯三十八の巻ゟ稿本大字ニ書候心づもりニ候間、この筆恰好ふさハしく、重宝可仕候。先一本、試におろし、この拙翰をかき見候。いかにもはやくキレ候へども、さしも名筆故、めくらさぐりにも仕ひよく覚候。かへす〲も奉多謝候。右御答礼までに、旧冬外ニて再板いたし候、文化中の野生旧作合巻まがひ八丈三冊物弐部、進上之仕候。一部ハ例の御方へ御進物にもと奉存候。この再板、かねてその聞えありながら、作者に校訂を乞ハず、恣に画をかへ、わり外題をつけまし、且、新板に紛らして売候事、甚不埒ニ候へども、既にうり出し候上ハいふかひなく候。本文も必原書とちがひ、増減可有之候へども、細字ハ一行もよみ得がたく候間、そのまゝにて進上仕候。御一笑と奉存候。然《カ(ママ)》れども、金瓶梅の外、拙作の合巻物無之候間、甚しくよくうれ候よしニ御座候。寔に〲にが〲しく、厭しく候へども、今さらせん方なく候。永日、媳婦によませて聞候半と存候のミにて、画もしかと見わかず、老たるばかり朽をしきものハ無之候。

一　金瓶梅七集上帙二十丁ハ、去秋九月中稿シ遣し、下帙二十丁も、十月中、板下書画共出来之処、板木師ニて遅滞いたし、その上《胴カ(ママ)》ぼり筆工どもほり崩し、かねての日限、約束とはちがひ候ニ付、上帙二冊ハやう〲十二月廿六日ニうり出し候。下帙二冊、大晦日の朝ほり揃ひ、同日夕方迄、板元の小もの、拙宅江三度往来いたし、残り五丁の校合居さいそくニて、校合をはたし候。但シ、合巻ハ写本・すり本とも老眼に一行も見えわかず候間、媳婦によませ、聞候而、ちがひ候処あれバ直させ候。しかるに、大晦日ハ媳婦多用之処、朝ゟ夕方迄引つけられ、校合の手つだひを致させ、間を合せ遣し候。依之、下帙は当正月六日ニうり出し候。上下共不相替甚しくうられ候へども、製本合(間カ、マヽ)に合かね、すり候まゝぬれたるすり本に表紙ととぢいとを添候而、小うり店へ渡し遣し候よしニ御座候。五日ニ二郎を年礼がてら板元へとりニ遣し候処、板元ニ一部無之、六日ニ至り、出店ニ少々有候をかきさらひ持参仕候よしニて、板元の小もの持参いたし候。価を問候へバ、たしか去年の通りニ候処と申候。しからバ、上下帙二通りニて五匁ニ候ハむ、しかと覚不申候。其御方ニ去年の御扣候ハヾ、そのごとくト御こゝろ得可被下候。もしちがひ候ハヾ、又可申上候。但シ、この分の脚賃ハ、野生進上物と同封ニて、勘定いたしかね候間、此脚ちん、御差出しニ不及候。野生方ゟ一緒ニ差出し候也。右、御兼約のごとく、弐部封入仕候。着候上ハ、御落手可被成下候。価銀ハ少々の事故、御序之節ニて宜く候。速ニ被遣候ニ不及候。御覧後、貴評承りたく奉存候。野生只今の蔽屋ハ茅葺にて、所云伏屋に候へバ、晴天といへども薄ぐらく候。況、雨天にハ老眼ニいよ〳〵不便也。依之、旧冬ゟ今以、日々座敷の縁頬へ座敷の障子を建させ、机を直し、縁頬に小蒲団を布せ、終日縁頬ニて弁用いたし候故、あと先つかへ、縁頬の透間ゟ寒風を吹上ゲ、脚いたミ、膝ひえ、たへかね候を、忍び〳〵筆をとり候。しかるを、世の看官ハ炬燵ニ足をさし入れ、仰臥しつゝよみ見て、よいのわるいのといハるゝ也。果報の厚薄、世にハかゝる事多かり。吾のミならねど、世路艱難、太息の外無之候。御憐察可被成下候。

一　劣孫、当年ハ十三才ニ成候。全体大がらニ候間、普通之十五才位ニハ見え候。依之、当年ゟ二郎を退ケ、暇遣し、太郎に御番入を願候心づもりニ御座候。野生追々老衰ニ及候へバ、一日もはやくあとを踏固め度、一日千秋の思ひ候処、竟ニ五ヶ年を経て、時節やう〳〵到来いたし候。右ニ付、二郎へ手当金も余程遣し候処、番入の費用と太郎衣服に、よほどの散財ニ候へども、借財いたし候てハ身後に憂を残し候間、無是非愛書を沽却いたし候。この義、旧冬黙老人江申遣し候処、黙翁も、十月、二男枝之助妖傷被致、且いろ〳〵物入多キよしニ候へども、同好知己の為に、憂をわかち悦を共ニせずバあるべからずと云義俠を以、十五、六金の書を購ひくれられ、旧冬、前金ニわたし越され候間、手当金半分程ハ速ニ整ひ、悦び候。彼翁の情義、二人と得がたき好友と存候。桂窓子へも旧冬申遣し候へバ、これも三部斗の書を被購候間、今般右之書を送り遣し候。貴翁ハ連年御倹約中の御事かねて存居候得者、これらの義、不及御相談ニ候へども、さしも四十年来御懇友の御事ニ候を、不申上候も今さら隔候様ニも可被思召候へバ、申上候のミに御座候。是迄残し置候ハ皆愛書ニて、いとをしく候へども、野生老眼二字不明（ママ）ます〳〵衰候而、読書の楽ミ成がたく、嫡孫ハ幼弱ニて、且読書の好ミハ親にも祖にも似ざる様ニ見え候へバ、たのもしからず。もしこのミ候ハヾ、書なくとも見べし。不好候ハヾ、遺し置候ても益なし。同好の友人の蔵ニいたし候がせめてもの事、と思ひ候故の所為ニ御座候。それとも、もし思召候ハヾ、猶少々ハ奇書珍書も有之候間、二、三字不明（ママ）御めにかけ可申候。四十回の平妖伝抔ハ実に得がたき珍書ニ候へ共、写本を桂窓子所蔵ニ候へば、御借覧ニても事すミ可申哉。さりながら、平妖伝ハ貴翁の御所蔵にいたし度思ひ候事ニ御座候。黙老人江申遣し候ハヾ早速かひ入らるべく候へども、この書の事ハちと彼翁へハ遠慮ニて、不申遣候也。この余、撰択物の通書の上写本も、当今得がたき物御座候。貴翁ハ御宗旨ちがひニ候へ共、撰択学を好ミ候人あらバ、御媒介被成下候様、ねがハしく候。畢竟ハ只この義を御聞ニ入候のミ、強て願ひ候義にハ無之候。

一　旧冬十二月朔日未牌ゟ、拙宅近辺大火、内藤新宿杵屋といふ妓楼ゟ失火、この日ハ朝四時前ゟ北大風烈ニて、始ハ拙宅辺風下ニて、甚危く候処、二郎ハ早朝ゟ八犬伝をもたせ、瀬戸物丁嶋や并ニ下町辺処々へ買物申付遣し、宅ニハ、行歩不便の拙老人夫婦と小児二人のミ、立はたらき候者ハ媳婦のミ。向屋敷永井殿馬見所へ飛火いたし、馬見所焼失いたし候勢ひ故、丸やけと覚悟いたし候処、八半頃ゟ風少々かハり、風脇に成候故に、燬を免れ候。青山辺一面、赤坂迄飛火いたし、竪一里余、横七、八町延焼ニて、朔日の薄暮ニ火鎮り候。山の手辺鄙にハ、稀なる大火ニ御座候。大かた御伝聞被成候半と奉存候間、委曲ニハ注し不申候。

一　旧冬十一月以来、久しく日照りニて、雨ハ稀ニ御座候。雪ハ一度もふらず候。ちらつき候事ハ両三度有之候へども、忽霽レ候。日々風烈ニて、火事度々有之、寒風ハ近年稀ナル大寒ニて、老人ハわきて凌かね、困り候。去夏中ハ旱天大暑、冬ハ旱天大寒、暑寒の差別あるのミ、日照りハおなじ気候のはこびニ御座候。米穀ハ価追々引下ゲ、市中小うり、白米百文ニ壱升五勺のよし、綿も三わり斗引下ゲ、砂糖下直ニ成り候。只紙のミ引下ゲ不申候。夏頃ニ至り候ハヾ、引下ゲ候ハんと云世評のミに御座候。

一　先便被仰越候趣、委曲承知仕候へども、不眼ニて、この上の長文ハ甚苦しく覚候間、一々にハ御答かね候。先々便申上候妖虎対治の先案にも、眼気今少シ立直り候節、手透も候ハヾ、しるしつけて、御めにかけたく奉存候。何事も意衷に不任候間、多く申上遺し候。余寒尚退かね候。御自愛専一ニ奉存候。こゝにもらせし事ハ、尚永陽ニ可得御意候。　恐惶謹言

正月八日　著作堂　解

篠斎大人　玉机下

尚々、前文ニ申上候ごとく、朦々朧々ながら、朝ゟ昼迄の内ハ、手さぐりニて書候事ハかばかりにハ書候へども、よみかへす事成りがたく候間、定て、悞脱ハさら也、よめかね候くだり多く可有之候。可然御猜覧可被成下候。已後要用のミ得御意候間、雑談迄ニハ及かね可申候。此義、かねて御許容可被成下候。

二五　天保十一年二月九日

（朱書端書）子二月九日出、同十七日着

尚々、例のさぐり書ニて、よみかへし候事成かね候間、よめかね候処多可有之候。宜く御猜覧可被成下候。以上

以愚札啓上仕候。猶春寒退かね候之処、御挙家弥御安康被成御起居、珍重奉敬賀候。随而小生、無異罷在候。乍憚御休意可被成下候。然者、旧臘十二月廿三日之御翰、当子正月十日夕着、忝拝見仕候。旧冬十二月弐日ニ差出し候八犬伝九輯下帙之下乙の中編弐部之代金三分也、御状中御封入、被遣之、慥ニ落手仕候。当春御幸便之節ニて宜敷御座候処、節季御多用中、早速ニ被遣之、御配慮之義と奉存候。先月速ニ受取之御答、為御安心、可申上処、正月中旬ゟ拙家内ニ病難差起り、無人ニて、旦暮ニ困り、且、小生衰眼春ニ至り弥かすミ候故、筆硯不如意、彼是ニ而、意外ニ及延引候。此段、御海容可被成下候。右芳翰中、件々被仰越候御答、逐一可申上処、大概先便之御答ニて事済候義ニも御座候間、只金子落手之案内のミ申上候。如此書候事ハ手さぐりニて書候へ共、毎度申上候ごとく、よみかへし候事成かね候。況、他の来翰ハ多くよみかね候。強てよミ候ても、ことの外ひま入り、長文ハ　二、三字不明（マヽ）　斗四、五日もかゝり候ハねバよみ果しがたく候。書候ゟ読候ハ、甚事おもく御座候。都て廿三日之芳翰ニ被仰示候御義、悉承知仕候へども、御答ハ省略仕候。返すぐも此段御海容奉希候。その中ニ被仰越候、旧冬十二月中旬、御用ニて田丸へ御出被成候よし、右ハ紀州御家老久能丹波守殿城下のよし、同家中人の噂ニて、当地不明内藤新宿ゟ出候大火の趣御聞被成候故、拙宅ハ久能殿屋敷（マヽ）近辺之よし、始て御心得被成候ニ付、云々被仰越、忝承知仕候。御伝聞のごとく、久能殿屋敷と拙宅ハ十七、八間隔り有之、久能のやしき脇通りハ則千日谷ニて御座候。

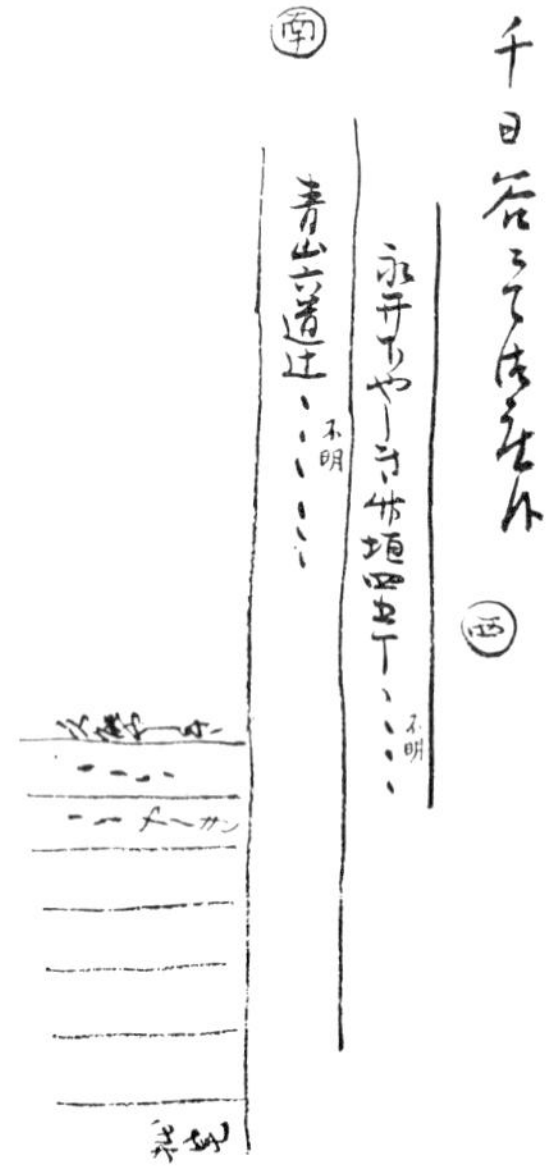

（右図中「不明」「、、、」、紫影筆朱書）

如此御座候。くハしくハ異日図して、御めにかけ度存候へども、何分不眼ニて出来かね候。右火事ハ先便あらまし申上候間、略し候。当春も近火両度有之、度々胆を冷し候ひしが、平ニ無異を得候。此義ハ猶後文ニ可申上候。

（コノ条、下記付図竝ニソノ注記各半丁付紙アリ、即チ、付紙の図中ニ南トあるハ東の惧ニ御座候。此義拙翰封じ候後ニ心づき候間、書改るに不及。東ト御直し被成候て、可被成御覧候。

一　拙宅ゟ新宿ハ西ニ当り候。信濃町通り寺町ゟをしハらへ出、伝馬町通りゟ大木戸を入り候へバ、十三、

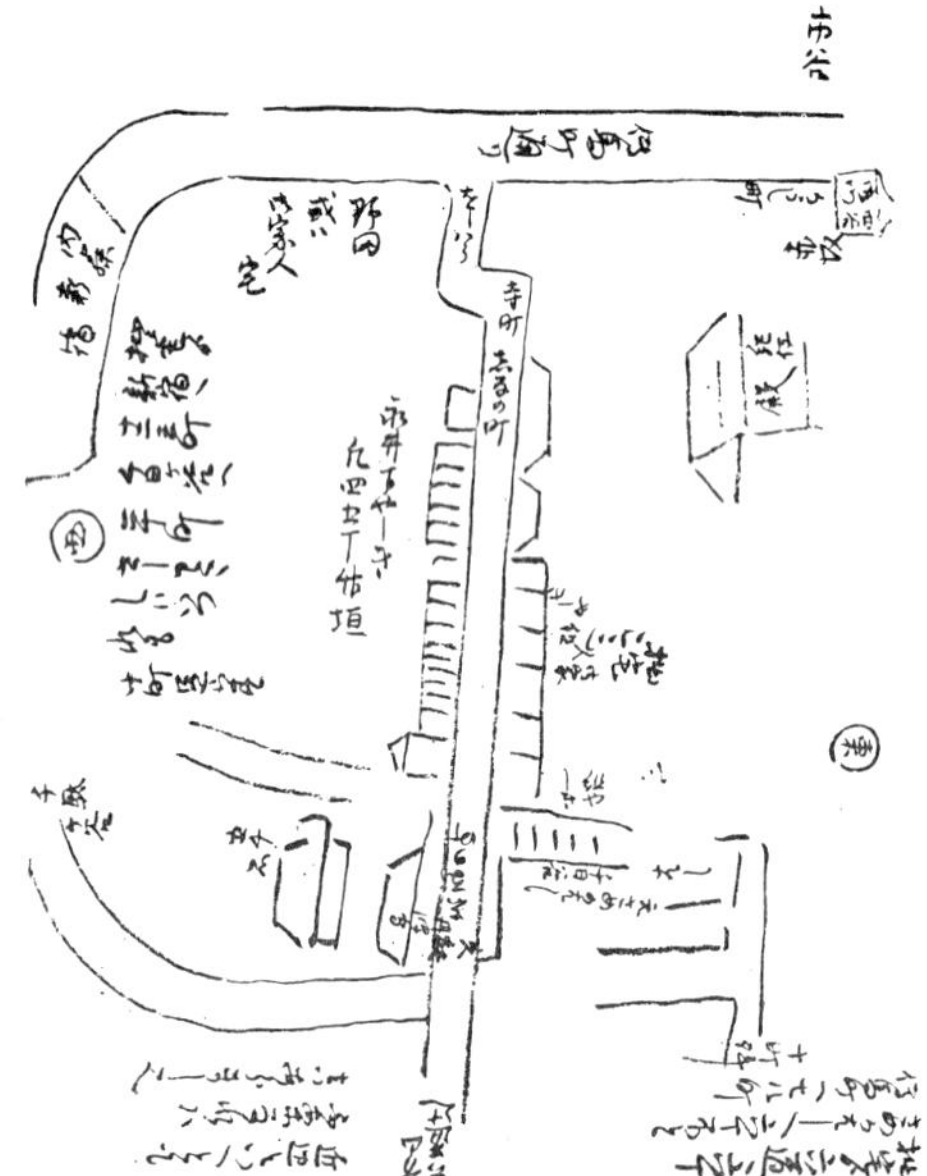

四町有之候へども、さしわたしハ六、七町ニ可不過候。○千駄谷ハ新宿のうしろに当りて、廿町許も有之候。拙宅ゟ御城ハ東南ニ当りて、詰処中の門迄一里許アリ。麴町ゟ外さくら田へ出候。○青山六道の辻ゟ久保町・御手大工町・五十人町等を過て、青山殿下やしき・矢来下を過りて、麻布へ出候。

一　鮫河橋ゟくひちがひ、右へ出れバ赤坂也、左へよれバ四谷御門也。
右為後、細注御心得の為、書添申候。
二月九日）

一　正月十七日之年始御祝状並ニ御別翰、共ニ弐通ハ、正月廿八日夕着、相達シ、拝見仕候。是ゟ弐月八日ニ差出し候拙翰、新年之慶状并ニ別翰、金瓶梅七集、外ニ合巻の再板、《(ママ)》、、、等一封共、十六日着ニて、小、《(ママ)》、、被達之、被成御落手候よし被仰越、安心仕候。先御礼申上候。御年玉として朱墨御投恵被成下、特ニ重宝之品、御芳意不浅、忝奉万謝候、外ニ、金瓶梅七集弐部之代銀壱朱ト小玉一ツ、此分かけさせ候処、壱匁有之、早速被遣之、慥ニ落手仕候。かねて申上候如く、少々之義、何ニても御序之節ニて不苦候処、度々御配慮之御義と奉存候。右代銀者五匁ト申上候へども、四匁五分斗ニて可然哉とも存候。いづれニも、右被遣候分ニて宜しかるべく存候間、右様御承知可被下候。試筆之拙詠、詳ニ貴評被仰示、本懐之至りニて、大ニ慰め候事ニ御座候。扨又、御試筆之御歌拝見、いづれもとり〴〵ニて、其答の事ながら甘吟仕候。五百森ハかねて聞しり候佳名ニて、ことほぎの御詠ニ者第一の景物と奉存候。阿岐《(ママ)》山みちのくのとハ、異字ニ候へども、是又なつかしき心地せられ候。此分、御詠歌中、甘吟仕候。

一　八犬伝九輯廿三ゟ廿五迄の御略評、両度之芳翰中ニ御しるし被下、大ニ慰め、本懐之至、忝奉存候。猶追々御熟覧之上、貴諭承り度奉存候。且、悞字悞刀の御見出し、御別紙ニ御抄録、御示し被成下、何ゟ之賜ニて、万々忝拝受仕候。右廿三ゟ廿五迄綴り候ひし去夏秋迄ハ、衰眼ながらよみ候事も仮也《カ(ママ)》ニいたし候さへ、校合ニ毎度見遺し有之。況、此節ニ至りてハ写本・板下共ニ細字ハ一行もよみ得がたく候。早春、後板廿七の写本出来、板元ゟ校合ニ差越し候へども、さらに見えわかず候故、無是非媳婦によませ候而、只悞脱のミを訂し遣し候。真名の悞写并ニ仮名ちがひなどハ、婦人の知るべきにあらねバ、畢意校訂せざるも同様ニ御座候。後板にハさぞ悞字悞刀可有之存候へども、実にせん方なく候。是に就ても、故児あらバと存候のミ、杤をしき涯りニ御座候。御亮可被(察脱)成《カ、》下候(ママ)。口画・さし画なども同様ニて、うすみのへ毛のごとく細く画き候人物の面貌・手足、衣裳のもやう等、都て一向ニわかりかね候間、人に見せて、こゝハ何々といふを聞候のミニ御座候。尤不便之至、履を隔て癬を掻キ候思ひをいたし候事多く御座候。御一笑と奉存候。併、御憐察可被成下候。

一　八犬伝後板第九輯廿六・廿七両巻之本文者、先便申上候如く、旧臘の詰迄ニ書画とも稿し遣し、早春、廿七の巻迄板下筆工出来いたし、さし画も廿六の巻の三丁ハ出来の処、此節板木師手透ニ付、口画を先へほらせ度よし、板元申候間、早春俄ニ口画を稿案いたし、責を塞ギ候のミニ御座候。早春ハ人出入も多く、来客の応対ニて徒に日をくらし候内、正月十八日夕ゟ娘婦病臥ニて、遂に大病に成り、廿七日・廿八日者殊ニさし込ミつよく、二日二夜不寐不食ニて、病苦見るに忍びがたく、甚苦心いたし候処、一両日者少々順快ニ赴き候へども、大病故、いまだ起出候ほどにハ不至候。再年前当地へ転宅已来ハ甚無人ニて、何事も娘婦一人ニ任せ置候処、娘婦大病にてハ薪水を掌り候者無之、只座敷内も立居成りかね候老婆と、小児のミ。二郎ハ一体不精児ニて、生平薪水の幇助にハ成らざるを、強て薪水のわざを致させ候故に、万不器用ニて、行届かね候。されバとて、やとひ下女なども急にハ無之、ありても出状《カ》不慥(ママ)なるは小竊などの心配も有之候故、只飢ざれば幸ひと存、一かくご立て候て日をくらし、夜を明し、娘婦の本腹を待候のミニ御座候。娘婦ハ熱病ニて、持病ニ虫積有之、月々蚘虫に胸背を苦しめられ、一両日づゝ悩ミ候事、常ニ候間、此節ハ、、、(ママ)、気ゟ又蚘虫大ニ発り候也。蚘虫ハやゝ鎮り候へども、邪熱尚同様ニて、困り候。此取紛ニて、両度之芳翰之御答、如此及延引候。此段、御憐察可被成下候。小生極老ニ及び、只家眷の為に役せられ、一日も安心成がたく候。

命のしからしむる処、人力のよくするにあらずとハ思ひながら、実に嘆息之至ニ御座候也。但シ、媳婦病中、老婆も感冒、且持病の頭痛つよく、大義ニ打臥居候間、両病人の介抱中〱行届かね候ニ付、老婆ハ、昨日娘飯田町ゟ迎ニ参り、箯轎ニて飯田町へ遣し候。然ル処、媳婦も今日ハよほど順快ニ赴キ候間、一両日中ニハ起居可申様子ニ御座候。老婆ハ当分の軽症ニて候間、乍憚御休意可被成下候。

一　当年ハ嫡孫御番入致させ度心願ニ付、右費用之手当として、先年残し置候愛書沽却之義、御旧友之御義ニ付、聊申試候処、云々御厚篤之貴意被仰示、忝承知仕候。申上候四十回本平妖伝ハ、珍書ニ付、御とり入レ被成度思召候間、価之義無介意申上候様被仰越候趣、外両友云々ニ付、御義理合ニて強て御とり入レ被成候にあらず、原来御好之義故、御取縮の中ながら、珍書ハ折々御購入被成候事も候間、と御心緒被仰示、御深志之程、誠ニ忝感聴仕候。右四十回平妖伝、先年端本ニて浪花某の書肆ニ有之よし聞知り候。其砌ハさばかり世に稀ナル書とも不思候間、黙老人ニ見せ候半と存候而、黙子へ云々申試候ヘバ、同人渇望之書ニ候間、かひ取度よし被申候ひキ。価ハ五十匁のよし、端本にしてハ甚高料也と思ひながら、とりよせて見候処、唐本ハ稀ナルよしも知られ、見候へば何分蔵書ニいたし度存候ニ付、老人江(藝文本に)ハ、その書外へうれ候よしニて、手に入りかね候よし申断候て、手前へかひ取、秘蔵いたし候。脚ちん共に三分許費し候ひき。其後、桂窓子、右の写本を購得候よし申越し候間、則かりよせ、唐本ニ不足之処をかりよせ、上筆工ニ写し足させ、則校訂いたし、帙をつくらせ、製本二帙ニいたし、秘蔵いたし候事ニ御座候。尤、桂子所蔵の写本、借出し候節に校訂いたし、返し候ひき。かゝれば、写本並ニ製本の入用共、金弐分弐朱余ニもやありけんと覚候。右両帙の入用を以、価金壱両壱分弐朱許ニ売り候ハヾ、さばかりの損なく、もと〱にて可有之存候。諸製本くハしくしるし候算帳有之候へ共、不眼ニて、しらべ候に便なく候間、暗記の趣を以申上候事ニ御座候。尤、脚ちんハ黙・桂両子へ先払ニて差出し候。それニても不苦候ハヾ、奉譲度奉存候。但し、御約束いたし置候へバ、決して差急ギ不申候。家内病尽《カ(ママ)》治り、夏の日永の節、ゆる〳〵飛脚へ可差出候。価金も決して急ギ不申候。その書着之節、秋頃迄ニても、御都合宜キ折ニ被遣候様被存候。この余、乍失礼御手に叶ひ候一、二冊ヅヽの珍書候ハヾ、御とり入レ被成度候間、書名を記し、御めにかけ候様被仰示、是亦忝奉存候。先年ゟ引つゞき、大抵珍奇の書も沽却いたし候へども、猶よく〳〵とりしらべ候ハヾ、少しハ可有之候へども、何分不眼ニて、急ニしらべかね候。是も当夏日永の時に至り、とくト取しらべ候上ニて、可申上候。御同好之御旧友へゆづり奉り候ハ本懐之至ニ候へバ、無価ニて進上候てもをしからず候へども、近来不如意之身分ニ候へば、左様ニもいたしかね、尤不本意の至りニ御座候。元入の雑費をとり返し候に当りさへ候ハヾ、うり出して銅財を得候慾情ハ毛頭無之候。中ニ高料ニ思召候品ありとも、それハもと入レ多キ趣ニ候間、御意ニ不叶品ハ御返し被成候様ニと、黙・桂両子へもかねて申遣し候事ニ御座候間、貴翁へも同様思召可被下候。この余、自分著書ハ多く御座候。就中、東雅ハ写本多く、坊賈の仕入本有之候へども、皆悪写本ニて、用をなしがたく候間、小生三十余年心がけ、やう〳〵手ニ入、蔵弆いたし候ハ、廿巻合五冊ニて、実ニ善本ニ御座候。普通の写本ハ宇土利助の序のミなるに、安藤覚兵衛の序も有之候。尚又、小生手入レいたし候書ニ御座候。元価弐両ニてかひ入レ候哉と覚候。あハれ、これら小生年来の苦心にて得候愛書ニ候へバ、貴翁にゆづり奉り度候へども、申すゝむべくもあらず候。東雅を弄び候学者も多からぬ様に覚候。此余ハ異日又可申上候。黙老人へ、桂子の原本を以そのまゝ書画ともに上写本帙入ニいたし候平妖伝を売与へ候て、彼欺詐の罪を購ひ候ひキ。御一笑と奉存候。何分如此不眼ニなり候て、読書の楽を失ひ候へども、さりとて皆目見えざるにあらざれバ、猶愛惜の癡念止ミがたく候のミ。とてもかくても、よむ事成がたく候へば、同好知己の有にいたし度存候のミ。奪ふがごとき書賈へハ、売るべからずと念じ候。先年沽却の始末に懲り候故に御座候。是又、御一笑と奉存候。

一　方位撰択の書、写本沽却御媒介之義御頼ミ一義云々申試候処、御心当ハ無之候へども、紀藩にハさる人も可有之哉、被仰遣被下候半料ニ、書名・価等しるし、懸御目候様被仰越、是又御厚情、千々万々忝承知仕候。撰択の書も、先年多く沽却いたし候内ニて残し置候ハ、

通徳類情　大本帙入八冊
崇正通書　小刻帙入八冊

通徳類情ハ唐本なきにあらねど、価金弐両弐、三分なりし故に、上筆工ニ写させ、校訂いたし候。元入金壱両壱分許なりしや、と覚候。又、崇正通書ハ、昔年久しくたづね候ひしに、江戸・大坂共ニ唐本無之、手ニ入かね候処、屋代氏所蔵の書を借謄いたし、是又校訂いたし候。是ハ、写本惣入用壱両弐朱斗もかゝり候様に覚候。但し、只今ハ唐本ありて、価も廉に手に入候歟、その義ハはかりがたく候へども、元入だけに候ハヾ沽却いたし度候。ゝ、ゝ、（マヽ）猶蔵め置候ても、物を食ふ活物ならねバ、時を待候半と奉存候。此意味を以、可然御取斗奉希候。

小説物ハ、

二度梅　帙入小刻六冊
　価三朱ニてかひ入置候。弐朱ならバ沽却いたし度候。
水滸口（後カ、マヽ）伝全伝　二十四冊四帙
是ハ金弐両壱分ニて、素人の長崎ゟ齎し候を、かひ入候。弐両くらゐならバ、うりたく存候。但シ、上方ハ江戸ゟ唐本廉に候よしニ候へバ、やすかり候半歟。これら皆いそがらざる義ニ候へ共、序ニ申上候。御媒介御心がけ被下様、奉庶幾候。これらこざ〳〵（濁マヽ）とおかしからぬ筆談ニ候へバ、いとハしく思召候半。愚衷是までにて、筆とめ可申候。御査覧可被成下候。

一　当春ハ桂窓子出府被致候間、二月十日前後ニハ蔽屋へも来訪あるべし、年始状之外、回翰差出ス事無用と被

申越候間、先月下旬迄ニ必啓行ありしならむと存候。五年ぶりニて面談の上、貴兄御噂もくハしく可承と、たのしミ罷在候。彼八犬伝虎妖対治の一先案《考カ(ママ)》も、その節、桂子へ口達可致哉と存居候。乍然、此節被参候てハ、病人ニて、もてなしぐさもあらず候へば、いかで下旬ニ来訪あれかしと祈り候のミ。是も一ツの心痛ニ御座候。御遠察可被成下候。

一　右書候事ハどやらかうやらかばかりにハ書候へども、よみ候事成りがたく候へバ、よみかへし不見候間、悞脱ハさら也、重復も可有之候。御猜覧奉存候。板本・写本も、文字なき娘婦によませて、聞候て、脱字をのミ補せ候間、悞字とかなちがひハ正し得ず候。後板ハかくして綴り果し候ども、悞字多く候半。とにもかくにも大団円までつゞり果したく、廿八の巻ゟ稿本を大字ニいたし、五、六行ニ書候半と存候のミ。娘婦病臥にて、当春ハ今以廃業にて日をくらし候。尚、奉期後便候。

恐惶謹言

二月九日　　　著作堂　解

篠斎大人

玉机下

此拙翰、今日やう〳〵手透ニて、書畢り候へども、無人故に飛脚へハ両三日中ニ出し可申候。この故に状中と上包と、日付遅速有之候。此之御心得可被成下候。

一　当正月七日朝六時頃、拙宅近辺四谷伝馬町新壱丁め煙草店ゟ失火いたし、方一町余延焼いたし候。拙宅ハ火元迄七、八町有之、さしわたし候ハ四、五町ニ過ず候へども、この日ハ風なく、且風脇ニ候間、騒ほどの事もなく、五時過ニ火鎮り候。中、町《屋カ(ママ)》屋辺の仲ヶ間の組衆十数軒、風下ニて、皆片付候へども、是も無異ニ御座候。

一　二月朔日夜五時前ゟ、又内藤新宿に失火有之、旧冬十二月朔日の火に焼残り候妓院其外宿中不残類焼いたし、同夜九時過ニ火鎮り候。この夜も幸ニ北風にて、飛火ハ外へうつらず候へども、西北風ニて、拙宅辺風下に候間、火の粉屋上を飛通り、甚心労。媳婦ハ病臥、老婆ハ歩行成りかね候間病人同様にて、立退せ候に無人なれバ、せんかたなし。二郎・太郎両人ニて龍吐水を以水を屋上にあげ、とぶ火のこを防ギ候内、風少しかハり、無異ニ治り候ひき。十四ヶ年前正月、内藤新宿不残焼候後、旧冬十二月一日・当二月一日、両度に宿中又不残やけ候。渡世にも汚穢の地ハ不良の富をなす者多けれバ、十余年に一度ヅ、天火焼して掃治せるにや。その度々、拙宅辺ハ必風下ニて、余焔におどろかされ候。い《カ(ママ)》やなる地方ニ候へども、他へうつりがたく候へバ、せんかたなし。幸ひにして免れ候を願ひ候のミ。二月一日ハ余寒甚しく、屋上へ打候水、直ニ氷り候て、垂氷に成り候。御地のごとき暖国ハ、鶯年内ニ囀候よし。貴宅ハ正月中旬ニ初音御聞被成候よし。意外の事にて、奉羨候。拙宅辺ハ、啓蟄過候ても、今に鶯の声を不聞候。但シ、梅ハ盛り過候よしニ候へ共、去夏以来戸外へ不出候間、只小庭の一樹の花を見候のミ、さいたかつぼみたか、よく見えわかず候へバ、見ぬも同様ニ御座候。老たるばかり朽をしき物ハ無之候。雪ハ正月九日の夜はじめて二寸許つもり候。旧冬ゟの初雪ニて、その後二月六日の雨めづらしくふり候処、深夜ゟ雪になりて、又一、二寸つもり候。風は日々の風烈ニて、風なき日ハまれ也。況、早春以来、　観浄院様薨去にて、昨日迄鳴物停止ニ候へバ、世上同憂、物静ニて、今ニ不得春色候。六日にハ　御送ゝ《(ママ)》にて、江戸中諸商人渡世を休ミ、慎ミ罷在候よしニ候。はつ午にても、皆二の午へ延し候事ニ御座候。右申候寒気も、拙宅辺ハ江戸の西脇且岡上ニ候へバ、甚厳ニ覚候。旧宅神田明神・大伝馬丁ハさばかりにハあらず候。本所・深川ハ弥暖地ニ御座候也。

一　米穀下直ニ付、武家一同倹約ニて、商ひ甚暇也とて、諸あき人ハ皆泣候。嗛《マ、(ママ)》譏にて、米高直なれバ食ひかぬるとて泣キ、下直なれバ商ひなしとて泣候。いかにして可ならんや、天神地祇もさぞ困らせ玉ハんとて、笑ひ候事ニ御座候。右ニ付、八犬伝、、(ママ)の新本、旧冬ニうり出しの時ハ、勢ひ例ゟ妙ならず、三百の製本、六十部残り候処、早春ゟうれ出し、四百の内、廿日頃まで四十残りニ成り候よし。三月迄ニハ例のごとく五百部ハたしか也と云、板元年礼の語ひニ御座候。これニ付ても、後板をつゞり果し度、祈り候。只々暖気ニ成候を待わび候のミニ御座候。以上

二六　天保十一年四月十一日

（朱書端書）子四月十一日出、同廿一日著、大井川十三日夜川ゟ十七日朝迄支、佐夜廻り

尚々、不眼の乱筆、此まゝにて、よみ返し見候事相成がたく候間、悞脱ハさら也、よめかね候処多く可有之候。失敬御免、御猜覧奉希候。以上

一筆啓上仕候。追日赴温暖候。御挙家弥御安康被成御起居、奉敬賀候。随而蔽屋、無異ニ罷在候。乍憚御休意可被成下候。然者、三月十四日之御細書、道中阿部川聊支候而、延着のよしニて、同廿四日東着、則拝見候。先便自是得御意候件々、御細答逐一被仰越、忝承知仕候。其内事済候条々者、乍例致省略、只要緊之義のミ再答仕候。小生衰眼、月々日々におとろへ行、此節ハ特にかすミ、執筆弥不如意ニ御座候間、別而麁略ニて、要緊之義といへども漏し候も可有之候。此段、御許容可被成下候。

一　先便被遣候金瓶梅七集代銀之内、粒銀ハ何匁とも被〔不脱〕仰越〔カ（ママ）〕候間、其節媳婦にかけさせ候処、右ハ壱匁有之よし申候ニ付、其段得御意候処、右ハ壱匁弐分有之よし被仰示、げに〳〵左様ニも可有之候。婦人のかけめ精細ならず候へば、不行届事ト奉存候。当地ハ粒銀不取扱候故に、いまだ両替せず、そのまゝ納置候。追て両替に遣し候ハゞ、慥ニわかり可申候。必々御配慮被成下まじく候。麁忽之至、御海容可被成下候。縦壱匁ニても苦しからざる事ニ候へども、先便為念申上候迄ニ御座候。

一　御試筆の内、阿坂山の事、云々申上候処、古事記の事、又奥の城〔カ（ママ）〕の事等被仰示、承知仕候。げに〳〵〔（濁ママ）〕両書共管見有之、それを忘れ候て、遼東之豚ニ似たる事申出、今さら汗顔仕候。かゝる事すら遺失ハ、誠ニ我ながら耄ニちかき極と自笑仕候。所云背おひし子を尋ぬる如き仕合、御一笑と奉存候。

一　金瓶梅七集、速ニ御妙評御出来、御見せ被成下、殊ニひらかなにて御しるし被遣、御労煩と奉存候。則、媳婦に再三よませ、承り候処、例の事とハ申ながら、御細

評遣る所なく、感服仕候。就中、呉服横災にあへる段の御猜評(精カ、ママ)、当れり、尽せり。但シ、貞実のくれは、然る辱にあひしが、則啓十郎が年来人の妻妾を犯し、奪ひ候悪報なれば、せんかたなし。啓ハ李笠翁肉蒲団之邪淫の悪報と同じ意を以つゞり候也。且又、もかりの情人、もかりと共ニ一夕立あかし候事、何もくハぬなるべしとあるハ、乍憚例の御理評ニて、仮を以真となすに遮し(マ、(ママ))。都て小説の評ニ禁ずべき事、五禁あり。その中、仮を以真となす事も五禁の一也。此事、いつぞ書しるして御目にかけたく候へども、何分衰眼ニて、行届かね候。されど、いつぞ眼気よろしき折を得て、書つけて候て、備御笑候様いたし度候。早春被遣候八犬伝評ハ早速うつしニ遣し候処、筆者春気ニてなまけ、度々催促いたし候へども今に出来かね候。右出来候ハヾ、金瓶梅七集の御評も写させ候て、差登せ候様可仕候。已後ハ、近き字ハまぜて御書被成候ても、妙々ぐらゐハ婦人ニもよまれ候也。

一　文化中の拙作小女郎蜘蛛といふ六　不明(ママ)冊物合巻、当年芝神明前泉市ニて再板いたし候。

一　雪譜後編も一冊出来、早春、京山ゟ越後牧之江校訂ニ差越候よし、此間牧之ゟ書状ニ其段申越候。左候へバ、当暮頃ハ出板可致存候。

一　拙蔵本売与之義、先々便申試候処、其内増補平妖伝御購入可被下よし被仰示、御交遊分憂の御信義あらハれ、尤忝感承仕候。尚又、善本東雅ハ御友人之長谷川主へ御汲引被下候処、右御人も一本御蔵弆せられ候へども、善本ニ候ハヾ、是彼売易て、拙蔵本を御とり入可被成よし委曲被仰示、是又御義侠之至り、重々忝奉謝候。右長谷川主ハ名ハ元貞、号六有とて、和漢の学者、風流家ニて、拙随筆玄洞放言・燕石雑志なども蔵弆あるよし被仰示、甚なつかしき心地せられ候。然れバ、是未見之御知音と奉存候。さる御人ニ拙愛書を売与仕候事、尤本望之至ニて、貴翁御義侠之程、かへす〴〵も悦しく奉存候。右本書之代金三両弐分也、当処大伝馬町御掛店殿村文右衛門殿ゟ可受取よし、別紙御手形一通被遣之、御前金ニて甚都合宜、忝承知。則元飯田町清右衛門江申付、大伝馬町御店へ両度遣し、六月七日ニ右金子、清右衛門受取、持参いたし、慥ニ落手仕候。然上者、平妖伝・東雅、早速飛脚問屋へ可差出処、外ニ御頼の酒説養生録手ニ入かね、処々をたづねさせ、やう〳〵手ニ入候処、右三書並便ニて瀬戸物町嶋屋佐右衛門方へ差出し候。着之節、御改、御落手可被成下候。此一義、於此節、乍失敬当時之御様子も承知罷在候へバ、申上かね、只試申演候処、御友人迄御汲引被下、甚都合よろしく、尤悦しく奉謝候。愚衷、寸楮ニつくしがたく候。御賢察可被成下候。

一　長谷川六有主、外ゟ被頼玉ひしよしニて、酒説養生論といふ書御入用のよし。当地日本橋須原屋茂兵衛板ニ候間、須茂へ申遣し、買取候て、平妖・東雅ト一包ニいたし、差出し候様御頼之趣、承知仕候。早速須原や茂兵衛方へ申遣し候処、只今ハ彼店ニて製本不致候よし。須原や見せの手代共ハ、書名も不存候よしニ御座候。依之、日本橋書林をたづねさせ候。何方ニも無之候。然処、飯田町の今の清右衛門ハ鱗形屋の旧族ニて、草紙類もかたハら渡世ニいたし、日々江戸中草紙やを走り廻り候間、則清右衛門ニ申付、尋ねさせ候処、書肆ニハ絶て無之、不斗夜店《カ(ママ)》ニて見出し候よしニて、古本かいとり、持参いたし候。古本故に板行ハよろしく候。全部七巻ニて、合本三冊ニとぢこみ有之、代料ハ五匁五分のよしニ御座候。新本ハとても手ニ入かね候間、是ニて御間ニ合可申哉、難斗候へども、先御めにかけ申候。もし古本ニて不宜候ハヾ、御返し被成候ても苦しからず。小生も、是迄この書あることをしらず、此度御注文ニて、初て見候事ニ御座候。一夕、媳婦・二郎等によませ、一巻半斗聞候処、尤有用の好書ニ御座候。小生よミ候事ハ一行も成りかね候へども、児孫の為に家蔵いたし度存候ほどの事ニ候間、もし古本ニてあしく候ハヾ御返し被成候ても、小生所蔵ニいたし候間、苦しからずとハ申候也。此外ニ手ニ入るべきや否、はかりがたき故ニ御座候。扨、かくのごとき好書の行ハれずなり行之事、良薬口に苦く、諫言耳にさかふ故にて、酒客ハよろこバず、下戸ハ悦び候てもこの書を不見候ても事のかけぬ事故、世に行れずと存候。且、その論高上ニて、俗客の耳に入らず、只唐山の故事のミあげて、長くくだ〳〵しきが疵也。綴りやうよろしくバ、酒客ニも見る人あるべし。惜キ事ニ御座候。全部よませ候て差出し度候へども、さしてハ外の売本延引ニ及び候間、残念ながら、その大抵を知るのミニて、巻を不終して差出し候。御一笑と奉存候。此意味、長谷川主へも、御序之節、御噂可被成下候。

一 増補平妖伝・酒説養生論、右三本、切形あまり不合候間、一包ニ致し候ハヾ、道中ニて損じ可申哉、難斗候ニ付、平妖伝二帙を一包ニいたし、東雅と酒説と一包ニいたし、則二包ニ可致哉と存候。左候ハヾ、脚ちんの御勘定も御便利ならんと奉存候。それとも、一包ニて都合宜く出来候ハヾ、其分の事ニ御座候。此書状書終り次第、差図いたし、包せ候間、此段申上置候。

一 先便御労煩奉願候通書類ノ売本之事、通徳類情・崇正通書等之事御掛念被成下、若山御懇家へ被仰遣候よし、御厚情重々忝奉存候。但シ、方位学ハちとスタリ候故、不売候とても、不及是非候。外ニ大東分界図といふ大折本、箱入ニて三本御座候。是ハ日本六十六ヶ国の図にて、一国々々に作者の説あり。是ハ奥羽閒老志の作者滄洲の自筆の稿本ニて、類本外ニ無之候珍書ニ御座候。しかし、図は麁略ニて、細密にハ無之候。何ニもせよ珍書故に、文化中代金三両ニて買とり、箱等作らせ、所蔵いたし候。いかでこの書、相応之価ニ候ハヾ、売与いたし度奉存候。御心がけ被下、好候御人御座候ハヾ、御世話可被成下候。奉希候。外ニ、小生よミ本の稿本多く御座候。文政中迄ハ板元ゟ不返候て、外へ高料ニうり候よし聞え候間、其後ハ作者方へ引とり、板元へ不遣候、依之、八犬伝稿本ハ六・七集ゟ末、不残有之、巡島記其外よほど有之候。相応之価ニかひくれ候未見の知音も御座候ハヾ、紙魚の書にせんゟ売与いたし度存候。此義も御心がけ、御せわ被下候様、奉希候。何事も小生不眼の上、嫡孫御番代願一義ニて、銭財甚せわしく、最初ゟ見つもり候ゟ一倍の費用にして、来月（マヽ）ゟ当春迄、二郎を引せ、当節ニ至り本願書差出候事ニて、何事も〇印先だち候故、意外之御労煩をかけ奉り候事ニ御座候。御憐察可被成下候。

一　先々便被仰越候拙稿本の類、何ぞちひさなる物御入用のよし、承知仕候。小刻の稿本ハ、合巻の外無之候。傾城水滸伝抔ハ全部揃ひ居候へども、長キ物故、御注文に合かね候間、則合巻六冊物の稿本一部進上仕候。是ニて御間ニ合可申哉。もし是ならで外ニ御好ミも御座候ハヾ、又可被仰越候。何ニても手前ニ有合せ候物ならバ、進上仕候。しかし、多種ハ無之候。右合巻拙稿本も、平妖伝と同封ニて差出し候間、着之節、御入手可被成下候。

一　八犬伝九輯犬江親兵衛虎妖対治の段、先案御聞被成度よし被仰示候間、そのあらましハ桂窓子へ口達いたし候間、彼人帰郷の後、御聞可被成候へ共、口達ニてハあかぬ御心地可被成候半と奉存候間、そのあらましをしるして、御めにかけ申候。御笑覧の上、尚又御批評承り度奉存候。

一　八犬伝九輯三十六・七弐巻の稿本ハ旧冬綴り畢候よし、先々便申上候通りニ御座候。三十八以下、二月中旬又筆を起し候処、先便得御意候如く老衰眼去冬十二月中旬以来月々日々にかすみ多く成り候ニ付、只手さぐりニて書候へども、よみかへし候事ハ一くだりもいたしがたく候。譬バ、書かけて外用事有之、筆を閣キ、程経て又書かんと欲するによめず候間、急ニ媳婦を呼よせ、よませ候て、そのあとを書つぎ候事ニ御座候。それ故、つけがなも本文と同時ニつけ不申候ハねバ、あとにてつけ候事成りがたく候。即時に一行ヅヽ、つけ候かなすら、とりちがへ候事多し。如此ニ候へバ、文を補ひ候事などハ一向ニ出来かね候。それも、昼後ニ至り候てハ、眼気も気力もつかれ果候て、くるしく堪がたく候間、そのまゝに倒れて気力を保ひ候故に、六行の大字稿本にしても、一日ニ何ばかりも不出来候。しかれども、三十八・三十九両冊ハ綴り果候。四十の巻をつゞり候へバ、稿本五巻に成候。此五巻ハ、当秋冬の内、出板可仕候。四十一ゟ洲崎の船軍ニ成り候。四十一巳下何冊ニて満尾いたし可申哉、はかりがたく候へども、大抵三、四冊の外を出まじく候。それも、眼気只今ゟ又おもく、かすミ候ハヾ、綴り候事成がたく候間、甚心いそがれ候へども、右之仕合ニて、出来かね候。よみ候事ハ小字・大字によらず一行もよみがたく候間、外ゟ到来の書札も人によませ候て、回翰ハ自筆ニてつかハし候間、しらぬ人ハよめると思ひ候へども、実に少しも見えず、書候事も手さぐりニて此位ニハ出来候へども、よみかへし見る事一行もいたしがたく、書に随て朦々朧々ニ御座候。此分ニてハ、来年ハ書候事も成りかね候半(藝文本事と)。是ニハ大よハりニて、只々当惑此一事のミに候へども、今さらせん方無之候。かへす〴〵も御憐察可被成下候。八ケ年、(前脱カ)不斗(ママ)右の瞳子のひらき候を、今おもひ候へバ、五十年、昼夜眼気を労し候故に、瞳子の破れし也。此義はやく心付候ハヾ、怕れて左眼を養ふべかりしに、其頃ハ八犬伝・美少年録・侠客伝三部を同時同年ニ稿し、夜も亥中まで、燈下細字をかゝぬ日なかりし故に、八年の今に至りてかくの如く成り行候。今さら後悔そのかひもなく、只天命を怕れ、先非を懺悔の外無之候。あなかしこ〳〵、小生ごときもの、厚質故に命ハいまだ不死して、眼気と足と先に尽キ候。是、五十年以来、閉居して、昼夜眼をつかひ尽し候不養生の祟ニ御座候。是弱冠より五、六十迄惣も少からず、故にこの憂にあへるなるべし。もて警となさまくのミ。

一　桂窓子二月中両度来訪せられ、久々ニて面談、大ニ慰め、大悦いたし候。乍憚、深川のかけ店ゟ拙宅迄ハ二里余も有之、甚遠方故と申、いつも昼前ニ被参候て、未後ニハ被帰候間、しみ〴〵と熟話もいたしかね候ひキ。二月下旬ゟ彼人奥州松島見にゆき、帰路日光山へ参詣いたされ、三月下旬ニ帰居のよし、当月上旬案内有之。大安心いたし、又来訪を日々に待候へども、多用故か今に出来られず候。されども、出立前ニハ必来訪ありて面談あるべしと、楽ミ罷在候。小生当年ハ甚しく衰老を覚候

天保11年4月11日

間、再会ハはかりがたく候間、いかで愚衷をつくし度存候へども、何事も遠方ニて、如意ならず、遺憾の事ニ御座候。桂子ハ実に泰平の楽民ニて、うらやまれ候事ニ御座候。養子忠三郎殿をも先頃同道ニて対面いたし候処、是又才子と見え、たのもしく存候事ニ御座候。

一　早春ゟ当地痘流行ニて、小児の殤する者甚多く候。且、此節の気候、薄暑ともいふべき日あれバ、又冷気甚しく候。それ故に、風邪も流行いたし候。杜鵑、四谷ハ早キ方ニて、去夏ハ立夏の日に初音を聞候ひしが、当年ハいまだ聞かず候。時候不順なる故なるべし。王子稲荷・牛天神・飯田町世継稲荷・十二双熊野権現、此節開帳に候へども、三月中旬花ざかりの頃、日々大風雨にて大殺風景、ほどなく若葉に成り行候。上の御疱瘡復せられ候ニ付、当月九日ニ、於高田八幡馬場ニて流鏑馬有之候よしの所、前夜雨天ニて御延引、後日いまだ定かならず候。もはや眼気つかれ、筆のあて処も不如意ニ付、多く申遣し奉り候。

恐惶謹言

卯月十一日　著作堂　解

篠斎大人

玉机下

愚媳病臥御たづね被成下、忝奉存候。此節ハ痊可ニて、平生体ニ成候。是又よろしく御礼申上よし申候。以上

覚

一増補平妖伝　二　帙

代金壱両壱分弐朱

一善本東雅　十巻合五冊

代金弐両也

〆金三両壱分弐朱也、大伝馬町殿村文右衛門殿ゟ慥ニ受取。

右弐本外ニ、

一酒説養生論　七巻合三冊

天保11年4月11日

代五匁五分
拙作合巻稿本　　壱部
右、当地飛脚問屋嶋屋佐右衛門並便を以、差出し申置
候。着候節、御落手可被成下候。以上
子四月十一日　　瀧澤篁民㊞（印、「瀧澤」）
殿村佐六様

御別紙拝見仕候。然者、貴翁御懇家久能丹波守殿御家臣金森仲殿御子息金森弥一郎殿と申御人、当今勤番ニて、拙宅近処久能殿御邸ニ被居候間、拙宅へ来訪可被致候間、対面之上、相応之挨拶可致旨御紹介之趣、承知仕候。衰老後ハ、初見の客人わづらハしく候間、多くハ及断候へども、右仲殿ハ小生をも被知候故に云々と被仰示、且貴翁御紹介之御義ニ候へば、御当人来訪次第、早速対面可仕候。久能家中の童子ニハ劣孫手習傍輩も有之、太郎に聞せ候処、右弥一郎殿ハ才物ニて、素読・立花の指南等、同家中の人々に被致候よしニ候。

左候ハゞ、実にたのもしき少年、大才子と奉存候。以上
卯月十一日　　著作堂
再白
篠斎大人
玉机下

二七　天保十一年六月六日　（代筆）

（朱書端書）子六月六日出、同十六日著（代筆）《(「代筆」二字紫影補注)》

尚々、追々大暑に趣べく候。節角御自愛専一に奉存候。此壱封、毎度御労煩乍、桂窓子江御届被成被下可候。奉頼候。本文ニも申上候如く、ふつゝか成代筆ニ而、わかり兼候処も之有べくや、はかり堅《マ、(ママ)》奉存候。失礼御用捨、宜敷御察《マ、、》札《乱カ(覧カ、ママ)》被成被下可候。以上

一筆啓上仕候。向暑節、御全家弥御安全被成起居、珍重之御儀奉存候。随而拙宅、無異罷在候。乍憚御休意成可候。然者、五月七日の貴書、同十七日夕相達、忝拝見仕候。是ゟ四月十一日早便書状順着、同並便紙包二ツハ五月六日ニ着致、御落手成候由御案内仰越、承知、安心仕候。先便先便《(衍カ、ママ)》差出し候酒説養生論代銀壱朱ト小玉三ツ、是ヲ遣《(ママ)》て、慥ニ落手仕候。御序の節ニて宜敷処、毎度御心配と存奉候。小玉銀六分ヅ《(濁ママ)》、壱匁八分ト是有候が、左候へバ前々通ニ候へども、未ダ両替致さず候間、先其儘預り置候。此段御承引被成被下候。先便貴答、例之如く御明細仰越、逐一承知仕候。右御こたへ委敷申上度候得ども、老眼日々に衰、五月中旬ゟ弥かすみ、ます〳〵見へかね候間、ふつゝか成代筆ヲ以申上候間、只要用の義のミニ而、其余ハ省略仕候。仰越候趣、御状再へん読せ、承り候間、逐一承知仕候。此段、御海やう被成下べく候。桂窓小《子欤(ママ)》、五月廿二日ニつゝが《(濁ママ)》無帰着の由、早束《(速カ、ママ)》御知らせ被下、忝承知仕候。其後、同人ゟも案内状当着《マ、(ママ)》、安心仕候。同人江一両度も御逢成候由、追々異聞是有べく存奉候。田舎源氏三十壱ぺんゟ三十三編迄御入用ニ付、桂窓小《子カ》江戸《(ママ)》逗留中、御頼遣れし候所、三十二へん・三十三ぺんハ買取、持参致され候へども、三十壱ぺんハ其節板元鶴屋に之無、外義せんさく致され候も、出立前ニ而、行届かね候間、其儘にて帰られ候由。右三十壱ぺん、飯田丁清右衛門江申付、かいとらせ、差出し候様仰越、委細承知仕候。其後、清右衛門参り候間、右之趣申聞候処、清右

衛門申候者、右田舎源氏三十壱ぺん者去亥ノ秋中売出し候所、新板物時節ニ之無間、捌甚よろしからず、紙仕入等の借金に債られ、右之板素人江質入致候間、製本致堅《マヽ》、此故《(ママ)》に当春者壱部も摺出し不申候間、右之本ハ何方ニも之無候由ニ御座候。外ゟもたのまれ、先頃ゟ処々尋候へ共、未ダ手ニ入不申候。何れ心掛ケ、尋申すべき由、申候。右之仕合に御座候間、只今之御間ニ合兼候。清右衛門江折々さいそく致、尋出し次第、飛脚江差出し申べく候。鶴や、近来身上六ヶ敷相成、田舎源氏板も仲間二、三軒江質入致之有候ニ付、初編ゟ摺廻し候事も出来兼間、証文之有候ても手ニ入かね候者、右の訳合ニ御座候。小生三代の馴染ニ候へ共、当代ハ甚疎縁ニ而《マヽ(ママ)》、人の噂ニ承り候のミニ御座候。

一　先便申試候大東分界之図之義、御承知被下、云々にて、日本惣図者名古や板是あり、御所蔵成候へ共、右分界の図ハ云々に付、思召も之有、且、長谷川氏へも右之趣御話成候処、是も御同様ニ付、右之書御覧成度候間、脚賃御地払ニて飛脚へ差出し候様仰越、承知仕候。但し、価ハ金三両ニて先年かい取候間、相応の価ニ候ハヾ沽却致度旨申上候ニ付、相応と者三両ゟ上か下か、是又委敷御聞被成度由おふせ越、委細承知仕候。右之書ハ、享和年中、小生大坂遊れき之節、大坂書林ニ之有由聞出し、其節、高料之由申され候へ共、河太江頼、漸く金三両ニてかい取、道中飛脚ちん幷箱ごしらへさせ候間、又壱分弐朱ほどつ《(濁ママ)》いやし候事に御座候。然れ共、価増候てハ、逢手《マヽ(ママ)》も急ニ泊堅《ツキガタクカ(ママ)》之《マヽ(ママ)(濁ママ)》有べく候間、金弐両二分迄ならバ売渡し度奉存候。若貴君御入用に候ハヾ、二両壱分ニても二朱ニても苦しからず。外々ならバ《(濁ママ)》二両二分に御世話成被下可候。右之書者作者藏洲《マヽ、滄カ(ママ)》自筆の稿本ニて、せかいニ只壱本に御座候。昔年大坂書林余程高料之潤筆ニ而引受ケ、奉行処江出板願改ニさし出し候処、其節日本六十余州の図売板ニハ成堅候由ニて、改済ズ候間、引請人大きに困り、年久敷納置、代金十五両ニて売たきよし久敷申居候へども、高金故、逢手《マヽ(ママ)》之無由、大坂ニて小生聞出し候間、河太を媒介に致、漸々三両ニてかい取候事ニ御座候。今に至りてハ御骨もおれずに御手ニ入候事故、二両三分にてハ高料ニも之有間敷哉。是等の趣ヲ以、何分宜敷しく御世話成被下候様、願奉候。

一　拙作稿本之義、先便云々申試候処、右者貴君も思召之有、外へも御世話成被下べく候へども、余り高料ニてハ如何に付、価何程と申候事申上候やう、并ニ右稿本壱、弐部御覧ニ入候様仰越、委細承知仕候。右稿本ハ一旦板元江売候物ニて、其しぼりかすニ候へバ、価を論候義ニハ御座無候へども、稿本迄世上江流布致候事ハ甚恥敷義ニ御座候へ共、何分此せつ散財多く、多金整兼候故之せつな細工ニ御座候。依之、読本稿本ハ壱ぺんニ付代金三分ニてゆづり渡し度候へ共、貴君若御取入ニ相成候ハヾ、金二分ニても厭わしからず候。合巻稿本ハ六冊物金三朱、八冊物金壱分ニて御世話成被可下《マ、(ママ)》、是も世界壱本ニ付、尤下直の心持ニて差上候。但し、有増取しらべ候処、左之通り手前ニ御座候。

一八犬伝六集ゟ九集之下帙迄、十三、四集御座候。
一巡嶋記初へんゟ六編迄
一石こん録後へん六冊
一南何《マ、(ママ)》夢全六冊
一質屋庫全五冊
一侠客伝初集ゟ四集まで
一金《合巻》ぴら船八へんまで《(濁ママ)》
一けいせい水滸伝初へんゟ十三ぺんまで揃
一金魚伝初へんゟ六ぺん迄揃
一文の定紋全六冊
一赤本事始全六冊
右之通りニ御座候。
此内、南何《マ、(ママ)》夢六冊
赤本事始六冊
右大東分界図同封ニ致、今便並便ニ而、飛脚問屋嶋屋佐右衛門方江差出し候。
五月中ゟ六月ニ入候ても、打続梅雨ニて、道中川支之有べ(濁ママ)く存候間、天晴打続候ヲ見合せ候ニ付、御返事延引ニ及候。此段、御海やう被成被可下マヽ(ママ)。

一　酒説養生論の事、先便云々申上候ニ付、古本ニても苦からざる由仰越、承知仕候。右之書之義ハ、得とマヽ(ママ)聞合候所、元来作者之蔵板ニて、享保年中須原屋平左衛門と申小店の書林引受、売出し候間、本店須原屋茂兵衛名まへも差加候よし、じつの板元ニハ之無候。依之、かの店ニ而手代ハ書名すら知らぬも故有事ニ御座候。元来蔵板ニ而、最初多く摺出さず、且、左斗うれず候書故、只今ハ右の書甚まれ成よし御座候。何事も訳を聞ねバ(濁ママ)うたがい晴がたき物ニて、一笑致候事ニ御座候。

一　小生衰眼、先便申上候如く年々月々に衰、此節ニ至り候てハ、大字成共読候事ハ一字半ぐ(ママ)だ(濁ママ)りも見へかね候。書候義も同様と申内、是ハ手かげ(濁ママ)んニてまが(濁ママ)りなりニ書候へども、書候内に其文字きゆる如く成行候間、字の上江字ヲ重、或者くだ(濁ママ)りを取違、張直し候も自分てづ(濁ママ)から出来かね、人手ヲ頼候間、かたハらに手伝候者之無てハ出来兼候事に御座候。然共、当春二、三月比迄ハ只今ゟ少しハ残り居候間、画稿抔もかなりニ出来候へ共、此節ニ至り候てハ、人の首ヲ書候ても其首見へず(濁ママ)成候間、手足ヲ付事も成かね、甚困り候事ニ御座候。画ハ書と違イ、筆をはなし〳〵形ヲなし候物ゆへ、筆のあて所見へ兼候てハ何分ニても出来兼候。稿本も右同断ニて、度々読返し、補候事も成かね候間、初書おろし候儘ニて、一ぺんよませ、是を聞、悞脱ヲ補候のみニて候間、元来拙文の上、只今に至りてハ十段も廿段もおとり候。板下校合も右同様ニて、家内の者に読せ、是ヲ聞候て、悞脱ヲ補せ候のミに御座候間、悞字・かな違い女流の知るべきニあらねば(濁ママ)、たゞ(濁ママ)しも得ず、其儘ニてほりに出し候。ほり立校合も右同様ニ付、定而悞り多かるべ(濁ママ)く存候。八犬伝当秋売出しのせつ、右之思召ニて御訂正、只今ゟ願置候事ニ御座候。貴家咫尺之間ニ候ハヾ、稿本・板下共御校合ヲ願度奉存候へ共、何事も千百里の遠方ニて夫もかなハず、板元差急ギ候間、曲りなりニして間ヲ合候事ゆへ、不如意がち(濁ママ)ニ御座候。是らの趣、御賢察被成被(マ、)可(ママ)候。
一　右之仕合ニハ御座候へ共、八犬伝跡板第九集三十六の巻ゟ四十の巻迄五巻内、三十六・三十七二冊ハ旧冬十二月迄に稿了(マ、)畢(ママ)候。去冬迄ハ衰眼乍、かなりニ用立候ゆへ、稿本例之如く十一行の細字ニ綴候。此二冊ハ内々桂窓小(子にカ)子(ママ)御めニ掛候間、有まし御聞被成可と奉存候。当春ニ至り候てハ、十一行の細字ニ綴り候事成兼候ニ付、六行の大字ニ致、板下筆工者例之如く十一行ニ書つめさせ候。依之、稿本壱冊六十四、五丁を、板下ニ書せ候へバ、廿二、三丁ニ成候。其六行大字稿本も、此節ハ老眼一入衰候間、出来兼候仕合に御座候。一たい此五冊ハ、六冊ならで(濁ママ)ハ仕込(組カ(ママ))分り兼候間、今板六冊ニ致、出板致候様、板元江談事(じカ、ママ)候へ共、冊数ふへ候て、価のぼり候てハ、捌方宜しからざる由、板元申候間、ぜひ無五冊ニて売出させ候。右之五さつハ四月下旬迄ニ稿本残らず綴終、此節板下写本残らず出来、専彫立居候。板元差急候うへ、板木師此せつ何れも手透ニ候由候間、当秋中迄にハ出板致べく候。一たい百七十回ニて大団円に致べく存候処、百七十回ニてハ迚も納り兼候間、百八十回ニて大団円之心積りニ致候。依之此次ハ五冊にてハ納り兼候間、六、七さつニてたいび(濁ママ)のつもりニ致候。はん元、引続、只今之内彫せ度由申候。さらでも大暑に至り候てハ、老眼弥かすみ、且大暑ニ堪かね候間、只今の内、半分もかた付遣し候ハんと存、五月上旬ゟ日々出情致、四十壱の巻本文六行六十五丁、四十弐の巻上六行四十六丁、四十弐の巻下三十六丁、此節迄ニ綴畢候。余り日々出情致候故か、眼気甚疲労、何ヲ見候てもおぼ(濁ママ)ろげニて見へわかず候間、若皆目見へ不(ママ)成行候ハヾ、後悔其かい之無候間、甚恐、当分秋冷におもむき候迄ハ休筆ニて養候ハんと存候。此ゆへに、御答もふつゝか成婦人の代筆ヲ以申上候。宜敷御察覧成被可候。何事も心底ニ任堅、用事のみニ如此御座候。

恐惶謹言

六月十一(六カ、ママ)日　　著作堂　解

篠斎大人
　　玉机下

（右日付ヶ・宛書中、「十一日」・「著作堂解」・「篠斎大人 玉机下」、以上馬琴自筆ト紫影朱注アリ）

再白

久能殿内金森弥一郎殿義、猶又云々仰越、承知仕候。未ダ来訪之無候。参られ候ハヾ、対面致可候。併乍、平日気不精ニて、髭そり候事もまれニて、取乱し居候間、いかで髭（濁ママ）そり日抔、折よく参られかし、と存候。若多用ニて来訪之無候ハヾ、弥上仕合ト自笑致候事ニ御座候。

一当夏四月中ゟ雨天がちニて、五月雨ハ多降続キ、天晴まれ候間、日々秋気ニて、凌よく候。土用前ゟ照続、大暑にならず候ハヾ、田作如何之有べくや。いかで当秋実入能致度、祈候事ニ御座候。御蔵前大相場、摂津米三斗九升五合入、百俵ニ付、金三拾六、七両ニ御座候。燈油、四月上旬ゟ俄ニ引上ゲ、壱合ニ付、七十八文候処、此節ハ六十二文ニ成候。此外、廉成物ハ絶而無、只安き物ハ銭のみニて、四文銭壱両に七〆文、小銭天保銭ハ七貫文の余ニ御座候。紙者弥高料ニて、はん元ハ一同困り候由ニ御座候。御地者如何之有候哉。大てい御同様と奉存候。此外当地相替候義之無候。以上

覚

一大東方界之図　　箱入大折本三冊
一南何夢（マヽ）（ママ）稿本　　六冊
一赤本事始稿本　　六冊

右、今日並便にて、瀬戸物丁嶋屋佐右衛門方江差出し候。御案内迄、如此御座候。

二八　天保十一年八月二十一日　（代筆）

（朱書端書）子八月廿一日出、九月二日着、大井川支

尚々、毎度御労煩ながら、差添候壱封、早々桂窓子江御届ヶ被下候様、奉稀《マ、（ママ）》候。以上

一筆啓上仕候。朝夕ハ少々趣《（赴カ、ママ）》秋冷ニ候得ども、御全家様御揃、弥御安全被成起居、珍重奉存候。拙宅無異罷在候。御休意被成可被下候。然者、七月七日之御細書、同廿五日当着《マ、（ママ）》、則拝見仕候。是ゟ六月六日に差出し候書状ハ同十六日ニ相達、被成覧《マ、（ママ）》、右同日差出候渋紙包ハ七月四日に相達、被成入手候由、夫々御細答被仰越、安心、委細承知仕候。早束《マ、（ママ）》御再答可仕処、盆前後多用、且又親類共に病人有之、彼是取紛、意外及延引ニ候。此段、御用捨被成可被下候。先便被仰越候事ども、御再答ニて事済候義ハ如例之省略致、其内要用之義のみ御答仕候。何事も代筆にて、行届兼候。此段、御海容被成可下候。

一　先便御頼、御意得候、拙蔵本并ニ稿本之事、御深切ニ御世話被成被下、御買入之品々御別紙に御印成《（記カ、ママ）》、右代金拾三両之処、内金拾両、前金に御渡被下べき《（濁ママ）》よしニて、為替御手形一通、是ヲ被遣、当地大伝馬丁御店久《（文カ、ママ）》右衛門殿ゟ可請取旨被仰示、万々忝承知仕候。当地御店へハ、七月八日出之御状ヲ以仰被遣候由被仰越、是又承知仕候。不差急候間、暫見合、当月五日、清右衛門拙宅江参り候節申付、大伝馬丁江遣し、右金子請取せ候。本類御地着後ニ而宜敷候処、御配慮被成被下、早束御渡し《マ、（ママ）》被下候ニ付、都合宜しく、大慶仕候。都而是等之一義者意外之御義侠、筆紙ニ尽し難、忝奉存候。此義者文多候間、下分《マ、（ママ）》ニ得御意候。依之、本文ニハ省略仕候。此段御心得、下分御熟覧《マ、（ママ）》被成可下候。但し、右本類、今日並便ヲ以、飛脚問屋嶋屋佐右衛門方へ差出し候。事文類聚ハ合巻ニ而十七冊と申候者暗記之失ニ而、廿三冊有之、箱入ニ候へバ、余程之〆目可有之候。此儀も御心得被成可被下候。

一　御頼之田舎源氏之事、六月六日ニ拙翰右御答申上候

後、六月中旬ニ至リ、右三十一編、清右衛門取出し候由ニて、持参致候間、早束《マ、(ママ)》御地江差出し度存候へども、あれのみにてハ脚賃費多く候間、暫留置、是又今便並便にて差出し候。価ハおろし直壱匁之由に候へ共、仲間内に有之候ヲ無理に所望致候間、壱匁二分遣し候由申候間、則清右衛門江右二部之代銭渡し候。此義、御承引被成可下候。委細ハ是又下分《マ、(ママ)》に印《マ、(ママ)》、御目に掛候。

一　種彦作諸国物語も、出候ハヾ、清右衛門へ申付、取らせ、上候様、七月四日之御状に被仰越候間、清右衛門拙宅江参り候節、其義申付置候。但シ、諸国物語是まで出板之分ハ御所蔵と奉存候。当年出板之分のみ御入用ニ候哉、ちとわかりかね候へども、先其趣ニ心得、新板出候ハヾ云々と申付候所、右諸国物語は西村屋与八板ニ候所、与八影ヲ隠し、見せハ戸を閉、右之板ハ仲間之者へ売候間、当巻新板次出し可哉《(ママ)》斗難候得共、新ぱん出次第買取、差上候様致可旨、清右衛門申候。燈台之暮ニて《マ、(ママ)》、小生ハ右之諸国物語之事、少しも存ぜず《(濁ママ)》、此度御状ニ而初而然る合巻有と聞知り候。御一笑と奉存候。田舎源氏も是又新板出候せつ、清右衛門ニ申付、上候様、被仰越、尤二部宛の由被仰越候趣、則清右衛門江申示置候。当清右衛門は然る筋之渡世をかね候者ニ候へバ《(濁ママ)》、行届可申候。勿論小生申付候義ニ候間、商売といへども、板元おろし直之儘差越候間、少々は御便利と奉存候。

一　政記・通儀并《マ、(ママ)》ニ科戸之風下之巻落丁五十五丁目之事、云々ニ付、是また清右衛門江申付、穿鑿致させ候様御頼之趣、承知仕候。右三本之事、清右衛門江申聞、とくとのみこませ、申付候間、清右衛門渡世之序、所々欠まハ《マ、(ママ)》り、先政記・通儀之事、日本橋須原屋・両国山田屋・浅くさ和泉屋・芝神明前岡田屋等ヲ聞糺候処、大方ハ取扱候事無之候間、知らず《(濁ママ)》と申候。此内山田屋佐助申候ハ、右政記・通儀者活板ニ而、出本すくなく、且素人之蔵板ニて、引受、売候者無之候間、何方ニて摺出し候や、仲間者に知り候者は有間敷候。但シ、政記之出本、新本ニてハ金壱両弐分、通儀も新本ニて銀拾匁も致べし《(濁ママ)》と申候由に御座候。又岡田屋嘉七申候者、右之二書稀ニ出候事有之、只今手前に無之候へども(濁ママ)、政記ハ表紙折付之見捨本ニ候へば代金弐分二朱、通儀は八、九匁位ニ候へども、板元ハ知らず(濁ママ)、市抔にて見受候ヲ仕入候由申候間、政記弐分二朱くらい之出本有之候ハヾ、いつニても知らせ呉候様頼置候由、清右衛門申候。扨又、科戸の風落丁之義ハ、両国山田屋佐介方江其段申入候所、右之板ハ相板元日本橋通り壱丁目小林新兵衛方ニ有之由佐介申候間、すぐニ小林江罷越、よく聞候へバ、其板ハ手まへニ無之、先生方ニ有之由申候。依之、みよしけんぎ(濁ママ)やうの宿所ヲ尋候へバ、湯嶋同朋丁の由申候間、其次之日、みよしの方江罷越候処、いといかめしき住居にて、けんぎ(濁ママ)やうの巨臂と見へ、玄関に主常マヽ体(ママ)之男居候ニ付、瀧澤ゟ参り候。科戸の風落丁之事云々と申入候へバ、篁民様ゟ之御使ニ候哉と申され候間、左様ニ候と申候へバ、奥江行、暫して科戸のかぜ(濁ママ)二、三冊携出、主人江申聞候処、科との風只今摺本ハ無之候。いつ頃すらせ申べ(濁ママ)く哉斗難候間、是ヲ御持参成候へと申候て、右之本ヲ出され候間、清右衛門申候ハ、否篁民入用ニハ無之候。勢州松坂之友人ゟ頼候義ニ御座候。依之、下ノ巻五拾五丁目のみほしく候由申聞候へバ、又奥江行、暫して立出、左様候ハヾ、五、六日中ニ摺せ可申候間、其頃御出被成可候。篁民様いまに御つゝ(濁ママ)が無候やと尋被候間、近頃ハ眼気衰、読書なり兼、困り候由申聞、罷帰り候。八、九日も過候ハヾ、又みよしの方へ罷越、催促致べ(濁ママ)く旨、清右衛門申候。左様ニ手おもく候ハヾ、右之本借うけ、五十五丁め引写ニ写させ、上候ても、御間ニ合可申処、清右衛門夫迄ニ行届かね候間、落丁未ダ持参致さず(濁ママ)候。(※)然れども(濁ママ)、此書状飛脚江出し候迄ニ手ニ入候ハヾ、封入仕可候。若間ニ合かね候ハヾ、手ニ入次第、幸便ニ差出ス可間、此段、御承知可(被脱カ、ママ)下候。当清右衛門ハ朴然人ニ候得ども、前之清右衛門と違、老実ニ候間、か様之事ヲ申付候ても等閑に致さず(濁ママ)候。抑是等之義、清右衛門なかりせバ(濁ママ)、小生御世話十分壱もなり兼候。以来御注文之本類・草紙類御入用之節ハ、直ニ御状ヲ以、清右衛門方江仰遣れし候方、御便利と奉存候。但シ、入組候御文通抔ハ出来かね候間、御注文書のみ被遣、此分飛脚江出し候様仰被遣候ハゞ、小生方へ仰越候ヲ清右衛門江申付、其本又小生方江持参致、拙宅ゟハ殊ニ遠方之飛脚江出し候ゟハ尤近道ニ候間、此段、御勘考被成べく候。御承知に候ハゞ、此だん、清右衛門江申付可置候。小生眼気衰候以来、か様之事も行届かね候間、右之趣ニて然可奉存候。

（当項中、※ノ条、左記ノ頭書アリ、即チ、
右落丁ハ四、五日以前、漸く手に入候由ニて、飯田丁成娘、手前江用事有之、参り候序ニ持参致候間、此状中江封入致、上候。委細ハ下分ニ印、上候間、御覧可被成被下（候脱カ、ママ）。）

是ゟ下、先便之御答可申上事多候へ共、不差急義ニ候間、末文ニ致、先要用之義可申上候。此故ニ、本文前後ニ相成候。此段御心得、御覧被成可被下候。

一　八犬伝九集下帙ノ下編之上五冊、先便得御意候ごとく、周刻（彫カ）（ママ）近々出来、昨日売出し候間、御兼約ごとく、二部今日並便ヲ以飛脚江差出候。代金ハ毎（マ、）（ママ）之通り、壱部ニ付、おろし直金壱分二朱宛のよしに御座候。兼而申上候とふり、大暑ニ至り候ハゞ、衰眼弥霞可申存候所、果して土用中ゟ此節迄も孤眼甚かすみ、日昼（中カ、ママ）ニハ別而ちらつき、只雲霧之内に如有、二、三尺之間も碇と見へわかず（濁ママ）、夜分も只燈火のみかすかに見ゑ候のみにて、不自由言ばかり無候。かゝる折から、八犬伝彫立校合追々に板元ゟ差越、売出しヲいそぎ、せり立候間、無是非拙媳ニ申付、是ヲ読せ、聞候て、板下ニて誤脱之見落、かなのかけ候処ハ補せ候へども、真名ハ女子にわかりかね候間、定而かけもあやまちも其儘にて可有之哉。何分ニも自見ゑわかず候間、力不及候。御覧之節、誤字・かけ・違等御見出し被成候ハゞ、如例御捎（マ、）（ママ）録被成被下候様仕度、奉頼候。此義者、貴君ならで（濁ママ）心付呉候人無之候。先便ニも被仰越候ごとく、間近キ御住居ニ候ハゞ校合ヲ願候ハんニ、百十里の遠方ニてハ其義成難、遺憾之事に御座候。さし画も

同様にて、板下ハさら也、彫立候ても、其大方ハおぼろ(濁ママ)げニ見へ候へども(濁ママ)、こまか成事ハ少しもミへず候間、傍之人に見せて、云々と聞候のミにて、自見候事無之候間、画ニもあやまち可有之哉、斗難候。是また御心付奉稀(ママ)候。且、御覧後、御略評、先以御書状中ニ御しめし可被下候。此次、下帙下編之下ハ、六月中得御意候とふり、五月中大暑ならぬ時に取かゝり、四十一・四十二ノ上下三冊ハ綴り遣し候へども、筆工病気ニて、四十壱の巻本文板下出来候のみニて、四十二上下ハいまに板下不出来候。はん元甚せり立候へども、筆工之延引ハ反て小生為ニハ幸ニ御座候。此節之やう子ニてハ稿本少しも不出来候。是ハ、代筆致候者無之候間、当惑致罷在候。御憐察被成可被下候。

金瓶梅八集も同様ニ候へども、是ハ平がな故ニ、二冊目ゟ下ハ拙媳ニ代筆致させ、どやらかうやら六月大暑前ニ綴遣候。画割ハ代画之者無之候間、手さぐりニて画かき候付、頭二ツ有人抔出来、或者襟胸ニ目鼻有人抔いでき(濁ママ)候へども、さすが(濁ママ)に国貞故、板下ハ如例宜敷出来、上帙四冊ハ書画とも板下出来、只今彫立居候間、此分ハ当冬早く出板可致候。下帙四冊ハ国貞画ニて幕支、板下いまに壱丁も出来かね候へ共、下帙も、出板之節、二部御覧ニ入候様可仕候。家事ハ拙媳壱人之外助ニ成候者無之処、当年ハ小生机辺ニ日々引つけ、或ハ合巻之代筆致させ、或ハ読本校合致させ候間、薪水之外、衣服之とき洗致候姑無之、春ゟ打捨置候所、此節ハつゞれ(濁ママ)させてう虫もなき候へバ、孫共の衣類に手支候ニ付、夜な／＼更闌迄孤燈之下ニ壱人刺縫致、ねむり候間ハわづか(濁ママ)ニ候や、小生は宵ゟ蚊屋ニ入候間、知らず(濁ママ)候へども、古児早世(ママ)之後ハ、かれのみ家事之助ニ成候。か様之事共申出候て慰候ハ貴君之外ニ御座候間、老之諄言、是又御憐察被成可被下候。但シ、是等之趣、桂窓子・黙老人へハ、御噂被成可被下候。其外之御人達へハ、御無用成可被下候。

一　当正月上旬着之八犬伝九集下帙中之御評書二冊、春中如得御意候、其節ハ少しハよまれ候間、上冊三十丁余り、数日かゝり読見候へども、読候ハ書候より眼気疲労候間、先写させ候て、緩〱読候ハんと存候て、筆工内職之者に写させに遣し候処、大ずるけ(濁ママ)ニ而、六月中迄も出来兼候間、度々催促致候処、七月ニ至り、わづか(濁ママ)に九枚斗写候て、返され候。依之、外人ニ写させ、一百四十五丁、此節漸写畢候。手跡拙無(ママ)、且見写ニ候間、必誤脱可有之候へ共、小生ニハ一行も見へわかず候間、無是非、八犬伝と同封ニ致、今日飛脚江差出し候。拙答ハ右之仕合ニて、長キ事ハ出来かね候へども、さしも御骨折れ候御精評ヲ読果ずして、一言の御巧拙を弁じ不申候てハ、無御本意思召候ハんと奉存候間、当月ニ至り、毎日二郎ニ読せ、聞候へども、彼も拙媳抔同様ニて、真名ハ普通之字もよみえず(濁ママ)候間、一行言ニ《マヽ》(ママ)字ノ形ヲ聞て、夫ハ何と言字と教々、為読候間、大キニ日間入《マヽ》(ママ)、六、七日かゝり、漸く読畢せ候。其字之形ヲ聞候時、何ヘン、何ツクリと言事も弁ざるものニ候間、其字之形ヲ言ニ迂遠ニ候間、殊之外苦心致候事ニ候。読候者は猶以大よハりニて、一向ニわからず(濁ママ)、面白くない物じや(濁ママ)とのみ申候。御一笑被成可被下候。但シ、御評中多く本文之字ヲ御用被成候間、本文ヲ熟讀して居ざる(濁ママ)者ニハつけガナ無てハ讀ズ候事多く有之可候。長州宮様江奉入御内覧ニ候ても、恐らく女房達ニハよめかね候ハんと奉存候。折角御精評被成候ても、読候人稀ニ候てハ遺憾之事ニ御座候。いかで下帙ノ下御精評被成候ハヾ、遠キ字ニハつけガナ被成、或ハかなヲ多く、誰ニもよめ候やう被成、被遣可被下候。左様ニ無之候て者、拙宅ニ而読候者無之候間、致方なく、其儘返上仕候ゟ外無之候。扨右御評拝聞致候所、御妙評多く有之、又いかにぞやと存候も無ニあらず(濁ママ)候。其内第一之御妙評ハ、金碗姓氏之段ニ御座候。小生右之仕合ニて委舗キ御答弁ハ出来かね候へ共、あれ程之物に一言も添ず(濁ママ)して返奉候ハヾ、弥無御本意思召候ハんと奉存候ニ付、稿本ヲ代筆致させ、夫ヲ又筆工ニ写させ候物、九丁斗出来候間、御精評之下へ付、備御笑に候。但シ、其内ニハ諷諫めきたる失敬之義も有之、恐入候へども、数十年の御知己がいニ無憚しるし付候。右写筆耕料・紙代ハ、三朱ト廿文余ニ御座候。委細ハ本もんの末にしるし可申間、御覧被成可被下候。右九丁の拙答ニ而褒貶分明に候間、頭書ハ不致候。代筆致させ候者無之、教、書せ候てハ甚煩敷、且御精評を反支(故カ、ママ)ニ致候間、頭書無方然るべ(濁ママ)く奉存候。余ハ御遠察被成可被下候。文辞ハ是まで人ニ代筆させて綴候事無之候所、金瓶梅八集并ニ八犬伝之御評答ハ、初而代筆にて綴候へバ、さて〳〵不如意之事ニ候。如御存之、文章ハしば(濁ママ)〳〵読返し、過不及ヲ補、語路ヲよくし、入佳堺ニ候(マ、(ママ))へバ自然と妙文も出来候物候処、文ヲしらず、字ヲ知らぬ者に代筆致させ候へバ、大抵口うつし壱度のみニて、読返させ、誤脱を補候のみニ候へバ、読候ニ糟溜、拙文之上に弥拙ク、十段も二十段もおとり候。其上、其代筆致候ヲ自見候事成がたく候間、誤字・かな違有之候てもたゞし候事ならず候へバ、心元無のみニ御座候。是等難義ハ極老衰眼の上なら(濁ママ)でハしり難候事ニ候へバ、御心得之為に注し申候。是ニて、万事不自由、御察被成可被下候。

○是ゟ又、先便の御答申上候。

一　大東国郡図之事云々ニ付、長谷川氏江御相談被成被下候処、御同人代金二両弐分ニて御取入被成可由仰被下、承知仕候。すべ(濁ママ)て此売本之一義ニ付てハ、年来御信友之御義侠あらわれ、御礼寸楮ニ尽しがたく、忝大悦仕候。五ヶ年以前、蔵書三、四十箱沽却致候節、貴君へも御相談致度存候へども、御取縮之事かねて承り居候得者、右之趣遠慮いたし、申上ず候へ共、又此度ニて両三度に及候ヲ、御相談不仕候てハ御信友之御本意に違候ハんかと思ひ返し候て、御相談ニおよび候所、承知被下、御懇友江多く御すゝめ被下、貴翁も稿本等御取入可成旨、逐一承知仕候。かゝれバ、五ヶ年以前ニも御相談仕候ハゞ宜しかりしにと、今更存候程之事に御座候。御取縮之内ニて、別而忝奉存候間、万一之御礼申上候。此段、長谷川氏江も宜敷御噂奉稀候。(マ、(ママ))

一　白石物之事云々申上候ニ付、例之御懇友御姓名も、

先年桂窓子ゟ承り、書留置候へども、只今ハわすれ候。右之《(ママ)》御仁只今ハ若山ニ帰リ居れ、右之趣被及御聞候ニ付、

読史余論、御同人之御蔵書ハ悪書のよし。小生蔵本、善本ニ候ハヾ、御取入成たきよし被仰示、承知仕候。此義者、長谷川氏御取入之東雅の義及御聞ニ付ての事之由、是又承知仕候。読史余論ハ当地書林にまれニ而、たま〳〵有之候ても悪写本ニて、用立兼候。小生蔵本ハ大字ニ候へども、筆者上田流ニて、俗手跡之うへ、始メゟ終迄誤字多、用立かね候間、一とせ夏休之せつ、こと〴〵く校訂致、本ハよごれ《(濁ママ)》候へ共、極善本ニ致置候。至今ニ候てハ読候事成がたく候へ共、入用之節ハ人ニ教て読、且苦心致手入致候書ニ付、家ニ残し候半と存候へ共、何分財用世話敷キ折と申、かねて承り居候御人之御所蔵に成候ハヾ、ゆづり参らせ候ても惜からず奉存候。乍併、苦心之手入本ニ付、東雅ゟ愛書ニ候へバ、価金千疋位迄ならバと奉存候。但シ、其上に猶望有之候。右之御人様御書蔵《マ、(ママ)》之読史余論ヲ交易被成、此方江被遣被下候様仕度、奉存候。尤、右御蔵本御買入直段ニて千疋之内ニて御差引被成候ハヾ、余ハ手入之料と思召候ハヾ、高料ニも有之間敷キ哉と奉存候。是等之趣、先様へ被仰進ぜ、御承知に候ハヾ、被仰越次第、小生蔵本御目に懸候様可仕候。其節ハ先様御蔵書之読史余論之価何ほど申事被仰示、且右之書も拝見仕度候。読史余ろん・藩翰譜《マ、(ママ)》・白石叢書ハ数年手入致候苦心も格別ニ而、尤愛書ニ御座候間、右之通りニ思召可被下候。慾張候義ハ無之候。御一笑と奉存候。

一　南柯夢稿本之義、云々被仰越、忝奉存候。未ダ望人も無之候ハヾ、価ハ何れにても苦しからず候間、宜敷御世話頼奉候。右稿本といん本と御引くらべ《(濁ママ)》被成御覧候処、ほく斎さし画稿本と同様ニハ候へども、人物之右ニ有ヲバ《(濁ママ)》左リニ直し、或ハ添もし、へらしも致候。此心じつ《(濁ママ)》ヲ以云々被仰示候御猜之趣、少しも無違、流石ニ是ハ君なるかなと、甚堪《(感カ、ママ)》心仕候。小生稿本之通りニ少しも違ず画

かき候者ハ、古人北尾并ニ豊国、今之国貞のミに御ざ候。筆の自由成故ニ御座候。北さいも筆自由ニ候へ共、己が画ニして、作者ニ随ハじ《(濁ママ)》と存候ゆへニ、ふり替候ひキ。依之、北さいニ画がゝ《(濁ママ)》せ候さし画之稿本に、右ニあらせんと思ふ人物ハ左り絵《マヽ(ママ)》が《(濁ママ)》き遣し候へバ、必右ニ致候。実ニ御雅り《推カ(ママ)》やうニ相違御座無候。御一笑〳〵。

一　先頃御取入之平妖伝、被成御熟覧候所、昔年飛読ニ被成候とハ格別ニ而、面白く思召候由。右以前封神演儀《マヽ》成《(ママ)》御覧候故、一入思召に応じ候段、さこそと奉存候。右ニ付、西遊記・封神演儀・平妖伝三書之御評も愚意と遠からず《(濁ママ)》候。但シ、西遊記は無類にて、右二書之及処にあらず。封神演儀ハ如御評之大舞台に候へども元来より所有、平妖伝ハ小芝居ニ候得ども、より所なく、作者之意衷ゟうみ出し候趣向ニ候へバ、封神演儀よりはたらき候様ニ覚候。封神演儀ハ先年かい取、暫処蔵致候得ども、久敷事故、具に覚不申候へども、玉藻前・三国白狐伝之本家ニて、是も大筆ニあらざるに《(濁ママ)》あらず候。猶又御勘考あらまほしく奉存候。

一　愚孫御番代願之事尋被下、忝奉存候。此義存之外家《マヽ》障《(ママ)》出来、今以埒明兼、甚心配致候。併乍、来月頃ゟ伺書差出し、当冬迄ニハ可被仰付やと奉存候。右ニ付、種々散財多、蔵書抔沽却致候事ニ御座候。愚孫何分ニも幼年ニ而、且内ゟ邪魔致候者有之候間、如斯延引ニ及候。考《老カ》子《(ママ)》ニ名と器物とハ借スべ《(濁ママ)》からずと有事、かねて知らざるにあらず候へども《(濁ママ)》、よもやと存候て、今更後悔之外御座無候。右ニ付ても、弥心急がれ候。余ハ御賢察被成可被下候。

一　科戸之風落丁の事、前文ニ得御意候如く、清右衛門みよしの方へ罷越、欠合《マヽ(ママ)》候後、又罷越候へ者、或者他行、或ハ不快抔と取次ヲ以申断、凡四度程清右衛門みよし方へ罷越候間、さすがに断の言葉もつき候や、同人方ニ有之候製本之とぢヲはなし、下ノ巻五十五丁目壱丁、漸く手ニ入候由ニて、清右衛門差越候間、則此状中へ差入、上候。御落手被成可候。抑、此壱義ニ付てハ、清右衛門よほど（濁ママ）骨折候事ニ御座候。中頃、みよしの方あまり埒明兼候間、清右衛門又小林新兵衛方江罷越、同人方ニ有之候しなとの風の内、右落丁壱丁抜くれ候様願候へども、此うちニて抜候てハ、先生方ゟいつすらせ、差越候や斗難候。左候へバ、此本賣物ニも成兼候間、右落丁ハ先生方ニて貰候様申断候間、是非なく、如前文之度々みよしの方へ罷越候由ニ御座候。是又御賢察可成被下候。

右者、先便之御答ニ御座候。前文二、三ヶ条手前かゝせ候内、媳婦霍乱且又持病之虫積（癪カ、ママ）、当春之ごとく厳敷さしおこり、大難義致候間、代筆之者無之、御返事弥延引ニ及候。両三日以前より漸起出候間、未ダ全快ニハ無之候得共、又代筆申付候。是ゟ下ハ、又当用之事御意得候。

一　御注文之傾城水滸伝稿本取しらべ（濁ママ）候所、如何致候哉、第三編之稿本無之候。能々考候へバ、昔年、名主改おそく相済候節、売出し後ニ成候間、板元方ゟ返さず候やとも存候のみニて、聢とわかりかね候。右板元鶴喜も、傾城水滸伝彫候主人ゟ今ハ三代ニ成り、当主人も其次男ニ候所、足気ニて、当月上旬、廿六才にて病死致候間、板元江聞ニ遣し候ても、知る者無之候。一旦紛失致候稿本、外ニ類本無之候間、今更せんかた御座なく候。依之、右三編稿本之代として、金魚伝上編・下編、右二編上候。是も中編ハ板元ニて失、はした物ニ成候へども、唐山之正説（マ、ママ）ヲ翻案之稿本ニ候得者、是ニて御勘忍可成被下候。壱編之代に二へん上候へども（濁ママ）、代之事故、やはり水滸でん三編只壱編之積りニて御入手可成被下候。貴君御取入之分ハ価少し減候ても不苦から候由御得意候所、云々被仰越、矢張定の価ニて御勘定被成被下候趣被仰示、万々忝奉存候。追々に御苦労奉掛、汗顔之仕合ニ御座候。此ほか、巡島記・質屋庫等者、稿本揃有之候。但シ、質屋庫ハ摺本反て不宜敷候間、稿本ヲ可残置存、五・七年以前に製本致させ、表紙掛させ置候間、其まゝ上候。表紙掛之分、外稿本ゟ御とく用と奉存候。

一　金ぴら船稿本も此節取知（調カ、ママ）らべ（濁ママ）候処、八編之内、弐編有之候のミに候。此板元ハ、前々ゟ兎角稿本ヲ留置、不返候間、金瓶梅稿本抔も不揃ニて有之候。されバとて、只今板元江故なく取ニ遣し難、仮令取ニ遣し候ても、年久敷事故、大方ハ有之間じく候。依之、金ぴら船不足之代として、殺生石後日五編そろひ稿本、上候。是ハ五編ニ候へ共、初編二冊ハ七、八十丁有之、二編も四十丁ゟ多く有之。此五編ニて金ぴらぶね八編と出合候へども、こんぴらぶねハ御注文之義ニ付、右二編も差添候。是ニて御勘忍被成被下候様、長谷川主へ宜敷御取なし奉頼候。右殺生石後日ハ拙者方に有之候稿本、ミの摺ニて、極上本ニ候間、貞操院宮様へ五ヶ年以前ニさし上候。其後、板元ゟ可かい入存候へども、只今ハ甚摺つぶし(濁ママ)、きたなく、よめかね候間、是も稿本ヲ可残置存、先年製本申付、たち合等同寸法ニ致、表紙掛させ置候間、是又外稿本より製本だけ(濁ママ)御徳用と奉存候。此稿本初編・二編ハ半紙二ツ切ニて、三ぺんゟ五編迄ミの紙二ツ切ニ書候。此故にちいさ成ハ接足せ、大キなるハ裁落させ、頗心ヲ用候得ども、金毗(毘カ、ママ)羅船稿本不揃ニ付、無是非手ばなし申候。是等の趣も長谷川主へ宜敷御噂被成被下(可脱カ、ママ)存候。

(コノ項、左記頭書アリ、即チ、

一金毘羅船稿本之義ハ、桂窓子ゟ被申越候所、覚違致、貴君ゟ之御注文ト存、上文之ごとく御答ヲ書せ候後、桂窓子へ之返事又代筆致させ候半と存、同人先便之書状ヲふたゝび読せ、聞候処、右之通りニ御座候。依之、金毘羅船稿本・殺生石後日稿本ハ差出さず(濁ママ)候。桂窓子注文も金ぴらぶね初編ゟ三編迄ほしく候由、被申越候。上文のごとく、七編・八編之稿本有のミ、其外ハ無之候。よしや有之候ても、引はなし、はしたニハ譲難候ヘバ、同人江断申遣し候。但し、殺生石後日稿本のみニ候ハゞ、代金弐両ニてゆづり(濁ママ)渡したく候間、望人御聞出し被下候様奉稀候。尤、金ぴら舟稿本之一条、上文ハ間違ニ候間、御取捨可被下候。極老ニ及、記臆(ママ)甚わるく成候上、長文書状人ニ読せ、聞候故、覚違おふく、汗顔の至りニ御座候。御一笑と奉存候。)

且また文之定紋稿本ハ桂窓子ゟも注文有之、右七月四之(日)書状(脱カ、ママ)、貴君御状ゟ四、五日先ニ着致候ヘバ、先役(便カ(ママ))ニ似たれ共、貴君ゟハ代金早束(マヽ(ママ))御渡し被下候間、貴君江団扇ヲ揚候が(濁ママ)理の当然と存候間、右稿本も封入仕候。但シ、此義、今便桂窓子へも返事申進じ候間、何れとも御相談之上、桂窓子へ御ゆづり成候とも、思召次第と奉存候。桂窓子ハ八犬伝六編之稿本ヲほしと申され候のみニ候。かゝる事ニもかたく取〆、如才無事と存られ候。八犬伝者六集ゟ末迄有之、五編迄無之候へども、中ヲ抜候事ハ難致候へども、初〆の六集故、望ニ任候事ニ御座候。是等もぢよ才なき斗イと存候。

一　皿皿郷談・春蝶奇縁・常夏草紙・三国一夜物語等之稿本有之候ハヾ御取入可成由被仰示、御書中之趣、承知仕候。右之稿本ハ何れも無之候。但し、此内皿皿郷談ハ七、八年以前、外ニ有之候由聞出し、ミの屋甚三郎ヲ以先方江欠合せ(掛カ、ママ)、辛じて取戻し候。此書焼板ニて、只今江戸ニ壱本も無之候間、右稿本、年久敷外ニ有之候内、少し虫入候得共、表紙掛、製ほん致させ、ひそう致候へ共、校合摺本手前ニ壱本有之候間、則手ばなし(濁ママ)、御注文ニ応じ候。此稿ほんハ、先日之御書付之外ニ御座候。右ニ付、御労煩奉頼たき一義御座候。則、左に印、申(マヽ(ママ))上候。

一三国一夜物語
一旬殿実々記
一春蝶奇談
一月氷奇縁
一常夏草紙
一水滸画伝　初編十一冊

右者焼板ニ成候も多く、或者上方板ニて、江戸ニハ甚稀ニ御座候。御地書林抔ニて下直之古本御見当り成候ハヾ、御かい取、被遣可被下候。小生蔵本ハ何れも最初摺にて、極上本ニ候所、五ケ年以前、貞操院宮様御所望ニ付、差上、只今ハ所持不致候。よしや有之候ても、衰眼ニて一行も読候事ハ成難候へ共、家内之者見たがり(濁ママ)、且壱本ハ家ニ残し候ても宜敷候間、無拠奉頼候。此義、桂窓子江も申入候間、被仰合、宜鋪奉稀候《マヽ(ママ)》。いそぎ候義ニハ無之候。追々御心掛ケ、揃候様致度候。就中月氷奇縁、只今ハ下り本無之、江戸にてハ得難候。

一　御地之気候詳ニ御知らせ被下、忝承知仕候。当地も六月以来両度之大風雨ニて、両度之出水ハ御同様に御座候。下総辺葛西二合半、其外武蔵・相模も低キ所ハ水難多く候由。右ニ付、七月ゟ米価俄ニ踊貴致、市之内、白米小売ハ壱升百三十二文くらいニて、今ニ同様と申事ニ御座候。然共、大破無之候間、大相場ハ無程引下ゲ候由ニ候へ共、小うりハどうやうに候。六月中土用前迄ハ雨しげく《(濁ママ)》、冷気に候処、土用ニ入、快晴打続、盆前迄大暑に御ざ候。盆前ゟ盆後ニ至り、俄ニ冷気ニ成、甚凌易、最はや秋気ニ成候かと存候処、七月下旬ゟ吹かけ、雨日々にしげく《(濁ママ)》、又秋暑に立帰り、八月に至りてハ残暑甚しく、月見後迄凌かね、土用中ゟも大暑に御ざ候。四十三ケ年以前、寛政十年八月之あつサと同様之きかうニ御座候。依之、大抵中之豊作ニ可有之やと存候。八月朔日并ニ二百十日・二百廿日之物日も風雨無之、おだやかに御座候。但し、八月七日之二百十日ハ、夜ニ入、雨ふり候へども、かぜなければバ《(濁ママ)》、能しめりと申スほどの事に御座候。綿ハ二割程引上ゲ候。紙者弥高料ニて、且物切多く、上物ハ無之候。此本ハ《(許カ、ママ)》相替事御座無候。今便並便ニてさし出し候書策類紙包ハ別紙ニ記候間、本文ニ省略仕候。ふつゝか成代筆ヲ以得御意候処、反て御称誉に預り、恥入候事に御座候。字ヲ知らず候間、教〳〵書せ候ニ付、誤字多、分兼候事も可有之候。宜敷御雅乱《推覧カ(ママ)》奉稀《マヽ(ママ)》候。

恐惶謹言

八月廿一日　　瀧澤篁民　解

篠斎大人
　玉机下

(右名書キ中、「解」一字自署ト紫影朱注アリ)

二九　天保十一年八月二十一日別紙（代筆）

（紫影注朱書端書）日付ナシ、代筆

以別紙啓上仕候。然者、拙蔵本御取入之分、御別紙御書付拝見、承知仕候。依之、今般飛脚問屋嶋屋佐右衛門江以並便差出し候渋紙包、二ツに致候。書策、左之通りに御座候。

一事文類聚　　唐本箱入 合本二十三冊 但、写本壱さつ

代金弐両

本文ニも如申上候、合本十七冊と記候ハ覚違ニて、廿三冊ニ御座候。価弐両ハ岡田ニて付候直段ニ候間、飛脚賃よ程かゝり候ても、さバかり高料ニも有間敷やと奉存候。

一傾城水滸伝　　稿本、初編より十三編迄、止

代金三両二朱

内第三編紛失。

右之替りとして、金魚伝上帙・下帙二編、差添申候。

一朝夷巡島記　　稿本六編迄 分巻三十冊

代金三両三分

此書第六編ハ四冊ニて、廿九冊に候へども、板元ニ而分巻致候間、三十冊ニ成候哉と覚申候。

一質屋庫　　製本、表紙掛ケ 稿本五冊

代金弐分二朱

一合巻物文の定紋　　六冊

代金三朱

右者、今便差出し候分ニ御座候。又先便さし出し候分、左之通り、

一大東分界図　　代金弐両弐分

一赤本事始　　〃　三朱

一南柯夢　　〃　弐分弐朱

右者、被仰示候ごとく未ダ望人無之、御取入置成候由ニ候へバ、価ハいか様にても宜敷御ざ候。此書出板之頃、大流行致、人の知れる物ニ候得者、ほかに望人御

座候ハヾ、三分にても三分二朱ニても相当可致やと奉存候。

〆代金拾三両也（「瀧澤」ノ押印アリ）

内、金拾両

慥ニ請取申候。（「瀧澤」ノ押印アリ）

子ノ八月廿一日　　瀧澤篁民㊞（「瀧澤」）

殿村佐六様

外ニ、

一皿皿郷談稿本　製本、表紙掛かけ《（衍カ、ママ）》　六冊

右先便御本文ニ被仰示候内之有合ニ候間、今便封入致、さし出し候。御落手之上、可然御取斗奉稀候。以上

追啓

拙翰本文ニ申もらし候、六、七年以ぜん、恩昔《借ナルベシ（ママ）》之醒々恒言并ニ快心編、先年云々申上候処、当分御入用ニも無之候間、幸便有之候迄留置候様、恩《御カ（ママ）》言ニ任、其儘打過候処、小生衰眼ニて読書之楽致難、且極老ニも及候間、只今之内返上致、安心仕度奉存候。尤、年々虫ぼし致、箱ニ納置候のミニて、一覧之暇も無之、此書借用之頃、故児早逝致、夫〻打続き家事ニ取紛、四ツ谷江転宅後ハ年々老眼衰、六、七年留置候かいもなく、其儘ニて返上、遺憾不少候。御憐察可被成下候。

一醒々恒言　壱帙

一快心編　二帙

右ハ別封ニ致、是又飛脚へ差出し候。御落手可成被下候。御礼今更尽し難、忝奉存候。以上

八月廿一日　　著作堂　解

篠斎大人

玉机下

三〇　天保十一年八月二十一日　（代筆）

別翰覚

（紫影注朱書端書）代筆

覚

一金三分　八犬伝九集下帙
下編ノ上五冊二部

一二匁四分　田舎源氏三十一編弐部

一四百文　山白上半紙八帖
毛わく摺賃共

一九百廿文　八犬伝御評
写百四十五枚
外ニ評答九枚ハさし除候。

一無料　しなとの風落丁壱枚

〆金三分ト二匁四分
壱メ三百廿文、此金三朱ト廿文

合金三分三朱ト三百八文

右之通りニ御座候。八犬伝御評写ハ必誤脱可有之候得共、見候事なり難候間、無是非其儘ニて上候。いかで宜敷御校閲成候様、奉存候。右者、紙包壱ツニ致、飛脚江差出候。此書状ゟ十日余もおそく着致候半と奉存候。以上

三一　天保十一年十月二十一日　（代筆）

（朱書端書）子十月廿一日出、同廿八日着

尚々、如例女筆の代書ニて、誤字并ニよめかね候所も可有之哉、斗難奉存候。御勘定あいの事等も、小生算盤玉見へわかず候間、無算ニ御座候。宜敷御推覧被成可被下候。

一筆啓上仕候。追日而寒冷に赴候処、御全家様弥御安全被成起居、珍重奉存候。拙宅無異ニ罷在候間、乍憚御休意被成可被下候。然者、九月廿四日出之御細書并ニ為替御手形、外二通共、壱封ニて十月三日夕当着(ママ)、則拝見仕候。右以前、九月十六日出之御紙包者並便りニて十月十日当着致、是又拝見仕候。右両度之御状御答早束(ママ)可仕所、九月中ゟ当地眼病流行致、媳婦并ニ二郎等眼病ニて、代筆之者無之、意外に及延引ニ候。此段御海容可被下候。八月廿一日出ニて是ゟ得御意候拙翰ハ九月二日ニ相達シ、御覧被成被下候由、且又同日ニ並便ニて差出し候紙包四ツハ九月十五日に御地江相届キ、御落手成候よし御案内被仰越、安心仕候。右紙包飛脚江差出し候八月廿一日ハ、前夜ゟ雨天にて候得共、先便御返事延引致、且八犬伝稿本一日も早く御目に掛度奉存候ニ付、昼まえ雨やミの内、右紙包四ツ、雇人足にせをハせ、内々にて二郎ヲさし添、瀬戸物丁飛脚屋嶋や江持せ遣し候所、凡十丁斗も行つらんと思ふとき、俄に大雨ニ成候間、右人足紙合羽ハ着候得ども、甚敷大雨故、紙包ぬれやしつらんと存候所、果して紙合羽の裾上り候所より少々ぬれ候紙包有之に付、嶋やニて不請取候間、二郎儀取斗、拙者知る人伊勢丁河岸西川伊三次と申者之方へ罷越、紙包壱ツぬれ候ヲとき開、見候処、内なる油紙者しめり候得ども、内なる唐本ハぬれず候ニ付、油紙ヲ干かわかし、西川氏ニて包紙ヲ貰請、封直し、上書元のごとくに書直し、又島屋へ持参致候由ニ御座候。此外、稿本入候一包、本箱入候渋紙包も少々ぬれ、且すれも出来致候へども聊之事ニて、内迄とふり候事ハ無之候間、是又ほしかわかし、其段訳書書添、嶋屋江渡し候間、彼是ニて日間入《マヽ(ママ)》、夜ニ入、二郎帰宅致、右之段申聞候間、甚不安心ニ存候所、右四包ともぬれも無之、事文類聚入候本箱ハ道中ニて少々そんじ《(濁ママ)》候へども、釘御打直し成候へバ、為差《マヽ(ママ)》きず《(濁ママ)》ニならず候て夫々長谷川氏江御渡し成候由、先以大慶、安心仕候。右ぬれ候壱包ハ返上之唐本三帙に候間、なかんづく《(濁ママ)》心苦敷候処、何れも無異ニて、安心此上無奉存候。

一　御世話成被下候売本代残三両、外ニ八犬伝新本二部、皿皿郷談稿本六冊、八犬伝御評写紙・筆料とも金四両弐《田舎源氏二部》分三朱、右者大伝馬丁御店文右衛門殿より請取候様被仰越、御手形壱通御遣し、忝奉存候。其後右之金子文右衛門殿ゟ受取、諸勘定相済候間、御安意被成可下《マヽ(ママ)》候。右一義ニ付、段々御心配成被下、大ニ助ニ相成、御礼申難尽、悦敷奉存候。事文類聚冊数かぞへ《(濁ママ)》違之事被仰越、承知仕候。老耄之上、眼気悪く、覚違・かぞえ《(濁ママ)》違等、毎度有之、御一笑と奉存候。

一　御頼の信戸のかぜ《マヽ(ママ)》落丁、清右衛門江申付、漸々手ニ入候間、八月廿一日出状中ニ差入、上候所、御落手成、且清右衛門格別骨折候ニ付、御謝礼として御菓子料金壱朱被遣之、於拙者ニ忝仕合奉存候。併乍、右壱義ハ小生申付候義ゆへ、御礼等ニ不及事ニ御座候処、是又御心配甚気の毒仕候。なれども《(濁ママ)》、節角之御志ニ付、其後清右衛門拙宅江参り候せつ、右之段申聞、御進物壱包渡し遣し候所、清右衛門義も愚意同様ニて、申難請由是ヲ申、堅辞候へども、其意ニ任、返上仕候てハ反て思召ニもとり候て失礼ニ候間、請取置、異日紙包幸便等之節、何ぞ錦絵ニても合巻物ニても御返礼ニ進上致候やう、申聞置候。右之仕合に候へバ、清右衛門存寄ざる御たま物に預り、忝奉存候。宜敷御礼申上度由申候。此段、御承知被成被下べく候。

一　傾城水滸伝稿本第三編ハ不足之事かねて御承知ニ候得ども、右稿本着之節、御改被成候所、初編下帙四冊・十二編下帙四冊、右八冊ふそくニ付、若此方ニて取落し、不足致候や。然も無之候ハヾ、元来不足ニて可有之思召候由被仰示、今更驚れ候。さし出し候節、媳婦ニ改させ候所、第三編之外不残揃居候由申候間、其儘包せ候也。小生不眼ニて、人任ニ致候間、行届かね、恥入候仕合に御座候。但シ、だい三(濁ママ)べん不足の代ニ、金魚伝稿本上編・下編十六冊差加候間、夫にて勘定ハ合候へども、最初之約束ト違候間、被買取候長谷川氏江気之毒に思しめし候由、御尤之御義ニ奉存候。勿論はせ川氏ハ彼是被申候事ハ無之候得共、右稿ほん不足之分、尚又せんさく致、愈無之候ハヾ、板本ニても右不足の代りニ差出し候様、委細被仰越候趣、承知仕候。右稿本ハいつ頃紛失致哉覚ざるほど(濁ママ)の仕合に御座候間、手前にハ無之候。依之、代として板本ヲ上可申存候て、早束清右衛門ニ申付、板元鶴や江尋ニ遣し候所、右傾城水滸伝板ハ、先主人の時、不残外江質入致、久敷摺不出候間、板元其外小買店ニも無之候由ニ御座候。無之とて其儘さし置難、左候ハヾ、あき人・素人ニ不限せんさく致、所持之人有之候ハヾ、代金ハ三朱ニても壱分迄ニ候ハヾ買取可申間、心あての限りせんさく致候様申付置候へ共、兎角ニ無之由申候。然る所、先年毎編飯田丁娘江求遣し候本有之候。是ハ初編ゟ十三編上帙まで(濁ママ)揃居、仕舞置候間、少々やけこが(濁ママ)しハ有之候得共、其外ハさば(濁ママ)かり手ずれも致さず(濁ママ)有之由申候間、則娘方へ申遣し、第三編八冊、初編下帙四冊、十二編下帙四冊、娘方ゟ取寄候。右之草紙、只今得難候間、おしかくし置候哉、清右衛門は昨今ニ而、有無お存せず(濁ママ)候間、骨折、外をせんさく致、煎つめ候て、漸〱娘所持之事を申出、小生も其義忘居候間、清右衛門に骨折せ候事に御座候。娘義ハ難義がり候得ども、迚もはほんニ致候事故、第三編も取寄候。板本ニハ御座候へ共、行末ハ知らず、只今ハ得難候間、第三編板本ニて宜敷思召候ハヾ、御留置れ、先達代りニ上候金魚伝稿本御返し可被下候。それとても、第三ぺん不そく致候ても、金魚伝稿ほん之方宜敷思召候ハヾ、右板本だい(濁ママ)三編ハ御包合、御都合よろ敷せつ、御返し可被下候。依之、此度飛脚江差出し候覚、

天保11年10月21日

一傾城水滸伝
　第三編上下帙　四冊
　同初編下帙　二冊
　同十二編下帙　二冊
〆八冊
右、今日早便ヲ以、賃江戸払ニて、飛脚問屋嶋や佐右衛門方へ差出し候。着之節、御改、御落手之上、長谷川氏江前書之趣、宜敷御伝達被成可被下候。但シ、掛目三、四十匁有之候間、並便ニて差出し度候へども、書状并ニ小紙包ハ並だよりにては折々間違有之候間、聊気ヲはり、早便ニて差出し候。右ニ付、序乍奉尋候。其御方ゟ早便御状に十日限と御印被遣候。江戸飛脚問屋ニてハ、松阪（ママ）江早便ハ八日限のみニて、六日限も十日限も無之由ニ付、左様心得罷在候処、十日ぎり（濁ママ）と御印ニ付、其段しま屋江申遣し候所、十日限と印され候ても、松坂へハやはり八日限ニ候由、申越候。江戸ニ而御地江八日限書状ハ、掛目拾匁ニ付、脚賃二百文に御座候。拾匁ゟ上ニ候へバ、右之割合ヲ以脚賃増候。小紙包も右之わり合にて御座候。御地ニて十日限ハ、脚賃右之趣ゟ下直に御座候や、承り度奉存候。

一　南柯夢稿本并ニ文の定紋稿本ハ桂窓子所望ニ付、御譲被成候由被仰示、承知仕候。南柯夢早束マヽかた（ママ）付、且知音の手ニ入、悦敷奉存候。文之定紋之事ハ御同人ゟ何とも不被申越候へ共、貴君御世話万事行届、御礼申難尽、忝奉存候。

一　九月十六日出之御紙包八犬伝第九輯下帙之下御評書百壱丁壱冊、如例御筆労忝、大慶奉存候。前文申上候ごとく、媳婦并ニ二郎眼病にて、読候者無之間、先其儘写ニ差出し置候。写出来之上ニて読せ、拝聞可仕と楽しみ罷在候。此まゐの御評の拙答ハ甚失礼の義書ちらし、備御笑ニ候所、被成御海容、安心仕候。右御答拝見以前、再思候へバ、ちと申過候様ニも存られ、気の毒仕候処、御海容之趣承知致、安心之事に御座候。親友ハ忠告を旨として善ヲ責をよしとス、ト孟子ニハ見へ候へども、左様の友壱人も無之候間、多くハ黙し候へども、貴君ハ三、四十年の御心知りに被成御座候得バ、意衷ヲもらさず(濁ママ)中心(マヽ)(ママ)試候迄に御座候。但シ、古田と人物成敗を引くらべて(濁ママ)申ニあらず、只物ヲやぶりて(濁ママ)夫ヲつくろいて賞翫致され候をくらべ(濁ママ)候迄ニ御ざ(濁ママ)候へ共、代筆にて書候間、文言廻りかね、御聞取被成難候半と奉存候。都而、諫ヲ容るゝ事ハ余程勝れし人ならねバなし難キ事ニ御座候。但、諫ヲきゝて尤とハ思乍、改ざる(濁ママ)人間有之。速に改候事ハ愈成難物と奉存候。愚意之趣、御所用ニも成候ハヾ、愚者の一得、翦矢のやつ中りと奉存候。尚又、愚意の及候程ハ追々可申上候。御用捨ハ思召次第と奉存候。

一　八犬伝新本被成御覧候由ニ而、御得意之条々御略評被仰示、大キニなぐさめ(濁ママ)、大悦奉存候。右御評も御手透次第可成(マヽ)(ママ)由被仰越、待楽しまれ候。桂窓子ゟも同様申被越候事に御座候。右八犬伝新本、八月廿一日昼時までに(濁ママ)製本三百部不残出払、評判不相替宜敷、跡ヲさいそく致され候由、先日板元拙宅江謝礼に罷越候せつの物語に御座候。上方筋登せは摺本二百五十部、手代差添、遣し候間、九月十六日頃売出しに成候半、と同人申候ひき。左候ハヾ、此節ハ御地へも流布可致ト奉存候。

一　右新本中、御覧之せつ、誤写誤力(刀カ)(ママ)御抄録被成被下、例乍速成御事、何寄之御賜と忝奉存候。伝奇の奇を記ニ誤候事抔ハ、写本・ゑり本ともに、校合の節、自見候事難成、人ニ読て聞候ゆへ、心付ず候。秦主ヲ魏に誤候抔ハ、暗記失ニて(マヽ)(ママ)、甚敷誤ニ御ざ候。如例、後板之初に抄録致、差出し、拙ヲ補可申候。返〳〵も御筆労、忝奉存候。

一　月見の御長歌御印、御見せ被下(マヽ)(ママ)、しば〳〵(濁ママ)読せ、拝聞仕候処、例事乍面白く覚、甘吟仕候。就中、御反歌ハ御しらべ御精妙、耳新く奉存候。小生抔ハ夜風ヲ厭、且衰眼ニ而、月光に迎イ(向カ、ママ)候もわ(マヽ)(ママ)ぶ(濁ママ)敷候間、雪隠の小窓より影ヲ見候のミにて、宵ゟたれこめ、早く蚊屋ニ入候。老人の不風流、御一笑被成可被下候。

一　八犬伝跡板、催促被致候。さらでも(濁ママ)老眼月々に衰、当夏中ゟ八、九月ハ又格別ニ霞候間、少しも筆とられ候内、跡五冊を綴果候半と、媳婦ニ読せ、補文致させ候得ども、一体踪と見へず候て書候事ゆゑ、筆かすれて付ぬ処有之、或ハにじ(濁ママ)みてわからぬ所有之、或ハ字之上江字ヲ重かけ書候所有之候間、誰ニも読かね候上、男文字ニうとき婦女子之、文章ニくらき者に教〱読せ、書直させ候間、綴り候後之補文ニ労心甚しく、日々の事故、媳婦も大きに疲労、甚難義がり候へども、或ハ叱り、或ハ慰、書せ候へバ、渡世の義ニ付、苦しみ乍も能勤候。況や作者老人ハ綴候ゟ補文之方大疲労にて、やめん〱と存候事度々に候へども、又思返てハ綴候て補文致させ、此節迄ニ九輯下帙下編中五冊四十五之巻迄稿本不残出来、はん下写本ハ四十四の巻迄出来致候間、来春正月下旬か二月中迄ニハ出板致、被成御覧候様ニ可成ト奉存候。此度の惣目録に、結局大団円迄の題目ヲ出し置候間、仮令跡三冊出来かね候とも、大方は可知る候。跡三冊之所、只今の衰眼ニてハ、出来心元無候。障子たてこめ候てハ弥薄ぐらく候て、書得難候へバ、是ゟ寒気ニ迎ひマ、(ママ)候間、出来かね候ハんと存候事に御座候。然共、右の五冊ニハ、廿余年来之腹稿ヲ尽し、一花咲せて、筆ヲ立マ、(断カ、ママ)候半と存候間、不眼ニて筆ハ廻りかね候へども、趣向ハもらさず(濁ママ)綴候。出板之節、御熟覧被成可被下候。但、此一条は桂窓子へハ返書ニもらし候間、御面会之節、御噂被成被下候様、奉存候。

一　序乍、得御意候。九月九日妹ヲ失ひ候て、十二月中旬迄服中ニ御座候。小生兄ハ皆不幸短命ニ候へども、妹どもハ、壱人ハ七十才ニ成、壱人ハ六十七に御座候。此七十の妹、三十余才迄ハ有諸侯の留守居用人の妻ニて、男女両三人召使、相応ニ暮候所、良人荘マ、(ママ)年ニ没、家断絶致、男子両人有之所、是又両人とも廿才余ニて早世致、よるべ(濁ママ)なくなり候へども、聊男魂有者ニて、小生厄会ニもならず、其後水戸殿御家中小身者方へ再縁致候処、七ケ年以前、其後夫没、子無候間、跡ハ他人ニ譲り、又よるべ無成候ニ付、聊の由縁ニまかせ、神田神主芝崎大隅殿方に食客の様ニて、ぬい針のわざ抔を助罷在候所、当春ゟ旧来之瘀血舛を致《マ、(ママ)》、鳩尾の辺江鞠程之塊出来、折々痛、難義致候間、芝さき氏ニて古方家の医者にかけられ、気積のよしにて、下剤百貼あまり用候へども印無之候間、当六月中旬ゟ拙宅へ呼取、後世家の医之りやうじ《(濁ママ)》受させ候処、是ハ水塊の由ニて、薬百貼余り用候へどもやはり同様ニて、しるし無候間、病人退屈致、七月下旬、又芝崎氏江帰りたき由申ニ付、駕ニ乗、遣し候所、八月ニ至り黄疸ニへんじ《(濁ママ)》、中旬ニ至り俄ニ大病ニ成候間、八月十八日、芝崎氏ゟ飯田丁堀留山口殿家中ニ罷在候妹方へ送りこされ候処、程無難治之大病ニ成候て、黄疸の上、鼓脹に成候間、拙宅へよび取候事も難致、終に九月九日之昼前、七十才ニて没候。然れども、覚期宜しく、衣類も少々ハ有之、遺財も少しハ有之候へども、遺言の由ニて、妹・姪、此外所親へ形見ニ遣し候間、後之事ハ皆小生賄ニて、是又余ほど《(濁ママ)》の散財ニ御座候。年々如斯臨時の費用多く、扨々困り候事に御座候。御堅察《(ママ)》被成可被下候。九月九日異来《マ、(已ヵ、ママ)》、追悼の歌、

玉の緒ののぶる薬ときくの露
　たむけの水にけふならむとは
もろともに老木のもミぢ散りにけり
　かた枝はまだきいろと見しまに
七そぢの秋をわかれとかねてより
　しらねバこそ《(濁ママ)》あれいとゞ《(濁ママ)》かなしき

抔、口づさみ候。としに不足ハ無之候へども薄命の終に候へバ、殊さらにふびん《(濁ママ)》ニ存候。妹抔ハ詞がたきにならず候へども、稀ニ罷越、対面致候へバ、迭ニ慰候事も有之候物ニ候。平生無病ニ候へバ、我等ゟ跡ニ残らんと存候所、廿六才之節、九死一生の大病煩候瘀血、四十四年の此はるゟ再発致、終ニ其病ニて没候を考見候へバ、人の命数ハ限りある物と存候。然るお《マ、(ママ)》、気積之、水塊のと見立候て、瘀血の療治を致候医者無之、下し薬抔用候間、弥病ヲ増候事と存候。薬ヲ用ざれば《(濁ママ)》中医ヲ得と云古人の格言、今さらおもひあたり候。小生も、妹大病ニ至り候て、初而旧来之瘀血舛を致、終に胆けいを破、其水流て黄疸

にあらわれ、其水滞て鼓脹ニ成候事、と心付候。此考ヲ得候医ニ合ざ（濁マヽ）るハ、実ニ病人の死命ニ御座候。是さへあるに、飯田丁宅へさし置候老婆、九月下旬ゟ拙宅ニ参り候所、十月二日ゟ湯あたり、且痼症ニて、腰抜候。媳婦其看病ニていとま無之候所、媳婦も又眼病ニて、御返事延引致候事ニ御座候。然共、媳婦眼病ハ此節快方ニ趣、老婆も腰抜候のミニて、気力、食事等ハ平日に替る事無罷在候。御休意被成可被下候。此一条も桂窓子江御面会之せつ、宜敷御噂被成可被下候。御同人江ハ如斯委敷ハ不得御意候ゆへニ御座候。此外猶可申事有之候へ共、代筆の者、眼病後ニて、長文ニ疲労候間、猶後便ニ可申上候。御地之時候あらまし御知らせ被下、承知仕候。当地も九月ハ日々快晴打続、且暖にて、田舎ハ稲のとり入ニ都合宜しからんと存候。十月ニ入候てハ折々雨有之、十月十四日ゟ今以雨天続候間、道中筋川支有之べきやト、不安心に御座候。然共、気候おくれ候間、暖にて、十月九日夕雷雨ニて、一両声余程厳御座候。九月の雷ハ古歌ニも見え候へ共、十月の雷ハ余りの事かと存候。御地ハ如何御座候哉、承度奉存候。先ハ先便之御答旁々、如斯御座候。

恐惶謹言

十月廿一日　著作堂

篠斎大人　玉案下

覚

一金三両也　売本代
　残金御書付之通り皆済
一二分二朱
　四匁五分　皿皿郷談稿本
　二匁四分　田舎源氏二部
一三朱ト三百八文
　四百文　半紙八帖
　此銀三匁
　九百廿文　八犬伝御評写料
〆金壱両弐分三朱
二口合而

天保11年10月21日

金四両二分三朱也（「瀧澤」印）
右者、先日被遣候御手形以、当地大伝馬町御店文右衛門
殿ゟ前書之通り金子受取、諸勘定相済申候。以上（「瀧
澤」印）
十月廿一日　　　　　瀧澤篁民（「瀧澤」印）
殿村佐六様

三二　天保十一年十二月十四日（代筆）

（朱書端書）子十二月十四日出、同廿二日着、代筆（「代筆」二字紫影補注）

御買取、被遣被下候拙作古読本、着ニ付、御答

先頃御頼申候拙作古読本注文之品々、御心掛被下候処、山田に貸本やの店仕舞候者有之、右目録御取よせ、成御覧候所、其内に三、四種注文之品有之、三国一夜物語も有之候間、其書ども（濁ママ）御取寄、成御覧候得者、一夜物語は甚敷そんじ（濁ママ）候而、用立かね候間、御取捨成、其外旬殿実々記・水滸画伝・月氷奇縁・春蝶奇縁・水滸画伝端本五冊、何れも元摺ニ候得共、くたれ本ニて、且書入も多有之、注文と齟齬致候得ども、貸本屋之仕舞物故、価も少々ハ廉之様ニ思召、且無きず（濁ママ）の本ハ得がたく候間、其分先以かい取なされ候得共、水滸画伝ハ端本也、旬殿実々記ハそんじ（濁ママ）も多く候間、御近処貸ほん屋を猶又御尋成候処、旬殿実々記ト水滸画伝之初編・二編、首巻不足物有之。是又くたれ・落書等は同様之悪本ニ候へ共、是彼宜敷所ヲ取合、ゑらみ候ハヾ可然哉と思召候由、被仰示候御別紙御細書之趣、忝承知仕候。右紙包壱ツ、掛目壱〆六百廿匁、十一月廿五日、当地飛脚江和泉屋甚兵衛状配り持参致、此飛脚賃未ダ知れかね候間、両三日中ニ又可参由ヲ申候て、紙包のミ差置帰り去候間、其侭受取置、開封も致さず差おき候処、十二月朔日ニ至り、いづミや状くばり（濁ママ）又罷越、右紙包之脚賃金壱分壱朱ト百三十二文之由書付持参致候間、此脚ちん甚高料也。此方松坂便りハ嶋や佐右衛門ゟ通長（帳カ、ママ）差越、さしのぼせ候得ども、並便りニてかやうニ高料の脚賃ハ無之筈ニ候。当秋松坂江登候紙包、掛目八百五拾匁ニて、脚賃金壱朱ト三百五十九文ニ候。其割合ニ致候へ者三分壱程高料ニ候間、間違ニ可有之候ト申聞候得バ（濁ママ）、夫ハ関迄の賃銀ニ可有之と申候。関迄ニあらず、松坂までなり（濁ママ）とて、嶋屋かよひ長見せ候へバ、登せトくだりハ脚ちん違候抔ト申候ゆへ、のぼせくだし（濁ママ）迚道中にのびちゞみ（濁ママ）無之候間、何れニしても此段

主人江申聞、得と取りしらべ《（濁ママ）》候て、書付致直し、持参致候やう申示候得者、まつ坂ハ山城屋出しニ候へバ、山しろやゟ申こし候勘定ニ可有之候。左様ニ候ハヾ、又両三日中ニ又可参と申候て帰去候ところ、久敷来たらず。漸十日ニ至り、右状配り、名は久蔵と申者、罷越候て、先日之紙包、十日限のつもりニて勘定致、差上候間、全間違ニ御座候。嶋屋江御払成候勘定之割合ニて御渡し被下候様申候間、松坂ハ十日限といふ事無キ筈ニ候へ共、すで《（濁ママ）》に承服致候間、其後ハ咎ず《（濁ママ）》。然らバ請取書持参致候やト尋させ候所、受とり書持参致さず候へども、宜敷御勘定成御渡被下候へと申候間、請取書無之候てハ今日も渡し難候。然ども、度々参り候事故、其方請取書認め、さし出し候ハヾ、渡し可遣旨申聞、則右状配り久蔵ニ受取書かゝせ、則右紙包壱〆六百廿匁之脚賃金三朱ト二百四文渡シつかわし候。か様のもつれ御座候間、かみつゝみハ十一月廿五日ニ着致候へ共、開封いたし難、其侭差置、十二月十二日に至り、初而かいふう仕候所、御添状之ごとく、件々相違なく落手仕候。紙包類賃先払ニてハ、飛脚屋ヶ様之不埒折々有之候間、為御心得、此段委敷注し候。以来、脚賃江戸払ニて御出被成候事も御座候ハヾ、其御地飛脚江能々御たゞ《（濁ママ）》し之上、脚賃何ほどゝ申事、紙包江御印、被遣可被下候。此度の脚ちん、うかト申儘ニ渡し候得バ、金二朱程多くとられ候事に御座候。

一　右被遣下候古本共、小子ハ此節ニ至り衰眼愈甚敷霞候故、一字一画も見へわかず《（濁ママ）》、表紙のもやうも色もわかりかね候間、愚媳并ニ太郎等ニ見せ候て、彼等が申ス由ヲ以御答申上候。

一　被遣候古本、家内之者に一覧致させ候所、如仰の何れもくたれ甚敷、且書入もおふく、旬殿実々記抔ハ画之中ニすら陽物をさゑ書加へ有之、実ニ用立かね候書ども《（濁ママ）》に御座候。されバとて、此書入お抜せ、破裂之処抔をつくろわせ候ハヾ、壱冊ニ付壱匁宛も不費候ハね者無きず《（濁ママ）》にハ成兼候。如仰、如此くたれ本ハ、貸本問屋江頼置候ても得安く候得ども、元摺ニ而無きずの本は、久敷丁子屋江頼置候へども手ニ入かね候間、無拠其御地江奉頼候事ニ御座候。勿論急ギ候義ニハ無之、小生存命之内ニ候ハヾ、五年三年かゝり候ても不苦敷候処、初ゟ代筆ニ而行届かね候間、急ギ候様ニも可有之哉と奉存候《思召候半と（ママ）》。かねて御存知のごとく当年ハ身分不相応ニ散財多く候間、春秋ゟ秘蔵の愛書どもを多く売払、其手当に致候ゆへ、少々の物たりとも急用ならぬ書どもを買入候ハ本意ニ鉾盾致候得共、然ども出ものハいつと言定も無候間、時節よろしからずとて、夫を厭候ニハあらず候得ども、何分にもくたれ本ニて、望を失候事ニ御座候。但、此内旬殿実々記二部ハ宜敷ヲゑらみとり、残り壱部ハ不用ニ候ハヾ貴家御蔵書にも可成候間、脚賃ヲ費、返上致候様被仰越候得ども、さらで《（濁ママ）》も脚賃ヲ加え候へバ、壱部平均にして三朱宛ニも又あたり候所、又脚賃を費候て返上候てハ、労して功なき事ニ御座候間、残り壱部は此方ニて売払可申候。か様のくたれ本ハ、及其御地にて御手ニ入候事も可有之奉存候内、十三日朝、丁子屋平兵衛拙宅江罷越候間、則右之本どもを見せ、此本売払候ハヾ価何ほどニ成候ハんやと尋候所、丁子屋見候て、何ぶんニも本つかれ候間、直打無之候。水滸画でん端本抔ハ反故之代ニ外ならず候。是等の元摺無きずの品ヲ御頼に付、久敷心掛ヶ候得共、元摺は今に手ニ入かね候。月氷奇縁・常夏草し・水滸画伝、其外共新ぽんは皆手まえニ有之。新本ニて御勘忍成候ハヾ、元直段ニて至極下直に御手ニ入可申旨申候間、其意ニ任せ、月氷奇縁・常なつ草紙・すいこ画伝・旬殿実々記壱部ヲ下タニ遣し、新本ト取替候約束致置候。尤、月氷奇縁ハ無きずの元摺本桂窓子手ニ入候間、望ニ候ハヾ可被差越やト申被越候へども、月氷奇縁ハしん本買入候積りニ候間、是ハ桂窓子蔵書に被致候様申遣し、此外、雨夜之月御同人御同様ニて手ニ入候由ニ付、雨夜之月ハ小子方江申請候つもりニ此度申遣し候事ニ御座候。但し、貴君より被遣被下候旬でんと春てふ奇縁ハやけ板ニて、唯今江戸ニしん本無之候間、くたれといへど《（濁ママ）》も其儘納置、家ニ残し候半と奉存候。斯申せバ《（濁ママ）》とて、折角御心懸、御見出し、御買取被下候御深志ニもとり、不足がましき義を申上候ニハ毛頭無之候。君なればこそ御心掛、御差出し被下、荷ご(濁マヽ)しらへまで御念被入候ゆへ、少しも荷ずれなく当着、拝受仕候事、千言万言ニも申尽し難、忝奉存候。前文之趣、御信友がいに介意なく申上候迄に御座候。御海容成可被下候。

覚

一傾城水滸伝　第三編四冊
一同　初編之内二冊
一同　十二編下帙二冊
〆八冊、右御返し成、慥ニ落手仕候。此儀ハ本書に申上候間、省略仕候。

覚

一六匁四分　旬殿実々記十冊
一五匁二分二厘　春蝶奇縁八冊
一三匁八分四厘　常夏艸紙六冊
一三匁二分　水滸画伝初編 五冊一の巻不足
〆拾八匁五分六厘
一八匁　旬殿実々記十冊
一九匁　水滸画伝十冊 首巻不足
一四匁　月氷奇縁五冊
〆弐拾壱匁
弐口
〆三拾九匁五分六厘也
六四がへ
金弐分壱朱三匁五分六厘

右之代銀ハ、清右衛門方江追々御注文被仰遣候本代之引当に預り置候様被仰示、承知仕候。兼而清右衛門江御注文之新ぱん物も、未ダ出揃ひ不申候間、おし詰ニ至り、不残出そろひ次第、飛脚江出スノ旨、清右衛門申居候。且又、越後雪譜後編も来春ハ出板致候よし丁子屋申候間、是も清右衛門ゟ御地江差出し候様、申付置候。是のミならず、八犬伝九輯四十壱ゟ四十五迄五冊の彫刻大抵出来ニ付、来正月十五日の売出しに致たき旨、丁子屋申候得ども、何分ニも校合小生手づ《（濁マヽ）》から出来かね、読せ、聞候て、誤脱ヲ補せ候事故、手伝之者、時分柄にて、取かゝり居候暇無之候間、板元申ご《（濁マヽ）》とく、正月十五日之売出しニハ成兼候ハん。なれども、下旬迄ニハ無相違出板可致候。此八犬伝二部之代金の内にて御差引成候とも、何れ共、御差図次第ニ可仕候。右御答并ニ代金預り、為念如此ニ御座候。以上

十二月十四日　著作堂

篠斎大人

以別啓御答、

尚々、三国一夜物語ハ猶又御心掛ケ被下候様、奉希候。

三三　天保十一年十二月十四日　（代筆）

（朱書端書）子十二月十四日出、同廿二日著

毎度恐入候得共、此壱封桂窓子江早々御届ヶ成被下様、奉希候。

一筆啓上仕候。甚寒之節、御全家様愈御安康被成御起居、珍重奉賀寿候。拙宅無異に罷在候間、乍憚御休意成可被下候。然者、十一月十日之貴翰、同月十八日ニ当着、則拝見仕候。是ゟ十月廿一日ニ差出し候拙翰入小包ハ、同廿八日に御地へ着致、成御覧候由、件々御細答之趣、忝承知仕候。且又、十一月七日に御差出しの紙包、掛目壱メ六百廿匁、是ハ十一月廿五日に着致候得ども、飛脚屋不埒之儀有之、右脚賃之義ニ付申遣し候返事久敷無之候間、右紙包開封も致がたく、其儘受取置候所、当月十日ニ至り、漸分り候間、脚賃渡し遣候。則、紙包かいふう致候処、兼て奉頼候拙作読本古本御目録之通り、并ニ傾城水滸伝稿本八冊、并ニあをとの石ぶミ稿本壱冊、御返し成被下、何れも慥ニ落手仕候。此儀ハ別紙ニ御答申上候間、省略仕候。但し、此内御返し物青との石ぶミ稿本壱冊ハ先々便ニも両度迄御尋被仰越候得ども、御答毎度長文ニて、且殊《(事カ、ママ)》多く、且代筆にて御答申上候ゆへ、老人之記臆《(ママ)》あしく、毎度御答に申もらし候間、終に御かへし成、不本意の至り、恥入り候事ニ御座候。右青砥石文稿本四之巻壱冊ハ、昔年校合之節、作者方へ留置、其外ハ板元ゟ稿本返さず候ゆへ、端本ニて壱冊手まえに有之候ヲ、先頃稿本取知《ママ》らべ《(ママ)》候節、見出し候間、此書ハ琴魚様御直筆ニハあらず候得ども、御同人様御作之稿本に候へバ、御形見の片はしにもと可被思召やと奉存候老婆深切ニて、差上候儀ニ御座候。然処、当秋中彼稿本差出し候節、其儀申上候様ニ覚候所、老ぼれ候て申もらし候ゆへ、御ぅたがひヲ引おこし、其後御尋被仰越候節も又申もらし候ゆゑ、終に御返し成、不都合之仕合ニ奉存候。今更存候得バ、琴魚様御直筆ならぬ稿本ニ候へバ、進上仕候ても

さばかりニ思召さる間敷候。されバ、彼ノ御たまも受たまわぬ故ニ、間違候て、愚意届かね候事と、愈恥入候。御一笑と奉存候。

一　長谷川氏御取入成候けいせい水滸伝稿本之内、初編下帙二冊・十二編下帙二さつ、不足ニ付、先々便ニ云々被仰越候ニ付、右板本四冊、第三編板本四さつ、飯田町娘蔵本ヲ取寄、差上候処、はせ川氏右之訳合御聞被成候て、云々被仰示、今般御返し成、御義侠之至り、かんしん不少、是又恥入候仕合ニ御座候。右板本ヲ飯田丁娘所蔵致候得ども、元来癇症ニて、眼気あしく候間、近来ハ細字の書を読候事成かね候間、只納置候のミに候間、端本ニ致候とも苦しからざる義ニ候得ども、長谷川氏の御義侠承服致候上ハ、強て申上ず(濁ママ)候。此段、宜敷御伝成可被下候。然る処、先頃黙老人江拙作稿本入用ニハ無之哉と申遣候処、拙作合巻稿本ハ、傾城水滸伝初編下帙二さつ・十二編下帙二冊、昔年鶴屋より貰受、所持致候間、殊(事カ、ママ)たり候ニ付、外ニ入用無之候。但し、金毘羅船稿本有之候ハヾ、貰受たき由申被越候。是ニて初てさとり候。原来彼の稿本四冊ハ鶴屋ゟ作者へ不返、板元方へ留置候ヲ、其頃鶴屋後見嘉兵衛、黙老用ヲ達候間、訳候て、贈り候事と覚候。是ニて右之稿本行衛知れ候間、尚又黙老人江、右之稿本全部長谷川氏江売渡し候処、初編・十二編之内二冊宛不足ニ付、云々、と右之訳合貴君御取次、御迷惑之趣も委敷申遣候。金毘羅ぶね稿本六編・七編八冊と、右けいせい水滸伝稿本四冊と、交易致被呉候様頼申遣し、則金ぴら船六ぺん・七編稿本八冊、十一月中旬ニ高松江差出し候。未ダ其返事ハ不来候得ども、黙老人篤実之好人物に候間、必許容被致候て、傾城水滸之稿本四冊ハ可被返存候。来春右之稿本手ニ入次第、御地へ可差出候間、此義先長谷川うぢ(濁ママ)へ御咄し置成可被下候。手ニ入難存候紛失之稿本、知音の方ニ有之候を、不用意ニして聞出し候事、実ニ意外之悦ニ御座候。長谷川氏の御気象、御地第一の御人物と敬服之外無之候。

一　先々便りニ、白石叢書之事御尋御座候処、長文ニ紛、御答申もらし候間、此所へ注し申候。此書ハ白石之著述ニて、数十部ヲ集候物にて、彼ノ家之秘書に御座候。寛政中、大田才助、新井の家へ経書のから釈に罷越候節、借受、ひそかに写し取候由。其書三十二、三冊有之候。文化中、価金五両ニて、有方ゟ小子買取、年々手透々に校訂致、秘蔵致候愛書に有之候へども、不眼に成候てハ読書成兼候間、価元直段ゟ宜敷候ハヾ譲度存候間、去ル珍書ヲ好候黄白家御座候ハヾ、御媒妁奉希候。外ニ、忠臣絵伝抄ハ享保中之印本ニて、売出し之後、程無絶板せられ候間、世に甚稀ニ候。義士之事板本ニ致候実録ハ此書のみニ候間、是も文化中見出し候て、金壱両壱分にて買取、秘蔵致候得共、是又不眼ニて、所持致候かいも無之候間、好候人も候ハヾ、元直段にて譲度候間、是又御心懸成被下様、御世話奉希候。全部五冊ニて、義士の肖像有之候。被成御覧候事も御座候哉。為御心得、注し申候。

一　御地書状早便り十日限之事、うたがわしく存候ニ付、先便奉尋候処、右之訳合御知らせ被下、承知仕候。江戸にても店向の常得意ハ左様の事御ざ候由、毎度聞及候事に御座候。

一　模稜案にあらハし候善吉・おろくの事ハ、当時上方にても去筋之読本出候。是は小説ニ出候事を翻案致候哉と御尋之趣、承知仕候。此儀ハ、江戸著聞集之たぐ(濁ママ)ひ成ぞ(濁ママ)く書ニ、お六櫛の事を聊書候物有之。お六と言才女、施《旅》人カ(ママ)之賊難おすくひ候事有之。夫ヲ聊取入候迄ニて、其外は作者の腹ゟうみ出し候趣向ニ御座候。又、同処に題目(書カ、ママ)出し候趣向ハ、年久敷事にて忘れ候へども、六巻ニかゝんと思ひ候を、板元の好にて五冊ニ致候故、題目の見出し、置候也。都而かの書ハ、智嚢全書・棠陰秘又(マ、)、宋(ママ)之包極が讞獄之事を書つめ候小刻の小説物壱部有之、夫等ヲ少し宛取合候得共、三十年以前之事故、書名ハ忘れ候て、唯今急ニ思出しかね候。此書ニ不限、三十余年以前之自作の著述ハ、只今読せ聞候得バ、世おへだ(濁ママ)て候人の作書お見候心地ニて、壱ツも不覚事多く御座候。八十近く成候老人之わすれが(濁ママ)ち成事、追々老境ニ入せ給ハヾ、思召当るべく奉存候。

一　金瓶梅之事、此度にて結編に成候哉と御尋の趣、承知仕候。是ハ十集にて結局の積ニ御座候得ども、唯今の不眼にてハ、文ハ愚媳ニ代筆致させ候てもかなりニ間ニ合候得ども、画稿ハ自筆ならねバ、代画致候者無之候間、是ニ差支、困り候。九集・十集首尾能出来可申哉、我乍心元無存候事ニ御座候。右ニ付、愚媳代筆の事、御令政様ニも被仰示、御賞美成被下、当人ハ申不及、於小子ニ忝奉存候。去乍、ほんの事かけしろニて、恥入候事ニ御座候。

一　拙孫番代願之事、当七月下旬ゟ頭江伺書差出し候処、頭奥方大病ニて、十月ニ至り死去被致、引つゞき頭小堀織部殿も大病ニて、愈延引ニ及、漸々十一月上旬、願書差出し候様頭ゟ申被付、願書差出し候所、十一月廿一日朝、御城中の御門御番所江(藝文本に)太郎ヲ召被出、与力組頭差添、罷出候所、頭小堀殿同役高木内蔵頭殿被仰渡、御書付以、願之通り、二郎義ハ病気ニ付御暇被下、太郎へ番入被仰付候。先例ハ頭の宅江呼出し、申被付候事ニ候処、頭病気ニ付、御城御番所ニて外之頭被仰渡候。此義珍敷事の由ニ人々申候。廿一日に此儀被仰渡、翌日廿二日の焜(藝文本暁)ニ頭小堀殿病死被致候。若二、三日も前に死去被致候ハヾ、来春三、四月頃ならでハ被仰付ズ候由に御座候。是迄延引と者申ながら、土俵際ニて心願成就致、大慶至極、難有奉存候。依之、二郎儀ハ、先如約、瀧澤の姓名取戻し、十一月晦日に身分片付、金并ニ新夜着等遣し、如元之、中藤音重に成帰り、同人兄鉄次郎と申者江(藝文本に)引渡し遣シ候。是ニて小子、先祖への孝道も立、且故児琴嶺末期ニ申聞候儀もむなしからず、正敷家督ヲ定メ候て、安心致候事に御座候。十一月上旬、右願書差出し候日ゟ俄に騒立、太郎衣裳之儲等にて、愚媳儀昼夜暇なく、代筆之者無之候ゆへ、先便之御答延引ニ及候。只今とても太郎勤近く、仮り頭三人ニて、壱人ハ麻布市兵衛丁、壱人ハ湯島、壱人ハ小石川馬場ニて飛はなれ居候ヲ、折々礼廻りニ廻勤致、且組頭与力十軒、仲間五十五軒江も同断ニ付、当番ならぬ日も走り廻り候事のみニ御座候。何分太郎、小粒ニて、十七才と申立、壱人前之御奉公勤候事故、五十五人の仲間江薬(藝文本に)ヲふりかけ候ハねバ憐くれ候ハず候間、初存候ゟ散財多く、且二郎江遣し候身分片付料も、上役之者ヲ頼、色々ねだ(濁ママ)り事致候故、兼テ存候ゟ是又散財多く成候。且小子、例年板元ゟ来年之潤筆ヲ取候へども、不眼ニ成候てハ、出来候ハんや斗難候間、当暮ハ辞退致候て、潤筆の前金ヲ不取候間、甚不都合ニ候得ども、兎やらかうやら年ヲ取候半と存候。此義ハ桂窓子江御面会之節、御噂被成可被下候。右之冗紛中、此拙翰漸々代筆致させ、御答申上候仕合ニ御座候間、要用之事のミニて、其余ハ省略仕候。申もらし候事ハ、来陽目出度申上べく候。御家内様方江も寒中拝伺、宜敷御致声奉希候。愚媳并ニ太郎儀も、同様宜敷申上たき由申候。

恐惶謹言

十二月十四日　著作堂

篠斎大人

玉机下

猶々、当地気候十一月下旬ゟ寒サ甚敷、寒中ゟも凌かね候。十二月十日夕方ゟ夜中初雪ふり候。近来、寒前之雪ハ稀なる事に御座候。但シ、十月・十一月ハ雨天甚まれにて、只風烈も無之、十月九日の雷鳴ハ先便ニ申上候。其後、十月廿四日夜五ッ時過ゟ八ッ時過迄雷鳴致候。其頃御地ニても雷有之由、御状ニて承知仕候。此分にてハ、正月閏月迄寒気甚しからんと存候。御自愛専一ニ奉存候。以上

追啓

一　清右衛門江被遣候貴翰、則達候所、其後同人罷越、御状之趣承知仕候。御注文之新板物出揃、差出し候節ハ、御返事可仕旨申候。

一　荊婦事、御尋被下、忝奉存候。湯あたりと申候者、居風呂ニ入候てより、腰立かね候故ニ御座候。一体ハ

何と申事も無、老病ニてよハり候儀ニ候へバ、薬用もとゞきかね候。愚媳壱人ニて介抱出来かね候間、先頃ゟ飯田町娘方江遣し置候。やはり同様の由ニ御座候。

一　愚妹追悼之拙詠、備御笑ニ候所、御かへし成被下、忝拝吟仕候。何れもとり〳〵御秀逸之内、其九日之きくもはかなし、殊に過《勝ノ誤ナラン》れさせ（ママ）給ふ様覚候。愚詠草に印置候て、子孫ニ伝可申候。

一　昨夜寒ニ入候てゟ、弥甚敷おぼへ候。硯之水抔氷候て、代筆之者手亀り、困り候程之事ニ御座候。五ヶ年以前之寒気ト同様たるべく（濁ママ）候。以上

大正二、九、二〇校了
（紫影筆朱識）

付録

馬琴書翰一覧稿

例言

本稿の作制に当っては、左記の資料に参考した。なお遺漏も多かろうが、姑く後補の便に宛てるのみである。

馬琴書翰三種（略記、手紙）

明治三七年――、有楽社、安孫子貞次郎・桑田春風編『手紙雑誌』所収。

馬琴書簡集（略記、京大）

京都大学文学部蔵、大正二年写、藤井紫影同年校。

曲亭書簡集（略記、曲亭書）

曲亭書簡集拾遺（略記、曲亭拾）

曲亭書状写（略記、曲亭写）

以上三項、昭和四年『日本芸林叢書』第九巻所収、三村清三郎編校。

黙老宛馬琴書簡集二種（略記、木畑本）

昭和一〇年、木畑貞清『木村黙老と瀧澤馬琴』所収。

曲亭馬琴書簡集（略記、上野）

昭和三二年『上野図書館紀要』第三冊所収、小林花子校注。昭和三五年同第四冊、同上。

黙老宛馬琴書簡（略記、古川本）

昭和四三年、古川久『世阿弥・芭蕉・馬琴』所収「馬琴書簡集解説」付記。

曲亭馬琴書簡集（略記、早大）

昭和四三年『早稲田大学図書館紀要』別冊三、柴田光彦校注。

馬琴書簡一種（略記、逸翁）

昭和四五年、逸翁美術館春季展『近世文学と美術展』展観目録。

馬琴書簡四通をめぐって（略記、国語と国文学55 11）

昭和五三年『国語と国文学』第五十五巻十一号、柴田光彦校注。

馬琴書翰集翻刻篇（略記、善本）

昭和五五年『天理図書館善本叢書』第五十三巻、木村三四吾編校。

馬琴書翰二種（略記、ビブリア76）

昭和五六年『ビブリア』76、木村三四吾校。

竹清叢書雁来魚往所収馬琴書翰一—三（略記、ビブリア77—79）

昭和五六—五七年『ビブリア』77—79、同上。

默老宛馬琴書翰（略記、ビブリア80）

昭和五八年『ビブリア』80、同上。

牧之宛馬琴書簡（略記、牧之全集）

昭和五八年、中央公論『鈴木牧之全集』所収。

天理図書館蔵馬琴書翰残片二種（略号、ビブリア82）

昭和五九年『ビブリア』82、同上（予定）。

なお、例えば慶応義塾大学図書館蔵『曲亭消息』は天保七年二月六日・天保十三年九月二十三日・天保十三年十一月二十六日・弘化二年一月六日・天保三年六月二十一日・天保五年八月十六日・天保五年一月十二日・天保五年七月二十一日のそれぞれ篠斎宛八通及び文政十一年十二月二十三日大郷信斎宛、以上計九種の写しを収めるが、その孰れも、他出の資料により、既に本表に著録。又、天理図書館蔵竹清三村清三郎書留『竹清叢書』中「雁来魚往」第三・十の両冊には、弘化二年一月六日・天保五年八月十六日・天保五年一月十二日断簡・天保三年六月二十一日以上四通の篠斎宛、文政十一年十二月二十三日大郷信斎宛、天保三年十一月一日篠斎宛、天保十年八月十六日・弘化二年五月一日の各桂窓宛、天保五年十一月一日篠斎宛、以上九種を筆録するが、その多くにつき是亦同様である。更に、明治二十九年博文館『書翰文大成』及び同四十年『手紙雑誌』五巻四号に翻刻のものは、芸林叢書本「曲亭書状写」所収天保七年十一月五日林宇太夫宛状の一部に過ぎない。その他にも馬琴書状原翰の現存するものや翻刻・複製など何ほどかあることだろうが、いま強いて穿鑿網羅するに及ばなかった。

〔寛政―享和〕・三・五牧之宛　（全集）
文政元・二・三〇　牧之宛　（全集）
文政元・五・一七　牧之宛　（全集）
文政元・七・二九　牧之宛　（全集）
文政元・一〇・二八　牧之宛　（全集）
文政元・一一・八　牧之宛　（全集）
文政元・一二・一八　牧之宛　（全集）
文政五・閏一・一　篠斎宛　（善本）
「曲亭書」本原翰
文政六・一・九　篠斎宛　（善本）
「曲亭書」本原翰
文政六・八・八　篠斎宛　（曲亭書）
文政八・一・二六　篠斎宛　（曲亭書）
文政九・一一・一二　河太等宛　（ビブリア82）
文政一〇・三・二　篠斎宛　（善本）
文政一〇・一一・二三　牧之宛　（全集）
文政一〇・一一・二三　篠斎宛　（曲亭書）

文政一一・一・三　牧之宛　（全集）
文政一一・三・二〇　篠斎宛　（善本）
文政一一・五・二一　篠斎宛　（善本）
文政一一・一〇・六　篠斎宛　（京大）
文政一一・一二・二三　大郷信斎宛　（ビブリア77）
文政一二・二・九　篠斎宛　（京大）
文政一二・二・一一　篠斎宛　（京大）
文政一二・三・二六　篠斎宛　（京大）
文政一二・八・六　河茂宛　（早大）
文政一二・一二・一四　篠斎宛　（京大）
天保元・一・二八　篠斎宛　（早大）
天保元・一・二八　篠斎宛　（曲亭書）
天保元・二・六　篠斎宛　（京大）
天保元・二・二一　篠斎宛　（京大）
天保元・三・二六　篠斎宛　（上野）
天保元・九・一　河茂宛　（早大）
天保二・一・一一　篠斎宛　（上野）

天保二・二・二一　篠斎宛　（曲亭書）
天保二・四・一四　篠斎宛　（曲亭書）
天保二・四・二六　篠斎宛　（曲亭拾）
天保二・四・二六　河茂宛　（早大）
天保二・六・一一　篠斎宛　（上野）
天保二・七・四　河茂宛　（早大）
天保二・八・二六　篠斎宛　（善本）
天保二・八・二六　篠斎宛　（曲亭書）
天保二・九・一一　河茂宛　（早大）
天保二・九・二三　河茂宛　（早大）
天保二・九・二三　河茂宛　（早大）
天保二・九・二八　河茂宛　（早大）
天保二・一〇・一　篠斎宛　（曲亭拾）
天保二・一〇・二三　河茂宛　（早大）
天保二・一〇・二三　河茂宛　（早大）
天保二・一一・二河　篠斎宛　（曲亭拾）
天保二・一〇・二六　篠斎宛　（上野）

天保二・一一・二六　河茂宛　（早大）
天保二・一二・一　河茂宛　（早大）
天保二・一二・一四　篠斎宛　（上野）
天保二・一二・一四　篠斎宛　（曲亭書）
天保二・一二・一四　河茂宛　（早大）
天保三・一・二一　河茂宛　（早大）
天保三・二・八　河茂宛　（早大）
天保三・二・一九　篠斎宛　（曲亭書）
天保三・四・二六　桂窓宛　（善本）
天保三・四・二八　篠斎宛　（曲亭書）
天保三・四・二八　河茂宛　（早大）
天保三・五・二一　篠斎宛　（上野）
天保三・五・二一　桂窓宛　（善本）
天保三・六・二一　篠斎宛　（ビブリア75）
天保三・七・一　篠斎宛　（善本）
天保三・七・一　桂窓宛　（善本）
天保三・七・二一　篠斎宛　（上野）

天保三・七・二一	桂窓宛	（善本）
天保三・八・一一	篠斎宛	（曲亭書）
天保三・八・一一	桂窓宛	（善本）
天保三・八・一六	篠斎宛	（曲亭書）
天保三・八・二六	黙老宛	（ビブリア80）
天保三・九・一六	桂窓宛	（善本）
天保三・九・一六	河茂宛	（早大）
天保三・九・一八	黙老宛	（古川本）
天保三・九・二一	篠斎宛	（曲亭拾）
天保三・一〇・一八	篠斎宛	（善本）
天保三・一〇・一八	桂窓宛	（善本）
天保三・一〇・一八	河茂宛	（早大）
天保三・一〇・二一	河茂宛	（早大）
天保三・一一・一	篠斎宛	（国語と国文学55 11）
天保三・一一・二四	河茂 丁平宛	（早大）
天保三・一一・二五	河茂宛	（早大）
天保三・一一・二六	篠斎宛	（曲亭書）

天保三・一一・二六以前	篠斎宛	（善本）
天保三・一一・二六	桂窓宛	（善本）
天保三・一二・七	桂窓宛	（善本）
天保三・一二・八	篠斎宛	（上野）
天保三・一二・八	桂窓宛	（善本）
天保三・一二・一一	篠斎宛	（上野）
天保三（四）・一二・一一	桂窓宛	（善本）
天保三・一二・一二	篠斎宛	（曲亭書）
天保四・一・一四	桂窓 篠斎宛	（上野）
天保四・一・一四	桂窓宛	（善本）
天保四・一・一五	篠斎宛	（善本）
天保四・一・一七	桂窓宛	（善本）
天保四・一・一七	河茂宛	（早大）
天保四・一・二一	篠斎宛	（善本）
天保四・一・二一	桂窓宛	（善本）
天保四・三・二	篠斎宛	（曲亭拾）
天保四・三・八	篠斎宛	（上野）

天保四・三・八　篠斎宛　（善本）
天保四・三・九　桂窓宛　（善本）
天保四・三・一一　桂窓宛　（善本）
天保四・四・九　河茂宛　（早大）
天保四・五・一　篠斎宛　（善本）
天保四・五・一　桂窓宛　（善本）
天保四・五・六　河茂宛　（早大）
天保四・五・一一　河茂宛　（早大）
天保四・五・一六　篠斎宛　（上野）
天保四・五・一六　桂窓宛　（善本）
天保四・七・一三　篠斎宛　（善本）
天保〔四〕・七・一四　篠斎桂窓宛　（善本）
天保四・七・一四　桂窓宛　（善本）
天保四・七・一七　桂窓宛　（善本）
天保四・一一・六　篠斎桂窓宛　（ビブリア76）
天保四・一一・六　篠斎宛　（上野）
天保四・一一・六　桂窓宛　（善本）
天保四・一一・六　桂窓宛　（善本）
天保四・一二・一一　篠斎宛　（上野）
天保四・一二・一二　篠斎桂窓宛　（曲亭書）
天保五・一・六　桂窓宛　（善本）
天保五・一・七　桂窓宛　（善本）
天保五・一・一一　河茂宛　（早大）
天保五・一・一二　篠斎宛　（ビブリア78）
天保五・一・一二　河茂宛　（早大）
天保五・二・八　桂窓宛　（善本）
天保五・二・一八　篠斎宛　（早大）
天保五・五・二　篠斎宛　（早大）
天保五・五・二　桂窓宛　（善本）
天保五・七・二一　篠斎宛　（早大）
天保五・七・二一　篠斎宛　（ビブリア78）
天保五・七・二一　桂窓宛　（善本）
天保五・八・一六　篠斎宛　（ビブリア79）
天保五・八・一六　桂窓宛　（善本）

天保五・一一・一　篠斎宛　（早大）
天保五・一一・一　篠斎宛　（上野）
天保五・一二・一一　桂窓宛　（上野）
天保六・一・五　篠斎宛（国語と国文学55 11）
天保六・一・九　篠斎宛　（善本）
天保六・一・一一　篠斎宛　（京大）
天保六・一・一一　桂窓宛　（善本）
天保六・二・二一　篠斎宛　（京大）
天保六・二・二三　桂窓宛　（善本）
天保六・二・二一　河茂宛　（早大）
天保六・二・二一　黙老宛　（善本）
天保六・二・二六　桂窓宛　（善本）
天保六・三・一一　桂窓宛　（善本）
天保六・三・一九　桂窓宛　（善本）
天保六・三・二一　桂窓宛　（善本）
天保六・三・二八　篠斎宛　（京大）
天保六・三・二八　桂窓宛　（善本）

天保六・五・一一　桂窓宛　（上野）
天保六・五・一六　篠斎宛　（京大）
天保六・五・一六　篠斎宛　（京大）
天保六・五・一六　桂窓宛　（善本）
天保六・六・六　桂窓宛　（善本）
天保六・七・一　桂窓宛　（善本）
天保六・七・一　桂窓宛　（善本）
天保六・閏七・一三　篠斎宛　（京大）
天保六・閏七・一三　桂窓宛　（善本）
天保六・閏七以降　宛名欠　（善本）
天保六・九・一六　篠斎宛　（京大）
天保六・九・一六　桂窓宛　（善本）
天保六・一〇・一一　篠斎宛　（京大）
天保六・一〇・一一　桂窓宛　（善本）
天保六・一二・四　篠斎宛　（京大）
天保六・一二・四　桂窓宛　（善本）
天保七・一・二　桂窓宛　（善本）

天保七・一・六　桂窓宛　（善本）
天保七・一・六　桂窓宛　（ビブリア76）
天保七・二・一　桂窓宛　（善本）
天保七・二・一　宛名欠　（善本）
天保七・二・二　桂窓宛　（善本）
天保七・二・六　篠斎宛　（上野）
天保七・二・六　篠斎宛　（曲亭拾）
天保七・三・二八　篠斎宛　（上野）
天保七・三・二八　桂窓宛　（善本）
天保七・四・一一　桂窓宛　（上野）
天保七・五・六　桂窓宛　（善本）
天保七・六・二一　桂窓宛　（善本）
天保七・六・二一　桂窓宛　（善本）
天保七・六・二三　篠斎宛　（善本）
天保七・八・四　桂窓宛　（善本）
天保七・八・六　篠斎宛　（善本）
天保七・一〇・四　桂窓宛　（善本）

天保七・一〇・四　桂窓宛　（善本）
天保七・一〇・六　桂窓宛　（善本）
天保七・一〇・七　桂窓宛　（善本）
天保七・一〇・一一　桂窓宛　（善本）
天保七・一〇・一二　桂窓宛　（善本）
天保七・一〇・一三　桂窓宛　（善本）
天保七・一〇・一七　桂窓宛　（上野）
天保七・一〇・二六　篠斎宛　（曲亭拾）
天保七・一〇・二六　篠斎宛　（善本）
天保七・一一・三　桂窓宛　（善本）
天保七・一一・五　林宇太夫宛　（曲亭写）
天保七・一一・六　林宇太夫宛　（曲亭写）
天保七・一一・九　林錬太郎宛　（曲亭写）
天保七・一一・一〇　林宇太夫宛　（曲亭写）
天保七・　桂窓宛　（善本）
天保七・　宛名欠　（曲亭書）
天保八・一・六　篠斎宛　（上野）

天保八・一・二六	篠斎宛	（曲亭書）
天保八・一・二六	桂窓宛	（善本）
天保八・一・	桂窓宛	（善本）
天保八・二・三	林宇太夫宛	（曲亭写）
天保八・二・四三	林宇太夫 林錬太郎宛	（曲亭写）
天保八・二・一一	桂窓宛	（善本）
天保八・二・一九	林宇太夫宛	（曲亭写）
天保八・三・九	林宇太夫宛	（曲亭写）
天保八・三・一〇	林宇太夫宛	（曲亭写）
天保八・四・二三	篠斎宛	（曲亭写）
天保八・四・二三	宛名欠	（曲亭書）
天保八・五・二〇	林宇太夫宛	（曲亭写）
天保八・六・一六	桂窓宛	（上野）
天保八・八・一一	篠斎宛	（善本）
天保八・八・一一	篠斎宛	（善本）
天保八・八・一一	桂窓宛	（善本）
天保八・一〇・二〇	林宇太夫宛	（曲亭写）
天保八・一〇・二三	桂窓宛	（上野）
天保八・一二・一	篠斎宛	（善本）
天保八・一二・一	桂窓宛	（善本）
天保八・一二・二六	篠斎宛	（善本）
天保八・一二・二六	桂窓宛	（善本）
天保八・	篠斎宛	（ビブリア82）
天保八・	宛名欠	（曲亭書）
天保九・一・六	篠斎宛	（京大）
天保九・一・二一	篠斎宛	（京大）
天保九・二・六	篠斎宛	（京大）
天保九・二・六	桂窓宛	（善本）
天保九・二・二一	桂窓宛	（善本）
天保九・六・二八	篠斎宛	（京大）
天保九・七・一	桂窓宛	（善本）
天保九・九・一	桂窓宛	（善本）
天保九・九・二三	篠斎宛	（京大）
天保九・一一・一	篠斎宛	（京大）

天保一〇・一・三　篠斎宛　（善本）
天保一〇・一・三　桂窓宛　（善本）
天保一〇・一・六　桂窓宛　（善本）
天保一〇・一・二三　篠斎宛　（善本）
天保一〇・一・二三　桂窓宛　（善本）
天保一〇・三・一二　篠斎宛　（善本）
天保一〇・三・一二　桂窓宛　（善本）
天保一〇・四・一五　丁平宛　（善本）
天保一〇・六・九　篠斎宛　（善本）
天保一〇・六・九　窓桂宛　（善本）
天保一〇・八・八　篠斎宛　（善本）
天保一〇・八・八　桂窓宛　（善本）
天保一〇・八・一六　篠斎宛（国語と国文学55―11）
天保一〇・八・一六　桂窓宛　（善本）
天保一〇・八・　桂窓宛　（善本）
天保一〇・九・二四　桂窓宛　（善本）
天保一〇・九・二六　篠斎宛　（善本）

天保一〇・一二・一　篠斎宛　（善本）
天保一〇・一二・一　桂窓宛　（善本）
天保一〇・　桂窓宛　（善本）
天保一〇・　宛名欠　（善本）
天保一〇・　宛名欠　（曲亭書）
天保一一・一・八　篠斎宛　（京大）
天保一一・一・八　桂窓宛　（善本）
天保一一・一・八　桂窓宛　（善本）
天保一一・一・八　桂窓宛　（善本）
天保一一・二・九　篠斎宛　（京大）
天保一一・四・三　桂窓宛　（善本）
天保一一・四・一一　篠斎宛　（京大）
天保一一・六・六　桂窓宛代筆　（善本）
天保一一・六・一一　篠斎宛代筆　（京大）
天保一一・八・二一　篠斎宛代筆　（京大）
天保一一・八・二一　篠斎宛代筆　（京大）
天保一一・八・二一　篠斎宛代筆　（京大）

天保一一・八・二一　桂窓宛代筆　（善本）
天保一一・八・二一　桂窓宛代筆　（善本）
天保一一・一〇・二一　篠斎宛代筆　（京大）
天保一一・一〇・二一　桂窓宛代筆　（善本）
天保一一・一二・一四　篠斎宛代筆　（京大）
天保一一・一二・一四　篠斎宛代筆　（京大）
天保一一・一二・一四　桂窓宛代筆　（善本）
天保一一・　宛名欠代筆　（善本）
天保一二・一・一五　桂窓宛代筆　（善本）
天保一二・一・二八　篠斎宛代筆　（上野）
天保一二・一・二八　桂窓宛代筆　（善本）
天保一二・閏一・九　篠斎宛代筆　（上野）
天保一二・三・一　篠斎宛代筆　（上野）
天保一二・三・一　篠斎宛代筆　（上野）
天保一二・三・三　桂窓宛代筆　（善本）
天保一二・三・二六　桂窓宛代筆　（善本）
天保一二・四・一九　篠斎宛代筆　（上野）

天保一二・四・一九　篠斎宛代筆　（善本）
　「曲亭書」本原翰
天保一二・〔四・一九〕　篠斎宛代筆　（曲亭書）
天保一二・四・一九　桂窓宛代筆　（善本）
天保一二・七・二八　篠斎宛代筆　（上野）
天保一二・一〇・一　篠斎宛代筆　（上野）
天保一二・一〇・一　桂窓宛代筆　（善本）
天保一二・一一・一六　篠斎宛代筆　（上野）
天保一三・一・一二　篠斎宛代筆　（上野）
天保一三・二・一一　篠斎宛代筆　（善本）
天保一三・四・一　篠斎宛代筆　（上野）
天保一三・四・一一　篠斎宛代筆　（上野）
天保一三・六・一九　篠斎宛代筆　（上野）
天保一三・六・　篠斎桂窓宛代筆　（善本）
　「曲亭書」本原翰
天保一三・八・六　篠斎宛代筆　（善本）
天保一三・八・二一　篠斎宛代筆　（上野）

天保一三・八・	篠斎宛筆代	（上野）
天保一三・九・二三	宛名欠筆代	（上野）
天保一三・九・二三	宛名欠筆代	（曲亭拾）
天保一三・九・二八	篠斎宛筆代	（善本）
天保一三・九・二九	篠斎宛筆代	（曲亭拾）
天保一三・一一・二一	篠斎宛筆代	（上野）
天保一三・一一・二五	篠斎宛筆代	（上野）
天保一三・一一・二六	篠斎宛筆代	（上野）
天保一三・一一・二六	篠斎宛筆代	（曲亭拾）
天保一四・一・一四	桂窓宛筆代	（善本）
天保一四・六・一	桂窓宛筆代	（善本）
天保一四・九・二	桂窓宛筆代	（善本）
天保一四・一一・一三	桂窓宛筆代	（善本）
弘化元・一・五	桂窓宛筆代	（善本）
弘化元・一・五	桂窓宛筆代	（善本）
弘化元・三・二六	桂窓宛筆代	（善本）
弘化元・六・二	桂窓宛筆代	（善本）
弘化元・六・六	桂窓宛筆代	（善本）
弘化元・一〇・六	桂窓宛筆代	（善本）
弘化二・一・六	桂窓宛筆代	（善本）
弘化二・一・六	篠斎宛筆代	（曲亭拾）
弘化二・五・一	桂窓宛筆代	（国語と国文学55）
弘化二・六・一五	小津忠三郎（11）宛筆代	（善本）
弘化二・九・一三	桂窓宛筆代	（善本）
弘化三・一・一一	桂窓宛筆代	（善本）
弘化三・一・二九	桂窓宛筆代	（善本）
弘化四・一・二九	篠斎宛筆代	（善本）
弘化四・一・二九	篠斎宛筆代	（曲亭書）
嘉永元・一・五	桂窓宛筆代	（善本）
嘉永元・八・一	桂窓宛筆代	（善本）
欠年・一・五	桂窓宛	（善本）
欠年・一・五	桂窓宛	（善本）
欠年・一・五	篠斎宛	（善本）
欠年・一・五	篠斎宛	（曲亭書）

欠年・一・六　篠斎宛　（曲亭書）
欠年・一・七　篠斎宛　（曲亭書）
欠年・一・七　河茂宛　（早大）
欠年・一・一一　篠斎宛　（曲亭書）
欠年・一・一七　篠斎宛　（曲亭拾）
欠年・五・一三　丁平宛　（手紙46）
欠年・六・六　桂窓宛　（善本）
欠年・七・一四　宛名欠　（善本）
欠年・九・二四　輪池宛　（手紙16）
欠年・一〇・一　篠斎宛代筆　（曲亭書）
欠年・一〇・一　篠斎筆　（善本）
欠年・一〇・一　付封筒　（早大）

欠年・一一・一　篠斎宛　（曲亭書）
国語と国文学55 11ニ天保三・一一・六カトアリ。
欠年・一一・一　篠斎宛　（善本）
欠年・一二・一一　篠斎宛　（早大）
欠日付　篠斎宛　（曲亭書）
欠日付　篠斎宛　（曲亭書）
欠日付　桂窓宛　（善本）
〔未見〕　丁平宛　（逸翁）

追記

文化一〇・七・一一　石井夏海宛
山本修之助編『石井夏海宛江戸文人の書簡』所収。

あとがき

『京大本馬琴書簡集』のその原翰類の一式を、かつて一ッ時、天理図書館のわたしの部屋に預かっていたことがある。いわゆる持込みの恰好で、はじめの話では馬琴の日記などが山ほどということであった。話の相手はこれまでにも何度か出入りの、いつも大風呂敷な伊勢在の古本商だが、やはりそこら地かたからの出ものらしかった。かねて自分でも考えていたことなので、出どころにもおよその見当はついたが、尋ねてもすぐにははっきり明かさぬだろうし、いずれそのうちに、と強いて聞きもしなかった。夏過ぎから話があって、実際に一式が持ちこまれたのはその昭和三十八年の、暮れも大分おしせまった頃かと記憶している。翌三十九年夏、その者の手でそっくり三都古典會の古書市に出品、下見の目録に「一一四四　馬琴書翰及桂窓日記」というものである。東京でのその入札にわたしはしくじり、そしてそれは再び天理にかえってこなかった。当時わたしは、馬琴のことに関心を持ち、その資料の整備にやや執心していた。特に、大正の初め先師紫影藤井乙男先生に紹介されて以来、全く所在を匿してしまっていたかの一かたまりの馬琴の手紙は、わたしにはまだみぬ恋、久しく幻の書でさえもあった。それが、ふと思ひもかけず一たびはそちらからわが手許に身を寄せながら、忽ちにまた遠くへ飛去ってしまったのである。

これまで、この書簡集に觸れることのあったのは、まず京大『芸文』に連載の藤井乙男「馬琴の書簡」(大正二―四年第四年度第十・十一号、第六年度第一・二号)、これは後に昭和十年、先生の『江戸文学研究』に再録された。ずっとおくれて、昭和十七年十二月号名古屋国語國文学会『国語國文学研究』第十輯古川久「馬琴書簡集解説」は藤井論文に即しながら更にその丁寧な紹介で、これも後年昭和四十三年同氏の論文集『世阿弥・芭蕉・馬琴』に再録。書翰の数を、紫影先生やそれを承けた古川さんの説明には四十通ばかり云々とあるが、その忠実な写しであるはずの京大本では三十二通しかなく、古川論文の目録もそのとおり。京大本についてのわたしの計え方では三十三通、いずれにしても四十何通と三十二又は三通とのこの喰違いはどうしたことだろうか、三十九年の入札目録にも三十数通としかない。馬琴の手紙を夙く、しかも最も多く紹介し翻刻したのは昭和四年の『日本芸林叢書』第九巻だが、うち「馬琴書簡集」の竹清三村清三郎解説には、京大写本はちょうどその頃殿村家から逸出して他に移った原翰による、などの経緯にも言及して、例のわけ知り竹清の文章はここでもまことに異色である。さて、当書翰集に関する他にどんな文献があるのだろうか。

本書について以上の由を述べ、その御仁を介してこの翻刻を京都大学文学部に願いでたのは、今年春先きのことだったか。そんな身勝手な申し出を早速快く受入れて下さった大学当局の御好情に対し、心からお礼を申しあげる。なお、本書に使用した紙は、東京の八木書店におねだりして、天理図書館善本叢書のと同じ中性紙である。あわせてこちら様にも篤くお礼申しあげる。

餘 二 稿 七

昭和五十八年十二月二十日

木 村 三 四 吾 編 校